我的
不可能之旅

A Quantum Life

My Unlikely Journey from the Street to the Stars

[美] 哈基姆·奥鲁塞伊
约书亚·霍维茨　著

吴晓真　译

湖南文艺出版社
HUNAN LITERATURE AND ART PUBLISHING HOUSE

博集天卷
CS-BOOKY

我必须在星空中寻找在地球上求而不得的东西。

——阿尔伯特·爱因斯坦（Albert Einstein）
一九二四年写给秘书兼情人贝蒂·诺伊曼（Betty Neumann）的信

致读者

　　回首往事，我认识到，就个人记忆而言，空间和时间都可以随心弯曲。在记忆和欲望这两个可变矢量的框定下，我尽力再现了一些场景和对话。对一些不便透露真实姓名的人物，我使用了假名。在重述那些对话时，我决定不再使用当年人们对我和朋友的称呼：把男人称为"黑鬼"，把女人叫作"婊子"或"妓女"。我不想让自我仇恨的言论在又一代青年黑人的生活中成为常态。除此之外，这本回忆录将以最坦率、最真实的方式讲述我怎样成长为一名青年科学家，怎样迎来我的青春。

前　言

几年前，一个杂志刊登了一篇关于我的报道，简单介绍了我是如何从小詹姆斯·普卢默（James Plummer Jr.）这样一个生活在美国最为满目疮痍的城市贫民区的书呆子少年，成长为美国国家航空航天局（NASA）[1] 下属科学任务理事会（Science Mission Directorate）里唯一的黑人物理学家哈基姆·奥鲁塞伊的历程。它的标题是"黑帮物理学家"。从此，无论我走到哪里，都有人这么称呼我。我明白这是一个吸引眼球的标签，它可以为我打开我那几个理科学位都打不开的大门，让年轻人更乐意接近我。然而，随着时间的推移，我开始反感它。"黑帮物理学家"不是我的全部，它概括不了我已经走过的漫漫长路，也反映不出我为了抵达这里所付出的努力。

我小时候在洛杉矶的沃茨、休斯敦的第三区和东新奥尔良的第九区都住过。因为我一副书呆子模样，所以很容易遭人欺负。在我六岁的时候，我那些混黑帮的表兄就教会了我街头规则：哪些人的眼睛你可以直视，哪些人的不可以；怎样判断朝你走过来

---

[1] 美国联邦政府负责航空及太空研究的机构，于一九五八年成立。——编者注（如无特殊说明，本书脚注均为编者注）

的家伙是瘸帮（Crip）人还是血帮[1]（Blood）人，是友还是敌。我培养出了第六感，我管它叫"黑暗视觉"，它让我看到我所在社区的所有肮脏秘密：哪里有非法交易，哪里潜伏着卧底警察。一天里最可怕的时刻是日落之后，那时候大佬们都出街了。

我开始对包括夜空在内的更广袤的宇宙感到着迷。然而，从我所住的街区看不到多少星星，因为大城市的灯光太亮、雾霾太浓。而且，保命要紧，我可不想在凝视天空的时候被抓。如果我在回家的路上神游天外，就免不了挨打或者被人勒索。为了保护自己，我十岁刚出头时就摆出一副恶棍的模样，走路和说话都显得凶神恶煞，还带枪。但我从未加入过帮派。尽管我竭力在黑帮分子和书呆子两个角色之间自如切换，但我充其量只是一个扮演恶棍的科学怪胎。

回首二十世纪七十年代，童年的我活得犹如惊弓之鸟，在摸爬滚打中怀着一线希望求生存，日复一日。那时候，我有另外一个绰号（我也有另外一个大名——小詹姆斯·普卢默，但这个我后面再讲）。他们管我叫"教授"，因为我在十岁的时候就读了我能弄到的每一本书。如果当时有人告诉我，我长大后会当上麻省理工学院、加州大学伯克利分校和开普敦大学货真价实的教授，我才不会相信。在我们那块儿，做这种白日梦更可能导致你被人干掉，而不是帮你弄到下一顿饭或者一个能安心睡觉的室内的地方。

无论从概率看还是根据大多数推导演算，我都不可能写出这本书来。但我做到了。我领悟了一点，无论你对自己的未来设想

---

[1] 这两个帮派都是由非洲裔美国人组成的，矛盾冲突非常严重。

有多么不可能，它都有可能实现。这是物理学里的一个不争的事实。在量子力学（quantum mechanics）[1]中，最不可能的结果被称为量子隧穿（quantum tunneling）[2]。如果你试图穿墙而过，十有八九会失败。找到一条穿墙通道的概率虽然无限小，但并非为零。我的人生一直处于振荡模式，我穿过一道道墙壁，然后走向下一道墙壁，结果被它狠狠地撞回来。我就是活生生的例子，证明了支配我们生活的是量子定律，而不是决定论物理学。

我不相信宿命，无论是星座使然还是什么别的天注定。走出美国最穷最乱的街区，投身于天体物理学精英事业，于我而言并非必由之路。我的人生之路已经有过十几个岔路口。站在其中任何一个上，我都可以向左转或者向右转，也许是我手中枪响，也许是他人朝我开枪。

我的青春穿越了充满各种可能性的多元宇宙[3]。在某个宇宙中，小詹姆斯·普卢默因为搞砸了毒品交易而中枪，死在密西西比州杰克逊市的街头。在另一个平行宇宙[4]里，他考取了物理学博士生，学会了设计由火箭发射、能拍到太阳不可见光谱的望远镜，成为哈基姆·奥鲁塞伊教授。

---

[1] 研究物质世界微观粒子的运动规律的一门物理学分支学科。

[2] 在量子力学领域，即便速度不太快的粒子也能够释放出超过墙壁的能量，穿到墙壁的另一侧，尽管这个概率很小。这个过程就像有一条隐形的隧道可以穿过墙壁，因此被称作量子隧穿效应。

[3] 理论上的无限个或有限个可能的宇宙的集合。

[4] 原本为天文学术语，指平行作用力宇宙，是平行作用力产生的纯基本粒子宇宙。后指从某个宇宙中分离出来，与原宇宙平行存在着的既相似又不同的其他宇宙。

这些称谓——詹姆斯、哈基姆、教授、黑帮物理学家——没有一个界定或注定了我的平行宇宙穿越之旅。但它们像夜空中的星痕一样提醒我，在量子人生中，一切皆有可能。

——二〇二一年写于华盛顿特区

目 录
Contents

第一部分

贫民区小子
GHETTO CHILD

如果我告诉你暗室里也有繁花盛开，你相信吗？

——肯德里克·拉马尔（Kendrick Lamar），
《因果相依》（"Poetic Justice"）

1

一九七一：东新奥尔良

四岁那年，我的家散了。关于全家在一起的最后一个晚上，我记得最清楚的是纷争和吵闹。我和姐姐布里奇特惊醒过来，躺在床上凝神静听。十岁的布里奇特握着我的手，试图安抚我，让我再度入眠。但喊叫声越来越大。

我不知道是谁先吵起来的。妈妈和爸爸总是为了这个或那个争吵不休，但那天晚上他们吵得比平时更凶。听起来，要么像爸爸说的那样，妈妈有相好了；要么像妈妈说的那样，那是一个不折不扣的谎言。布里奇特和我把头伸出卧室去张望的时候，他们已经嘶吼了半个钟头。

妈妈正好拿起一个装满烟头的笨重玻璃烟灰缸朝爸爸的脑袋砸去。他躲开了，烟灰缸撞在墙上，发出一声巨响。接着爸爸给了她一拳。据米迪婶婶说，他曾经是一名业余拳击手，而且相当出色。但我从未见过爸爸对妈妈动拳头。那天晚上，他挥拳击中了她头部的一侧。她像袜子玩偶一样倒了下去。她一倒下，爸爸就跪到她身边，又是哭又是道歉，一遍遍地爱抚她、喊她亲爱的。

但妈妈一笔笔账都记着，她宁愿报复也不肯和好。爸爸求她上床睡觉，妈妈背对着他，摇头拒绝。布里奇特把我抱回床上，用慵懒的声音给我唱摇篮曲，哄我重新入睡。妈妈却有别的念头。那天晚上，爸爸睡着后，她从烤肉架上取来一罐打火机油，喷在她睡的那一侧床边，把打火机凑到床垫边……我想爸爸醒过来的时候以为自己在地狱。

听到他的尖叫声之后，布里奇特和我慌忙跑到客厅，正好看到爸爸把着火的床垫拖去后院。我们跟在他身后冲出去，穿过弥漫在屋里的浓黑烟云。

那天晚上一定很暖和，因为邻居们全都穿着内衣跑到自家后门廊来张望。爸爸把一整壶水倒在床垫上，瞪眼看门廊上的人们。"看什么看？床上有虱子而已，有什么好看的。"

布里奇特牵着我穿过烟雾缭绕的走廊回到我们的卧室，一路摇着头，似乎不敢相信自己竟然和这种疯子同住一个屋檐下。妈妈留在后门廊上，双手叉腰，盯着冒烟的床垫抽薄荷烟。

第二天早上，她告诉我和布里奇特，该收拾收拾跑路了。"动作快点，别磨蹭到你们老爸回来！"

我们一个行李箱都没有，就把衣服和其他能从屋里拿走的东西装进几个塑料垃圾袋里。我们用力把东西塞进红色福特翼虎的后备厢，直到妈妈说："够了。"我爬到驾驶座后面的座椅上，布里奇特把剩下的东西堆在我旁边：一捆鞋子和保龄球奖杯，一条旧毯子和一堆妈妈的衣服——衣架都还没取下来。

然后我们开车离开了东新奥尔良，离开了古斯，那是我唯一知道的街区。我问妈妈我们要去哪里，她说"加利福尼亚"。我不知道"加利福尼亚"是什么意思。我问她爸爸来不来加利福尼亚，她回了一句"从现在开始，闭嘴"，然后点起一支薄荷烟。我不想当爱哭包，可我的嘴唇开始发抖，然后我的整个头都抖了起来，鼻涕涟涟。我透过后车窗看古斯，跟它告别。

布里奇特坐在副驾驶座上，挨电台搜索摩城唱片公司出品的歌曲。斯莱和斯通一家乐队唱《家务事》（"Family Affair"）的时候，我数了数，总共播放了一百八十五秒。然后我数出城路上我们的车飞驰而过的路灯杆子。每当我感觉事情发展得太快时，我总是用数数儿的办法让它们慢下来。我数心跳，数楼梯台阶，数吊扇旋转的圈数。开上大路之后，我数对面方向开来的汽车。太阳落山了，我就数路上那些车的车灯，直到睡着。

天黑后我醒了，要小便。妈妈把车停在路边。我从车里爬出来，夜寒彻骨。没有别的汽车，也没有月光——只有两束车头大灯光直指暗夜。在我见过的最大、最黑的天空下撒尿，我觉得自己很渺小。妈妈在车旁抽烟。我问她为什么天空这么大，她告诉我："这是得克萨斯的天空。得州的东西都比较大。"等我的眼睛适应了黑暗，头顶上的星星越来越亮，而我感觉自己越来越渺小。

然后，车轮滚滚，我们继续向西行去。漆黑的公路上没什么可数的。于是我躺在妈妈的那堆衣服上，透过窗户看一小片狭长的天空，开始数星星。

2

我妈妈——其他人眼中的伊莱恩小姐——和其他妈妈不一样。她自称要"浪迹天涯"。离开新奥尔良后，在二十世纪七十年代结束之前，我们不断搬家。我们在洛杉矶、新奥尔良、休斯敦等地同外公外婆两边的十几个不同亲戚合住过，时间都不长。似乎妈妈总爱发牢骚，总在和某人大吵大闹。她会和她的男朋友、老板或者收留我们的任何一位家人发生争执。然后就到了打包坐上福特翼虎再次出发的时候。

如果说我是在妈妈的福特翼虎车里长大的，这可能有点夸张。但是，把我们拥有的一切堆进那辆车里，然后开往下一个公寓——或者下一个容留我们落脚的人家，无论时间长短，这是在西部那些年里唯一可预测的事情。我每年都去不同的学校上学，或者一年换两所学校。我总是新来的孩子，每到一个臭名昭著的街区都试图结交朋友。一旦我结识了一个新朋友——通常是一些像我这样心事重重的不合群的旁观者，就又该搬家了。渐渐地，来不及跟朋友说再见就离开成了常态。

我主要通过当时收音机里播放什么歌曲来回忆我们在哪里住过、我上哪个年级。

我在沃茨上幼儿园的时候，电台里日夜不停地播放史蒂维·旺德的《迷信》（"Superstition"）。

上一年级的时候，我们住在休斯敦，帕蒂·拉贝尔演唱的《果酱女士》（"Lady Marmalade"）大热。

二年级，在加州波莫纳，纳塔莉·科尔演唱的《就这样》（"This Will Be"）走红。

三年级，回到新奥尔良，曼哈顿乐团唱响《吻别》（"Kiss and Say Goodbye"）。

到密西西比州皮内伍兹上四年级的时候，我在卫生间镜前跟着约翰逊兄弟的《草莓信 23》（"Strawberry Letter 23"）对口型。

　　单单回想一下在那段岁月里我有过几个家就让我头晕目眩，那时我跟着妈妈如同风滚草般颠沛流离。

　　没错，妈妈浪迹天涯，但她也勤勤恳恳地上班。她总有工作。她去邮局和工厂上班。她去装配流水线和俱乐部上班。她在医院里当过面包师，在载货卡车休息站的便利店里当过收银员，也做过保安。妈妈觉得没有几个早上是不烦人的，所以她喜欢上夜班。此外，夜班岗空缺比较多。这是我问她为什么总上夜班的时候得到的回答。

　　妈妈的工作像天气一样，说变就变。某个对她有意见的老板或同事说了点或者做了点什么，导致她说了点或做了点什么，于是她就待不下去了。"他们说他们会把我的最后一张工资支票寄给我。"这是我们收拾好坐进福特翼虎车再次上路时妈妈的说辞。

　　如果让我猜，我会说妈妈之所以总是跟人吵架，是因为她自尊，不能忍受磋磨折辱。成为伊莱恩·约瑟芬·亚历山大小姐，出生在一个从未在美国或其他地方被奴役过的克里奥尔人家庭，妈妈无比自豪。她的曾曾祖父小塞缪尔·詹姆斯·亚历山大于一八四八年出生于法国洛林，后来搬到圣多明各，最终定居新奥尔良的第七区。妈妈的家人们没有受过正规教育，但他们是有尊严的、勤劳的技术工人。她的爸爸同家族里大多数其他男人一样当泥水匠。她的妈妈罗斯玛丽——我们的罗茜外婆——是一名美容师，穿白色制服，经营家庭美容院。

　　妈妈在东新奥尔良一个名为古斯的工人阶级黑人社区长大。

上学时，她是全优生，热爱阅读。但她也喜欢赌马。下注之前，她总是试图靠近马，在它耳边轻声低语，问它会不会跑赢。正因为如此，她结识了费尔格斯赛马场的马夫路易斯·比茹。有一天，路易斯给一匹妈妈看中的母马刷毛，结果两人一马窃窃私语起来，咯咯笑个不停。路易斯对妈妈说尽甜言蜜语，可直到三个月后才透露自己已婚的事实——就在妈妈宣布怀孕的那天。妈妈当即甩了路易斯——没有人能在对她撒谎之后逃脱惩罚。那年春天，十六岁的妈妈辍学去生孩子。

布里奇特出生一年后，妈妈嫁给了威尔伯·琼斯。古斯人大多叫他"洛基"。妈妈从不喜欢做饭，而洛基做的秋葵浓汤很好吃。不过，这段婚姻只持续了三个月，因为洛基很懒，不愿意上班。伊莱恩小姐可不能跟不肯工作的人过日子。

然后她遇到了我爸爸詹姆斯·爱德华·普卢默。有一天，妈妈和她最好的朋友珍妮小姐走在回家的路上，詹姆斯在她们身边停下车，邀请她们共乘。他对她俩一样说甜言蜜语，但先把珍妮小姐送到家，这样他就可以和妈妈单独相处了。约会了五个月，詹姆斯告诉伊莱恩，他已经为他俩买了一套房子。两人同住了几周后，他开车带伊莱恩去法院结婚——但没有事先告知她。据妈妈说，他怕如果直说求婚，她会拒绝。三年后，即一九六七年，我出生了。他们给我起了和爸爸一样的名字：我是小詹姆斯·爱德华·普卢默。

妈妈和爸爸大概气场不合。他是农村人，她是城里人。她来自一个自豪自由的克里奥尔人家庭，而他的祖先是在密西西比州土地上耕作的黑奴。他就像油，一贯油嘴滑舌。她却像醋。他们之间的关系注定要在烈焰中灰飞烟灭。

我们去西部的时候，妈妈二十多岁，是一位年轻美丽的妇人，有着棕色的皮肤和沙漏般的身材。她的肤色比较浅，长发披肩，这对一个生活在新奥尔良肤色意识强烈的黑人社区的女人来说是件好事。抵达加利福尼亚几个月后，她穿上了达西基花衬衫和喇叭裤，头发顺其自然地梳成了演员安杰拉·戴维斯那种黑色光环般的蓬蓬头。在我的记忆里，她那段时间是这么过日子的：点蜡烛和香熏，抽大麻，呼朋唤友地举办牌局，跟形形色色的人玩到很晚。布里奇特让我在午夜前上床睡觉，但妈妈的派对久久不散。布里奇特不得不在我们的脑袋周围筑起一堵枕头墙，这样我们才睡得着。

那时候，布里奇特是我的保护人。她早上帮我穿衣服，晚上哄我睡觉。她给我做早饭和晚饭，走路送我去街角的商店或学校。我是家族里年纪最小、身材最矮小的孩子，我在洛杉矶的那些十几岁的表兄总爱向我炫耀他们的功夫招数。而且我是个怪小孩，总是说些奇怪的废话，一直在数数儿。"放过他吧，"布里奇特挡在我和看我不顺眼的人之间，跟对方说，"他只不过是爱瞎想。"

我喜欢倒挂在椅子或沙发上，双脚高高举起——这个姿势很适合凝视太空和做白日梦，那是我最喜欢的两样消遣。每次走路我都会低头看脚数步数。尽管我大部分时间都低着头，但人人都说我长着一双"魔鬼的眼睛"，因为它们炯炯有神，眼珠子是淡褐色的。我爱哭，跟我差不多年纪的小男孩都不尿床了，我还在画地图。

但最要命的是，霸凌者们盯上了我，因为我宁愿待在室内跟布里奇特还有她的小女友们玩游戏，也不愿意在人行道上跟哥们儿练打架。女孩子们要么玩抓子，要么边唱歌边跳绳，要么在"医生，医生"和"摇滚罗宾"之类的歌声中玩四向拍手游戏。我的手太小，不适合玩抓子，但拍手和跳绳游戏我玩得很好。

约翰老爹——我们刚到加州沃茨时收留我们的远房亲戚——抱怨说，那些小女孩游戏搞得我"很娘"。我不知道"娘"是什么意思，但他说他要把这玩意从我身体里打出来。他晚上喝完威士忌后，会让我坐在他的膝头，用拳头猛击我的胸口，想把我打倒。布里奇特会把他的酒瓶藏起来，但他似乎总能再找到一个。

我哭着向妈妈告约翰老爹的状，她说他只是想让我变成男人。我想知道，他想让我这个五岁的男孩子变成什么样的男人？一个像约翰老爹那样口气里总是带着皇冠威士忌味道的男人？还是像我爸爸那样有着强壮双臂和甜美嗓音的男人？

到我六岁的时候，关于爸爸，除了他的嗓音，别的我都不记得了。每当电话在节假日或我生日那天响起，我就会连奔带跑地去接，希望能听到电话那头传来他的声音。但他一个电话都没打来过。过了一阵子，铃再响我也不跑了。

3

妈妈在洛杉矶做护工的时候认识了罗伯特·布莱克。先天斜视的他去医院做矫正手术，妈妈负责术后护理。她给他读杂志，跟他聊天开玩笑。他对妈妈殷勤备至，妈妈喜欢他会做饭、有稳定的工作，这是她愿意与之长期相处的男人的两大必备条件。

罗伯特·布莱克不只是会做饭。他本身就是厨师，为商船队做饭。我们追捧他，因为自打来到加州，我们一直靠布里奇特开罐头加工饭食填饱肚子。每到星期六下午，罗伯特·布莱克会到约翰老爹那里给我们做异国风味的饭菜，比如甜椒塞米饭和牛肉末。我像饥饿的小兽一样狼吞虎咽，而他会放声大笑，金门牙在他英俊黝黑的脸上熠熠生辉。

罗伯特·布莱克在妈妈身边出现的次数越来越多，布里奇特和我开始叫他罗伯特爸爸。妈妈换男朋友就像走马灯一样。如果和哪个男朋友坚持了几个月，布里奇特和我就会叫他爸爸——鲍勃爸爸、弗雷德爸爸，诸如此类，因为我们真正的爸爸不见踪影。然后有一天，妈妈起身宣布她和罗伯特爸爸结婚了。布里奇特很生气，因为我们没有应邀参加婚礼，但妈妈解释说，鉴于他俩此前都结过好几次婚，这回他们决定一切从简，只请了法院的治安法官一个人。布里奇特问她为什么老是结婚，妈妈笑着说："没有老是！我只在闰年结婚。"

这样一来，我们就该坐上福特翼虎车搬到休斯敦去了。那是罗伯特爸爸的母港。到了休斯敦，罗伯特爸爸有时候在有时候不在，但大多数时间他都"去海上了"。我发现，如果你在商船队上班，那么大多数时间你都会去那个地方。妈妈在休斯敦上夜班，破天荒地头一回没有顶头上司。我们一进城，罗伯特爸爸就给她买了一个小俱乐部，名字叫"杰姬的藏身地"。我一直不明白那个俱乐部的人到底在躲什么，但妈妈解释，杰姬是这个俱乐部上一任女老板的名字。"杰姬的藏身地"有一个吧台、一个小舞池和一个点唱机。周末的时候有一个DJ[1]。布里奇特和我只有在白天才

---

[1] 全写为 disc jockey，唱片节目主持人。

能去"杰姬的藏身地",而且必须由妈妈带着去。我们会坐在吧台前,妈妈会给我们调邓波尔鸡尾酒。如果厨师在,他会给我们做一个奶酪汉堡。我们从未想过要离开。

妈妈差不多每天都去"杰姬的藏身地"上班,从下午三点左右一直上到午夜之后。她直到凌晨三四点才回家,然后睡到中午。有几个晚上她根本就不回家。她不是那种在你临睡前帮你盖好被子的妈妈,也不是那种喊你起床轰你去上学的妈妈。这些事情都归布里奇特管。她不但和我共用一间卧室,而且大部分时间都和我一起睡。在那些日子里,布里奇特是我真正的妈妈,虽然她只是一个十二岁的豆芽菜。我看得出来,她不喜欢既当我的姐姐又当我的妈妈。可在我需要照顾的时候,她总在我身边。

一天晚上,罗伯特爸爸去海上了,妈妈正准备出门去上班,或者去某处打牌。布里奇特告诉妈妈,我发烧了,她应该留在家里照看我。妈妈不以为然地笑着说:"你比我懂怎么照顾小詹姆。"她叫我"小詹姆",生气的时候才会连珠炮似的叫我"小詹姆斯·普卢默"。

那天晚上,我烧得更厉害了。布里奇特给"杰姬的藏身地"打电话,得知妈妈已经提前离开。她没有回家,也没有打电话。我烧得很厉害,整张床都被我的汗水打湿了。布里奇特整晚没睡,陪着我,用湿布为我擦身降温,在我呼吸困难时跑到通宵药店买来维克斯达姆膏涂在我的胸口。

我烧糊涂做起了梦,朦胧间听到布里奇特在我身边祈祷。"求求你,主啊,今晚不要让小詹姆在我眼前死去。不要让他死。"我睁开眼睛,看到她跪在床边,双手握紧贴在额头上。我想伸手去摸她的手，但那时的我已经飘起来悬浮在床的上方。我想，如果就这样从卧室窗户飘出去，乘着布里奇特的祈祷，越过屋顶，升上夜空，那该多好。

黎明时分，我终于退烧。妈妈恰好在那时蹑手蹑脚地进了门，两根手指钩着高跟鞋斜搭在肩上。布里奇特对她大发雷霆，就好像妈妈是十几岁的孩子，而布里奇特才是她的妈妈。布里奇特说她是个坏妈妈，应该为自己感到羞耻。

"我没事，布里奇特，"我说，生怕妈妈会对她发火，"我没事，妈妈。"

但妈妈挥了挥手，表示不介意，还笑了。"我早就知道，你比我懂怎么照顾他。"她说的没错。

我在休斯敦第一次得窥白人的生活。那年我最好的朋友是一个名叫博比的白人男孩，跟我们住在同一条街上。我喜欢去他家玩，因为他的家人会围坐在桌边吃晚餐，之后还会坐在一起玩纸牌或者看电视。没人吵架，也没人挥拳相向，至少在我面前没人那么做。

博比的父母教会我打桥牌，这对我来说轻而易举，尽管当时我才六岁。我喜欢把手里的牌按照花色排好。最难的是把牌整齐地摆成扇形，不让别人看到。数牌和记牌最容易——四个人打，每人十三张牌，有四种不同的花色，每张牌都有一个数字值。我的特殊能力在于，我可以在没有看到其他玩家牌的情况下看出他们手里拿的是什么牌。首先，我观察他们怎么瞄自己手里的牌。然后我观察他们怎么理牌和出牌。如果我手里有梅花 A，我通常可以猜出谁拿了 K。如果我手里有五张红桃，我通常能猜出其他八张红桃在谁手里。牌运盛的时候，我觉得自己就像漫画书里的超限男孩，他的终极视力比超人的 X 射线视力还要厉害。出人意料的是，打桥牌是我擅长的第一件事情。

博比的父母对我在纸牌方面的出色表现大惊小怪，为我的洞察力感到骄傲，就好像我是他们家的孩子一样。他们很乐意教我各种事情。比如吃蔬菜。由于罗伯特爸爸大部分时间都在海上，我们又开始吃罐头和盒子里的东西了。但博比家常吃生蔬菜，切成一口大小，蘸着蓝纹奶酪酱吃；还有切成片的奶酪和香肠，放在咸饼干上吃。他们无论吃什么都要摆在盘子里，就连两餐之间的点心也不例外。他们教我怎么摆餐具，怎么放餐巾，怎样按字母顺序来排列书架上的书。我认真学习所有白种人的知识，就像那是一种来自平行但相异的宇宙的秘密语言，其他地方一律对此守口如瓶。

4

发现自己在读牌和算牌方面有特殊能力之后，我猛然惊觉自己或许能弄明白任何东西。我对周围世界和事物内部的无形神秘力量很感兴趣，比如罗伯特爸爸从免税港带回来的小家电。烤面包机、搅拌机和熔岩灯都很神奇，接通插在墙上的电线就能获取能量。自然，我想看看藏在它们闪亮的身体里面的魔法本尊。

放学后，我会从罗伯特爸爸的工具箱里找出钳子和螺丝刀，然后动手拆电器，小心翼翼地把螺丝和零件在地板上铺成一排。然后我再把它们装回去。有时，它们不能恰到好处地重新组合在一起。如果妈妈进来，发现我坐在地板上剩下的零件当中，她就会大发雷霆，把零件踢飞。她会抓起皮带，赏我一顿打。如果手头没有皮带，她会用一根外接电源线，那个打起来更疼。每一次鞭打——比如有一次她回家后发现我把她的装有一圈荧光灯带的化妆镜拆了——都伴随着一顿痛骂，甩一鞭骂一句："你为什么老是拆家？！"

我怕挨鞭子，但我忍不住。家里的小机器就像一盘饼干，有人摆出来，却又不许你去碰。我没办法抵制隐藏在它们里面的秘密的诱惑。电视机怎么生成图像？收音机闹钟怎么放出音乐？我特别喜欢带小电机或者开关的东西，以及任何内部有电子管的东西。它们对我来说一直很神秘——尤其是装着微小电阻和电容的电子产品，这种神秘感一直在召唤我。

做实验也会让我挨鞭子，屡试不爽。我开始痴迷于东西被加热到烧焦时发生的变化。目击一个果酱小圆饼在烤箱里变成焦色比把它吃下肚去还有意思。我们的浴室墙上有一个小电取暖器，正对着马桶，我喜欢在大便的时候把它打开。如果是晚上，我会关掉灯，观察金属线圈在黑暗中发出橙色，然后是红色的光芒。有一天，我产生了一个念头，如果我把我的大便捏成一团，然后把它搋进线圈里，会怎样？揭晓答案的唯一办法就是做实验。

我没费多大劲就捏出了一个橡子大小的便便球，嵌进线圈。然后我坐在地上，密切观察。起初没有什么变化。然后，它嗞嗞有声，冒起烟来，便便球的表面开始变化。我被眼前的景象迷住了，以至于没有注意到异味。但后来我注意到了。太难闻了！我打开卫生间的窗户，可那时大便已经冒出浓烟。于是我打开卫生间的门，好让空气流通。我大错特错。烧焦大便的臭味瞬间传遍了整栋房子。我听到妈妈和她的朋友们在客厅厌恶地大叫："天哪！那是什么臭味？"

迅雷不及掩耳，妈妈和两个男人出现在卫生间门口。他们先看一眼裤子半脱站在里面的我，再看一眼取暖器里冒烟的便便球。"孩子！你疯了吗？"其中一个男人大喊，一脸憎恶地拔掉取暖器的插头。妈妈火冒三丈。她一把揪住我的衬衫，把我拖进她的卧室，抽出一条皮带，冲我一阵猛抽。

在下一个实验里，我点燃妈妈的一支熏香，用点着的那头戳塑料浴帘，静观其变。令我惊讶的是，它几乎毫无阻力就把浴帘烫穿了，留下一个圆溜溜的内缘烧焦的小孔。为了弄明白一盘塔香需要多长时间才能在浴帘上烧出一个更大的洞，我不得不做更多的实验。很快，我就在半幅浴帘上留下了一个错综复杂的瑞士奶酪图案。

妈妈看到之后气疯了。她没有问是谁干的，而是高举皮带直奔我而来。我在她面前抱头鼠窜，从一个房间窜到另一个房间，最后慌不择路地跑回卫生间，扣上钩眼锁。然后我跪在淋浴隔间前面的小地毯上，开始祈祷，就像修女在主日学校（Sunday-school）[1]慕道课上教我的那样，眼睛紧闭，双手紧握在心口。求你了，上帝，不要让妈妈抽我！

妈妈哐当哐当地摇门，大声命令我开门。"我要把这扇门砸了，我发誓。"然后我看到一把黄油刀从门和门框之间的缝隙中滑过，

---

[1] 十八世纪末、十九世纪在英、美等国兴起的一种只在星期日（"主日"）教学的贫民儿童学校。主要传授宗教知识和初步的读、写、算知识。

我用力按住锁钩。妈妈最终弄断了钩子，猛然推开了门。妈妈像个忍者武士一样站在那里，手持皮带。我把浴室地毯拉过来裹在身上——但这没用。妈妈狠狠地抽我，以至于皮带都断成了两截。

教训是，如果你试图用祈祷来逃避鞭打，抽你的皮带会断在你屁股上。

大多数情况下，我明白妈妈为什么要抽我。不是因为我把什么拆开了，就是因为我把什么烧掉了。还有一次，我从她的钱包里偷了两枚二十五美分硬币，还对她撒了谎。但有时，她似乎只是火气大，需要出拳发泄。有一次，她和她的姐妹们通完电话后，我看到她冲墙上来了一下子，墙上顿时多了一个洞。整整一个月——直到罗伯特爸爸回家把它补好——那个洞就像一块独眼警告牌一样盯着我：不要惹妈妈。

有一天，布里奇特和我放学回家，发现妈妈不见了，罗伯特爸爸在厨房给我们做晚饭。他告诉我们，妈妈离开了，因为她需要休养一段时间。我以为她是经营"杰姬的藏身地"累坏了——"杰姬的藏身地"每周有六个晚上营业，深更半夜还不打烊。可罗伯特爸爸解释说："你们的妈妈，伊莱恩小姐，她一直情绪消沉。她需要去休养一段时间。"

妈妈离家休养了大约两个星期之后，罗伯特爸爸带我们去看她。他让我们穿上星期天去教堂穿的衣服，虽然当天是个星期六。等我们到了地方，他们告诉我们，大楼里妈妈休养的地方上了锁，小孩不许进。于是罗伯特爸爸独自一人进去看她，布里奇特和我则手拉手站在走廊里。那扇锁着的门上有一扇窗户，窗玻璃里面有纵横交错的金属线，就好像里面是个笼子。或许，这些金属线是用来保护里面的人的电场——某种屏障，防御先前搞垮他们的东西。

"这是什么地方？"我问布里奇特，"这是监狱吗？"

"这是医院，专门治疯子的。"她低声说着，把我的手攥得更紧。人人都知道，妈妈有时举止失常。但我从不认为她真的疯了。直到罗伯特爸爸出来，我才放开布里奇特的手。

一周后，妈妈回到家里，直接上床睡觉，两天没起来。我问她为什么休养了三个星期还这么累。她说，她伤心的时候他们给她吃药丸，而药丸让她发困。

妈妈就是这样。她要么累了，要么伤心了，要么生气了——否则她就很欢乐。猜测她的情绪比打桥牌时试图看穿别人手上的牌更难。而且很可怕，因为如果你猜错了，又没有力量自保，你可能会深陷困境。

罗伯特爸爸去海上的时候，妈妈喜欢请其他男人到家里来。我不知道他们是在"杰姬的藏身地"还是在其他地方认识的。这些男人来的时候，她似乎从不伤心或疲惫。她很开心、很活泼，经常大笑。她会放音乐，旋即她就会跟着音乐摆动起来，她微笑的样子就像知道自己看上去有多美。

如果有除了罗伯特爸爸之外的男人在我们家，布里奇特就会愁眉不展，还想把我带回我们的卧室，即便当时还是白天。但我不喜欢被关在房间里面，我想看妈妈和谁一起消磨时光。有时她的男朋友们会给我口香糖，或者从口袋里拿出点零钱来。但大多数时候，他们只对妈妈感兴趣。

有一段时间，妈妈跟亨利先生约会。他骑摩托车，总是穿着皮夹克，在室内也不脱掉。有一天，我看到他们在沙发上接吻，嘴张着，舌头碰舌头，我以前从没见过这样的吻法。

一周后，罗伯特爸爸回到母港，把行李袋放在门边，在妈妈面颊上甜蜜而温柔地吻了一下，向妈妈问好。

"你亲妈妈的样子跟亨利先生不一样。"我说。

罗伯特爸爸一脸狐疑地看妈妈。

"别理那疯小子。"妈妈说着用胳膊搂着他的腰，搂得紧紧的。她从他的肩膀上瞪我，那眼神让我想逃走躲起来。我实在没办法。我脑子里想的东西总会从我嘴里蹦出来。难怪我的屁股老是挨鞭子。

布里奇特猛地抓住我的手，把我往卧室里拉。"罗伯特爸爸，他就爱瞎想，"她说，"别理他。"

我不知道是不是因为我说的话，但很快我们就收拾好东西坐上福特翼虎车，开出了休斯敦，把"杰姬的藏身地"和罗伯特爸爸留在了后视镜里。离开罗伯特爸爸，布里奇特非常难过。她说他就像她的亲生父亲。我最怀念的是他给我们做的酿甜椒，以及他笑起来时金牙闪闪的样子。令我难过的是，我没能跟博比和他的家人说再见。

可妈妈向来这样。她浪迹天涯。到了该收拾东西走人的时候，我们就走了。

5

有时候，好事会变成坏事。

我八岁生日那天，妈妈给了我最想要的生日礼物：一辆黑色的 BMX 越野自行车，车把手高高耸起，香蕉车座后面安着一块车牌，上面印着数字 8。那时候，我们住在波莫纳，靠近洛杉矶南部的一家通用汽车零部件厂，妈妈就在那里上班。我们所住的街区被称为"帕蒂赛道"（Patty Track），由一个名叫"波莫纳西城"（West Side Pomona）的拉丁裔帮派控制。隔壁的街区叫"罪恶之城"（Sin Town），是一个叫作"罪恶之城瘸帮"（Sin Town Crips）的黑人帮派的地盘。

自然地，我想骑我的新 BMX 去上学。自然地，我也立刻成了靶子。每天早上，布里奇特步行陪我穿过"帕蒂赛道"和"罪恶之城"去我上的小学。可一旦进了学校大门，我就得靠自己了。课间休息时，孩子们会聚集在室外拉帮结派。他们尚未加入真正的帮派，会根据所住的街区以及他们是黑人还是拉丁裔自立山头，帮派名字都是瞎编的，比如"OG 瘸帮"（OG Crips）或"西城黑手党"（West Side Mafia），这样别人就不敢去招惹他们。可我独来独往。我喜欢一个人待着，从不愿意加入任何团体。

比我高一年级的班里有个可怕的家伙，他总爱敲诈低年级孩子的午餐和糖果。我们叫他"现在和以后"，这是那一年大家都爱吃的双色太妃糖的牌子，而他总抢我们这些年纪小的孩子的太妃糖。"现在和以后"是个大块头，特意穿超特大号长袖运动衫以便让自己看起来更壮实。虽然他还在读三年级，但他肯定已经年满十岁或者十一岁。"现在和以后"几乎从来没有动过手。他只是把我们吓得够呛。

果不其然，我骑自行车上学的第一天，"现在和以后"就像激光一样瞄准了我。放学后，我在校园的柏油路面上练习八字骑行，发现他在远处生锈的儿童攀爬架边上看我。"现在和以后"甚至都没有走到我面前。他只是用右手示意我过去。我朝他的方向蹬去，绕着他转大圈，小心翼翼地，没有停下来。

"喂，废物，"他叫我，"有人说，你讲我妈妈的坏话。"

"不。不是我。我不会讲你妈妈的坏话。"

"把自行车给我。"他说。他的身体一动不动，就像那些在真正杀死你之前把你吓得半死的眼镜蛇。

我一刻不停地蹬车兜大圆圈，眼睛扫过柏油路面，望向校园出口，算计有没有机会逃脱。这倒不是说，我那时候还没学会打架。每当我初到一所新学校或者一个新街区，就有人来考验我。通常在第一天。不是出冷拳或者用言语挑衅，而是货真价实的殴斗。我打得过和我一般块头的小孩。但我还没想出应对"现在和以后"这样的大块头的招数。

"现在和以后"看出我的迟疑，把声音压低到我几乎听不清。"放手，废物。自行车归我了。"

我的腿在抖。我下了自行车，把它靠在攀爬架上。他抬起一条腿跨过车座，站在踏板上，一副懒怠模样地骑出了校门。他看上去就像马戏团里骑着小自行车的大熊。我望着我的 8 号车牌，直到看不见，努力忍住不哭。

我怕"现在和以后"，我也怕妈妈得知我新自行车的去向之后会怎么"招呼"我。在家以外的地方，帮派最大。在我们家，妈妈最大。

我把"现在和以后"的事告诉妈妈，妈妈用手捶了一下自己的太阳穴。"你说啥，儿子？你就这样让别人家的小子把你的自行车抢走，连个屁都不敢放？你哪能这么尿？"

"'现在和以后'可不是普通小孩，妈妈。他在学校里个子最高，人也最坏。没人敢惹他。他可吓人了，妈妈！"

"我给你看什么叫吓人！"她弯腰从客厅地板上抓起我的橙色无敌风火轮轨道。车模飞向四面八方。我企图钻进沙发下面，刚钻到一半就感觉到轨道狠狠地砸在我的腿肚子上。这比皮带打的还疼。"你最好去把自行车拿回来，"她嘟囔着把无敌风火轮轨道扔到一边，"否则我真打你屁股。"

我做的第一件事就是在附近几条街上搜寻。也许——我祈祷——"现在和以后"把它扔在某个地方了，要不然他也没法向家里人解释崭新的自行车是从哪儿来的。我在外面待到天黑，在灌木丛里找，在垃圾箱和废弃建筑物的后面找。全是白费力气。

我慌了。我不能两手空空地回家，也不能整晚待在大街上。于是，我向我的表哥们求助，就是那些拿我练功夫的表哥。他们已经穿上了"葡萄街沃茨瘸帮"（Grape Street Watts Crips）的蓝色衣服。我并不想求助于他们，因为，嗯，我不希望有人被杀。这些人会来真的——毫不手软。我开了一个头，他们就要收尾，而那个结局可能非我所愿。但是，我太难了，我不敢没找回自行车就去见妈妈。

在我描述了自行车的形貌以及"现在和以后"其人之后，我的表哥们放话出去。过了一个小时，三个表哥来找我。"来吧，小家伙。该去拿回你的自行车了。"

原来，"现在和以后"住在"罪恶之城"最差劲的地方。他家公寓楼的前门没有门把手，也没有锁，似乎警察曾经破门而入。走廊天花板上的灯忽明忽暗，让一切看起来都很诡异。难闻的气味和令人毛骨悚然的声音从敞开的公寓门里传出来。我只想掉头跑掉，但我的表哥们在走廊里大摇大摆，好像当家做主的是他们。

他们砰砰地敲一个公寓的门，门吱吱嘎嘎地打开了，它的铰链已经断了一半。他们并肩走了进去。我磨磨蹭蹭地跟在后面，只希望"现在和以后"不在家。

我看到他瘫坐在沙发上，面朝电视柜，跟几个大人一起看那台大大的电视机屏幕上播放的篮球比赛。电视机上有一块锯齿状的菱形花屏，他们视而不见。整个房间脏得不成样子。一团团的衣服和其他垃圾堆在角落里，散落在地板上。似乎每一个水平的表面上都有一个满是烟头的烟灰缸。没有人看我们，也没有人起身打招呼。

妈妈曾经告诉我和布里奇特："无论我们的情况有多糟，都没有某些人那么糟糕。"站在"现在和以后"家的客厅里，我心想，这些人就是那些人了。那个房间的一切和里面的人就是"糟糕"和"难过"本尊。

我大表哥的嗓门盖过了篮球比赛。"我们是来找我家小孩的自行车的。"几秒钟后，沙发上的一个大人哼了一声，冲着房间里面的角落扭了扭头。我的自行车就在那里，已经不成形，活像翅膀折断的鸟，车座歪歪扭扭，挡泥板脏兮兮，就好像有人曾经在上面使劲跳，直到它死翘翘才放过它。

一个表哥把自行车扛在肩上，我们向门口走去。临走前，我偷偷地看了一眼"现在和以后"。他在沙发上挪动过了，坐得很低，我几乎看不到他。彼时彼刻，我为他感到难过，也为他每天晚上不得不回去的那个悲伤、破败的家感到难过。

我的自行车修理过以后就好了。车牌不见了——但我不会永远八岁。我的 BMX 现在看起来有点旧，不过这也是好事。一辆锃亮的新自行车会让人生出坏心思。这就像之前在新奥尔良有人说过的：一桶螃蟹里只要有一只想从桶里爬出来，其他螃蟹就会抓住它的腿，把它拉回桶里。我逐渐认识到，人类也有同样的心态。无论什么时候，只要你试图改善自己的境遇，就会有境遇比你差的人试图抓住你，把你拉下去。

6

我记得第一次感到贫穷是在三年级，当时我们又回到了东新奥尔良——波莫纳之后的一站，和布朗家一起住在柯伦街。妈妈的老朋友珍妮小姐在邮局有一份稳定的工作。然而，靠政府发的工资养活她的七个孩子意味着永远捉襟见肘。与此同时，妈妈没能在新奥尔良找到工作，而且她太骄傲了，不愿意靠领食品券或福利金过日子。

我认识到我们很穷，是因为我经常觉得饿。那段时间我们并没有挨饿，只是吃得很简单。快餐是我们买不起的奢侈品。麦当劳只有生日才会去。为了一天一天撑下去，我们会买一些有饱腹感的食物。在布朗家，每天早餐是玉米糁子和人造黄油，每周有几个晚上吃红豆米饭。

如果你能找到一个鸡蛋——有时你能找到，如果你知道它被藏在家里哪个地方的话——你可以用它做一道名叫"洞里的蟾蜍"的传统英国菜，用果汁杯口切掉一圈面包，然后在面包洞里煎鸡蛋。实在想吃甜食的时候，我们会自制一道冰冻甜点，把酷爱牌饮料倒进纸杯里冷冻，冻结实之后把纸杯倒转过来，取出冰块吮甜甜的果汁味。

要是家里的东西吃完了，我们会把蛋黄酱或番茄酱抹在面包上，称之为三明治。糖浆三明治是我的最爱。要是没有其他东西可吃，我们会吃卷成团的面包，它的味道比普通面包好一点。然而，僧多粥少的问题怎么也绕不过去。这个家有十张嘴，而我年纪最小，这就意味着我大多数时候都吃不饱。学校的免费午餐是我唯一可以指望的一顿饭。

有一天，我们没吃的了，离邮局下一次发工资还有一星期。珍妮小姐对妈妈说："我们得把存钱罐打开了。"

"是啊，"妈妈叹气，"我猜我们真的得打开了。"

妈妈很珍爱那个存钱罐。它放在电视柜旁边，在一张白皮肤耶稣画像下方。那是一个大大的黏土存钱罐，可它的外形不是一只粉红色小猪，而是一个黑色的黏土雕塑，雕的是一对赤身裸体的男女，他们坐在一块貌似岩石的东西上面接吻拥抱。妈妈和珍妮小姐每次回家都把零钱从那女人脖子后面的一个槽里存进去。存钱罐没有任何其他开口。我知道，因为我花了很多时间在它的侧面和底部找暗门。

大家都围了过来，珍妮小姐在客厅的地板上铺了一张床单。妈妈用双手把存钱罐捧过来，放在床单当中。我迫不及待地想知道存钱罐的暗门藏在哪里。珍妮小姐从厨房拿来一把锤子，我惊呆了。我从来没有想到过，"打开存钱罐"，是真的要打破它。就在那一刻，我知道我们一定是真的身无分文了。

珍妮小姐把锤子举过头顶，妈妈则转过身去，就好像她不忍心目睹宠物被射杀或遭遇其他惨剧那样。锤子狠狠地砸在那对接吻的男女身上，存钱罐裂开了，硬币和黏土碎片飞溅到地板上。

"吧！"有人喊道，"中头奖了！"

我们在客厅里奔来跑去地捡硬币，然后把它们堆在床单当中。好大一堆。我到那时为止从没见过那么多钱。我盯着硬币，心里默默数。妈妈说："嘿，仿生脑，坐下，该你上了！"

我很惊讶，因为妈妈说这话的时候有点骄傲，似乎在吹嘘我和我的特殊计数能力。在我们家，赞美和认可就像金钱一样稀缺。我已经习惯了妈妈对我大喊大叫，命令我不要再低头走路，不许我一边走一边数步子。我的数数儿能力终于派上了用场，她很高兴，我也很高兴。

所有人围成一圈。我先把硬币分门别类，然后心算。不到三分钟，我就宣布了总数："一百六十四美元七十四美分！"我看了看布里奇特，她也在笑，似乎也以我为豪。

另外一件让妈妈表现出以我为豪的事情是和我一起解谜。从休斯敦时代开始，妈妈就喜欢点上一根大麻烟，蜷缩在沙发上，拿起她的《德尔谜题集》(Dell Puzzle Book) 来放松——她总是很乐意让我和她一起坐在沙发上，帮她解谜。

有时我们各解各的谜，妈妈做书上的填字游戏，我做游戏机上的纵横字谜。不过，我的特长是破解逻辑谜题。下面就是一个逻辑谜题的例子：

> 一群学生决定组建鼓队。其中一人担任鼓队女指挥，一
> 人敲大鼓，一人敲边鼓，余下两人担任铙钹手和小号手。没
> 有两位鼓队成员的年龄相同。根据给出的信息，确定每个队
> 员的名字、年龄（十四、十五、十六、十七或十八岁）和岗位。
> （注：女生为阿曼达和埃丝特，男生为伦纳德、马克和欧文。）

妈妈解不出这种逻辑谜题，但我能，而且速度很快！我盯着书页不眨眼，大约一分钟后就急急忙忙地喊出答案："阿曼达，十八岁，指挥；埃丝特，十七岁，边鼓手；伦纳德，十五岁，大鼓手；马克，十四岁，小号手；欧文，十六岁，铙钹手！"然后妈妈就会翻到下一页看答案，发现我答对了。她会惊讶地摇头，而我则在沙发前跳起了欢快的舞蹈，跳出我最好的动作，逗得妈妈笑个不停。

7

跟布朗家七个孩子里年纪最小的达林·布朗成为最好的朋友让我第一次知道，生活可以比一群螃蟹企图把你拉回桶里更美好。达林是那个伸出援手的人，将我从一众霸凌和质疑我的人中拉起。

达林的头形四四方方，门牙有缺口，经常摆出一副斜视的表情，跟某些人抬头直视太阳的表情差不多。他长得肯定不像摆在

我们咖啡桌上的那本大大的用白色皮革装订的英王詹姆斯钦定版《圣经》（Bible）里的天使——那些长着金色长发的白人天使飞临人间，从以撒（Isaac）[1]父亲的刀下救出以撒，从狮子口中夺回但以理（Daniel）[2]。可我绝对觉得自己就像陷入危险深渊的可怜的以色列人，而达林是我的守护天使。

那时候，布里奇特已经十几岁了，她和布朗家的女孩们一起睡在走廊对面的房间里，达林负责照顾我。他只比我大两岁、高三英寸[3]，但他俨然就是我的保护伞。我仍然是我们这群人里年纪最小、个头最矮的，特别招人欺负。无论是在家里还是在街头，只要出事，达林就会挡在我前面。有一次，为了护住我，他甚至被石头砸中了脸。

达林堪称布朗家族的一股清流。他的六个哥哥姐姐有三个不同的爸爸。其中一个爸爸正在巴吞鲁日以北的安戈拉监狱吃苦，而达林的两个十几岁的哥哥同样是硬汉，进安戈拉监狱貌似指日可待。他姐姐也和他们一样凶横。我们叫她"铁锤"，因为珍妮小姐和妈妈让她负责管教我们其他人。她抽我们的次数比我们的妈妈还多。

达林跟他们不一样。在我眼中，他体现了我们最崇拜的卡通英雄们的各种美德：海王的荣誉感和正直，以及《飞鼠洛基冒险记》（Rocky and Bullwinkle）里的皮博迪的智慧。他是天生的孩子

---

[1]《圣经》中的人物，亚伯拉罕的原配撒拉所生的唯一儿子。
[2]《圣经》中的人物，犹太先知。
[3] 英美制长度单位，1英寸合2.54厘米。

王，运动天赋超群。他是我的智慧伙伴，给我启迪，让我感到聪明是件好事，不必成天担心聪明让我与众不同、被人孤立。最重要的是，他很善良。达林是第一个心甘情愿保护我的人。

达林和我一起做各种各样最要好的朋友一起做的事情。我们每天都在街头玩触身式橄榄球。我们去东新奥尔良边缘的运河和树林里探险。我们一起淘气，比如偷偷溜进某些住宅小区的游泳池，直到有人抓住我们，把我们赶出去。

在家我们玩棋盘游戏、纸牌和角色扮演。我们都对动物感兴趣。我们最喜欢的电视节目是《雅克·库斯托的海底世界》（*The Undersea World of Jacques Cousteau*）和《野性美洲》（*Wild America*），每星期都一起看。达林激发了我的竞争心。我们互相鞭策，努力变得更快、更聪明、更风趣。最重要的是，达林教会我到哪里找书看。

从七岁起，我就爱读书，有什么就读什么。能读的东西不多。家里的读物，除了《圣经》，就是妈妈的《读者文摘》（*Reader's Digest*）。我渴望读到更多书。而我们附近唯一一家公共图书馆已经迁到了运河对面。

达林就是我的及时雨。他发现，只要剪下《读者文摘》上的广告，勾选"稍后付款"，然后通过邮局寄出会员申请表，就可以加入每月读书会。达林给我读了广告底部的小字，其中写着"你必须年满十八岁方可签订本合同"。他解释说，因为我还是个小孩，这个合同无效，如果我不付钱，他们就没法送我去坐牢。

于是，我加入了读书会，每月收到邮寄来的书。别人看电视或者打牌的时候，我躲在卧室里埋头读神探南西·德鲁系列小说和《妖精要抓你！》（*The Goblins Will Get Ya!*）之类的令人毛骨悚然的鬼故事。后来，我进阶到读爱伦·坡的短篇小说。过了一段时间，每月读书会厌倦了无偿付出，不再给我寄书。于是我加入了《时代–生活》（*Time-Life*）书友会，订阅有关自然、动物和古代世界的书籍。

伊迪丝·汉密尔顿的《神话》（*Mythology*）让我大开眼界。我之所以决定四月就读它，是因为它的封面插图跟超级英雄漫画书差不多——一个穿着长袍的男人骑着飞马驰骋于天空，搭弓射出支支金箭。

希腊神话里的英雄实际上很像漫画书里的超级英雄。他们都有超能力。但希腊英雄必须有某个神的支持，否则就会完蛋。在希腊神话里，同众神搞好关系甚至比有一个强人爸爸或妈妈更重要。如果你是神的宠儿，他们会替你擦屁股。如果你跟他们作对，他们会让你很惨。他们让我想起现实生活中那些强势的大人。

如果有哪个凡人违反了他们的规则或从他们那里偷了东西，希腊诸神就会像黑帮分子一样设计出一个异常邪恶的惩罚来杀鸡儆猴。有一个人从他们那里偷了火，他们就把他绑在一块岩石上，让一只巨鹰每天来吃掉他的肝脏。他们还迫使另外一个人把一块沉重的石头推到山顶，然后眼睁睁看着它滚下去，日复一日，直到永远！

你无法逃脱众神的怒火——除非你是真正的聪明人。我最崇拜的希腊英雄不是像赫拉克勒斯（Hercules）[1]那样的肌肉男，甚至不是像埃阿斯（Ajax）[2]和阿喀琉斯（Achilles）[3]那样的勇士佼佼者。我想成为像尤利西斯（Ulysses）[4]那样的人，他用智计战胜诸神。特洛伊战争结束后，尤利西斯花了十年时间才回到家，他的船和他的所有随从都没了。但他活了下来，因为他比其他人都聪明。

然而，希腊神话真正诡异的地方在于：你没法一眼就把神和凡人区分出来，因为神有时候伪装成人类甚至动物下凡到人间。就算他们喜欢你，还赐予你某种超能力——比如能够预见未来，或者像鸟一样飞翔，半数情况下你没有这个福分享受这种能力，这跟在贫民窟里骑一辆锃亮的新自行车差不多。

你永远不知道，从天上俯冲下来的生物是一匹会把你带到奥林匹斯山上的飞马，还是一只来啄食你肝脏的老鹰。

8

一个星期六的下午，我的飞马在下棋的时候从天而降。

我满九岁后，达林教我下国际象棋。每个星期六，我们都会复盘一场著名的国际象棋比赛，这种比赛会登在《皮卡尤恩时报》（Times-Picayune）体育版最下方的桥牌比赛新闻旁边。那个星期

---

[1] 希腊神话中的大英雄，神王宙斯之子，神勇无敌。

[2] 希腊神话人物，特洛伊战争中希腊联合远征军主将之一，作战勇猛。

[3] 希腊神话中的英雄，在特洛伊战争中击毙特洛伊主将赫克托耳，使希腊联军转败为胜。

[4] 罗马神话中的英雄。即希腊神话中的奥德修斯。

六的早上，《皮卡尤恩时报》刊登了一九七二年世界冠军赛的第六场比赛，由费希尔对战斯帕斯基。棋局图解下面的注释说，费希尔以"拒后翼弃兵"（the Queen's Gambit Declined）[1] 和"塔塔科维尔防御"（the Tartakower Defense）[2] 组合赢得此局。国际象棋中的一切听起来都像帮派冲突，有"西西里防御"（the Sicilian Defense）[3]、"哈尔维茨进攻"（the Harrwitz Attack）[4] 和"毒兵变例"（the Poisoned Pawn Variation）[5] 等军事策略。我喜欢国际象棋，因为你可以尝试掌控和击败你的对手，但没有人真正流血。

复盘结束后，达林和我会试着在不看报纸的情况下重来一遍。我们先按记得的走法走，然后自己想辙把棋下完。达林下棋的年头比我长。但我更擅长背谱，而且我的全局观比大多数人强。一个国际象棋棋盘有六十四个方格，但如果你换种方式看棋盘，你可以看到一组组小方格形成更大的方格。如果把棋盘上所有不同大小的方格加起来——64+49+36+25+16+9+4+1，总数实际上有二百零四个。如果你能像我一样窥出门径，对这二百零四个方格了然于胸，那么你也可以想得更远。在达林算计接下来两步或三步棋该怎么走的时候，我在筹谋后续五到六步棋。

那天早上我执白棋，因为博比·费希尔当年也执白，我可以

---

[1] 后翼弃兵是国际象棋术语，是一种封闭性开局下法。而拒后翼弃兵是后翼弃兵局中内容最丰富、使用最广泛的一个变局。

[2] 国际象棋的一种不规则的侧翼开局下法。

[3] 国际象棋的一种开局下法。

[4] 国际象棋的一种开局下法。白方的阵形未展开便发起攻击。黑方设置陷阱，在反击中制服白方。

[5] 国际象棋开局布局的一种。

依样画葫芦地下一个小时，体会他的惊人绝学。博比·费希尔就像一个有着致命缺陷的希腊神话英雄。他聪明绝顶，但正因为聪明绝顶，他才会发疯，以至于在一九七二年夺得世界冠军后过了三年就退出了国际象棋比赛。这就是神明喜欢施加给凡人的凄惨命运。

下到第二十四步的时候，珍妮小姐在客厅里叫我。"小詹姆，过来。"我没睬她，因为我正准备困住达林的车，同时还得确保不掉进他设的陷阱。

"小詹姆！"她吼道，"别让老娘上来揍你。"

我们起身离开棋盘，懵懵懂懂地走进客厅。一群大人围坐在桌旁，喝着冰茶，抽着香烟。妈妈和珍妮小姐都在，还有一些男人和一个我不认识的女人。达林和我坐到他们对面的沙发上，但屁股只挨了个边，因为我们还想回去继续下棋。

"你知道这人是谁吗？"珍妮小姐指着桌边一个留胡子戴宽边帽的男人问，"坐到他腿上去。"

"来呀，孩子，"那个男人微笑着说，"我不会咬你。"我记得这个嗓音。我走过去，乖乖坐上他的膝头。我抬头看大人们，他们都冲我笑。

"这是你爸爸！"珍妮小姐说道，发出她特有的高声大笑。

我望向妈妈。她一句话都不说，吐了几个大大的烟圈，脸上露出神秘莫测的微笑，看着我们父子团聚。出于某种原因，她让我想起了《艾丽丝漫游奇境记》（*Alice in Wonderland*）里的那些头朝下的动物——抽水烟的毛毛虫和咧嘴笑的柴郡猫的某种杂交产物。我看不懂她的情绪，这不稀奇。但她奇怪的微笑让我注意到有些事情不正常。情况即将有变。

说实话，在西部这些年，我没怎么想过我爸爸。妈妈很少谈起他。他从不打电话或者在特殊场合露面。我认识的人都不跟爸爸住，所以我觉得这很正常：爸爸是幽灵般的存在，除了他的嗓音和那晚着火的床，我几乎不记得他。

但现在，他就在这里，离我很近，我可以闻到他身上混合的汗水、大麻和男用古龙水的味道。我扭过头去看他，想看看我们长得像不像。他的肤色比较浅，眼珠是灰色的。我的眼珠和皮肤都比他的黑。他是一个英俊、健壮的男人，梳着爆炸头——跟我的鬈毛头天差地别。此外，他举止轻松、自信，而我是一个牙齿长歪、"猴子屁股坐不住"的黑小孩。也许他根本不是我爸爸。

很快，大人们又自顾自地讲起话来，冷落了我和达林。我们坐在沙发上，看着那些大人。我的眼睛一直盯着爸爸，挪都挪不开。我只想研究他。我注意到，当他微笑或大笑时，其他人也会微笑或大笑。就连妈妈也不例外。她平时几乎不笑，也很少笑出声来。他说话抑扬顿挫，跟新奥尔良大多数人的声调不同。他是一个很酷的家伙，而且我可以看出来，大家都喜欢他。

爸爸起身告辞的时候，转过身指着我说："我会带你回皮内伍兹。很快。"

我问妈妈皮内伍兹是怎么回事，妈妈只是摇摇头。"那是乡下。"她的语气让我明白，她不喜欢乡下。她住在东新奥尔良，以此为傲。

9

第二个星期六，爸爸果然来接我，带我去凯利山。那是他在皮内伍兹的住处。他开皮卡车，我坐在他旁边。快要出城时，爸爸在戴尔街和谢夫门图公路相交处的一家熟食店门前停车。他下了卡车，示意我跟他进店。他径直走到熟食柜台，开始点这要那。都是正宗好吃的东西。他甚至没有问价格。他买了大段的博洛尼亚大红肠和意大利蒜味香肠，还有桶装奶酪，外加一盒撒盐饼干。

我看得出来，爸爸认识那个店员，因为他俩有说有笑。店员问他我是什么人。

"告诉他们你叫什么，孩子。"爸爸对我说。

"我叫小詹姆斯·普卢默。"我说。一听我吐出这个名字，爸爸就笑个不停。妈妈和珍妮小姐叫我"小詹姆"，可其他所有人都叫我"普卢默"或者"小詹姆斯·普卢默"。不知怎么搞的，我之前从来没有想到过我爸爸是"大詹姆斯·普卢默"。

我们回到卡车前座上，当即开吃，用他挂在腰带上的刀鞘里的一把折叠刀切食物。这对一个习惯于挨饿或者一天吃两顿玉米糁子和人造黄油的男孩来说是一场盛宴。"慢点吃，小詹姆斯·普卢默，"爸爸说，"如果你不慢点，你的肚子就会胀破。"

我们开上 59 号公路北段后，我在手套箱里找到了一张地图，并计算出沿着公路往北走一百六十一英里[1]就会到达密西西比州中部的凯利山。我算了一下，车程大约需要三小时。我想讨好爸爸，这样他就肯给我讲他自己的事情。我从讲笑话入手。我抖了一些从《欢迎归来，科特先生》(Welcome Back, Kotter) 之类的电视剧里听来记住的包袱。要是哪个笑话把他逗笑了，我就再接再厉

---

[1] 英美制长度单位，1 英里合 1.6093 公里。

地给他讲同类的笑话。然后，趁他不注意，我问一个关于他和他家人的问题。我数公路上的里程标，确保每一英里都提一个问题。开到一百五十英里的时候，我已经颇有收获。

爸爸告诉我，他在密西西比州的穷乡僻壤长大。他出生在帕丘塔，那实际上不是镇名，只是离得最近的一个邮局的名字。该地区的官方名称是东巴尼特，但住在那里的人称它为皮内伍兹（"松树林"的音译），因为那里大多数地方都长着松树。爸爸说他出生于一九三三年，我脱口说他应该是四十三岁。"四十三是个质数。"我补充说。

"伊莱恩告诉我你很聪明。她说的没错。"

他告诉我，皮内伍兹一直以来生活着三大家族：普卢默家族、斯特里克兰家族和凯利家族。他们都以拥有浅色皮肤、浅色眼珠和"好头发"为荣。他们之所以肤色浅，是因为祖上有过多次黑白通婚。我爸爸的祖父和外祖父都是爱尔兰白人。他祖父有两个妻子两个家庭，一个是白人家庭，一个是黑人家庭。这位祖父临终前把克拉克县的一大片土地留给了他的黑人家庭——虽然后者没有跟他姓——让所有人都大吃一惊。普卢默家族、斯特里克兰家族和凯利家族在皮内伍兹比邻而居，多数时间相处融洽。但他们也会脾气急，逞强好斗，会打架，有时打得惊天动地。爸爸告诉我，有一次他们甚至为了哪个家族的人更漂亮而打了起来，各方都流了不少血。

爸爸是十一个孩子中的老二，九岁就辍学帮家里的农场干活。他十三岁离开家去新奥尔良，在那里找了一份每天挣二十五美分的工作，专门帮人停车。十八岁时，他入伍参加朝鲜战争。退伍后，他在阿拉斯加待了一段时间，当中量级拳击手。然后他搬回新奥尔良，在圣伯纳德区新开张的凯泽铝业工厂上班。炼铝车间的工作又热又脏，他只好不断地吃盐片，否则就会脱水昏倒。但凯泽铝业的工资比该地区大多数其他蓝领工作的要高。二十年后的今天，他还在那里工作，不过副业也没停过，包括在凯利山干私活。普卢默家族是皮内伍兹最有创业精神的家族。早在二十世纪二十年代，他们就酿造私酒。全美禁酒令（Prohibition）[1]废止后，克拉克县仍然禁酒，他们的生意也一直没停。

我们刚从 59 号公路下了通往凯利山的匝道，爸爸大喊："看那里！"他的手指向路边泥地里一只呆若木鸡的动物。我在书上和《野生动物王国》（Wild Kingdom）里看到过犰狳[2]的图片，但从来没有近距离看到过活物。爸爸把皮卡开到路肩上，从座椅头枕后面的架子上抄起一把点 22 口径步枪。他站到驾驶室门边，瞄准犰狳，砰地开了一枪。犰狳一跳四英尺[3]高，像奥运会跳水运动员一样翻筋斗，然后落地窜入森林。

"来，孩子，"爸爸嚷嚷，"跟上！"爸爸一手高举步枪奔进森林。我手忙脚乱地爬出皮卡，赶紧跟上。

除了新奥尔良郊外的几个公园和几片小树林，我以前从来没有进过森林。我不断被树根和藤蔓绊倒，小腿老是被倒下的树木

---

[1] 指一九一九年至一九三三年间美国的禁酒法案和措施。

[2] 哺乳纲贫齿目动物。

[3] 英美制长度单位，1 英尺合 0.3048 米。

擦伤。但我立刻弹起，继续奔跑，不愿错过狩猎的机会。爸爸在树林里冲刺，那姿势像是在跳舞，就像 O. J. 辛普森（O. J. Simpson）[1] 在美式橄榄球场上持球冲过第二防线那样。突然，他一个急刹车，平举步枪，扣动扳机。等到我追上他，他已经蹲在死犰狳旁边，从腰带上的皮鞘里抽出大大的折叠刀。他把动物尸体翻过来，让它的肚子朝天，然后举刀把它从头到尾劈开。这是一只母犰狳，因为爸爸把它的内脏倒在地上的时候，我看到四只很小很小的甲都还没长出来的犰狳在其间蠕动。

"噢，见鬼，"爸爸摇头说，"你别看。"

他用刀在地上挖了一个小洞，用靴子把小动物们顶到洞里，然后用泥土盖住它们。接着，他一手提起开膛破肚后的犰狳的尾巴，一手拎着步枪，带我回到皮卡上。

10

"晚饭有了！"爸爸冲着前廊里坐在一个倒扣的锡盆上剥豌豆的米迪婶婶喊道。

米迪婶婶差不多是我见过的最胖的女人。爸爸在开车去凯利山的路上是这样描述她的："人壮责任大。"她经营家庭农场和各类家族企业。米迪婶婶是爸爸的嫂子，也是他的生意伙伴。

就在她打量我的同时，我目瞪口呆地看着她把手指伸进下唇

---

[1] 美国橄榄球运动员、演员。辛普森在球场上以其速度、力量和阻击对方进攻的能力而著称，是美国全国橄榄球联盟历史上最优秀的跑锋之一。

内侧，掏出一团湿答答的棕色糊糊，然后立马从一个带软木塞的玻璃罐中取出一些干燥的棕色粉末塞回嘴里。然后，她用食指和中指按住双唇，把一股棕色的汁液吐到旁边的窄颈瓶里。这一连串动作全然没有耽搁她对我的审视。

米迪婶婶在凯利山有两栋房子。她住在比较大的那栋里。同住的还有她的两个小叔子——罗西叔叔和亨利叔叔，她的雇工威尔先生，以及我的十六岁的同父异母姐姐安德烈娅。我爸爸也是她爸爸。安德烈娅的妈妈——跟我爸爸青梅竹马，同在凯利山长大——在安德烈娅还是个婴儿时就搬去底特律了。米迪婶婶没有亲生子女，她带大了安德烈娅。

安德烈娅从爸爸手里接过犰狳。我跟她进屋。她把它扔进壁炉。等它被煤火烧得焦透了，她拽着它的尾巴把它从火里拉出来，拿刀子像刮鱼鳞那样刮。然后她拿起一把锋利的砍刀，把它连甲带肉剁成小块，扔进一个大铁锅。她往锅里加了一些洋葱片、青豆和土豆块，然后把锅搁到壁炉火上。

"你见过你的兄弟了吗？"安德烈娅问我。我这才知道，爸爸还有两个儿子，拜伦和菲奥，和他们的母亲卡丽小姐一起住在新奥尔良。原来，爸爸在遇到妈妈之前就和卡丽小姐生下了拜伦。妈妈放火烧床之后，爸爸娶了卡丽小姐，生下了比我小四岁的菲奥。安德烈娅告诉我，我在新奥尔良还有一个叫约兰达的妹妹，但我搞不清楚她和哪个家族分支有关，也不知道她的妈妈是谁。

我问安德烈娅有没有铅笔和纸可以给我用，好让我能把枝繁叶茂的家族树画出来——突然之间，我觉得与其称之为树，不如把它比作一丛枝杈横生、棘刺遍布的黑莓灌木。我爸爸处在这丛荆棘的中心。他让我联想到宙斯（Zeus）[1]。他有这么多孩子和孩子妈，散居在三个州。而以上还只是我听说过的兄弟姐妹。

米迪婶婶家通了电，但没有管路系统。你得去屋后上厕所，你还得从屋后的泵房里取水。房子本身并不精致，但凯利山农场可以养活整个大家庭。吃犰狳——爸爸宣称它的味道像上等的烤猪肉——晚餐时，我得知米迪婶婶养了鹅、鸭子、珍珠鸡、下蛋鸡、奶牛和猪。此外，山边有一个三英亩[2]大的菜园，那里还专门养了一头犁地的骡子。

睡觉前，我想小便，于是走到屋后。那是一个没有月亮的夜晚，漆黑骇人，黑到我被一些农具绊倒，摔在地上。我在城市里从未体会过。这里泥土的气息也和城里的不一样——它似乎也是活物。凯利山的一切都很怪异、令人不安——森林、食物、动物的声音和气味，甚至这里的人说的话听起来也很别扭，就像一张倒着放的唱片。

我小心翼翼地暗中摸索着朝屋外厕所走去，边走边数步数，以便完事后原路返回。我听到脑袋里有一个声音——是爸爸的声音吗？——说："抬头看，孩子！"于是我抬起头。

夜空看起来就像有人在上面打了十万个洞眼，然后从洞眼后面照出强光。星星看起来很远，但同时又很亮，似乎伸手就能

---

[1] 希腊神话中的主神。许多奥林匹斯神祇和希腊英雄都是他和不同女子生下的子女。
[2] 英美制地积单位，1 英亩合 4046.86 平方米。

摘到，这让我很困惑。它们让我感到自己既渺小又伟岸。就像我看着爸爸从车里跳出来射杀犰狳，然后三下五除二开膛破肚那样。

我站在那里一动不动，凝视漫天星辰。要数清一共有几颗是不可能的。但我知道，我想数。

11

乡间生活教给我的第一课是人人都早起。第二天天刚亮，安德烈娅就把我摇醒，让我帮她倒夜壶、用泔水喂猪，还要喂鸡。

一吃完煎饼浇蔗糖蜜早餐，爸爸和我就上山去查看夏季作物的长势。这个农场看起来就跟小孩图画书里的农场一样，连钉在十字架上的稻草人也如出一辙。巡视农田前，爸爸把脱掉的衬衫留在卡车里。他的躯干很强壮，肌肉发达——我猜是从小在农场辛勤劳作，然后又在凯泽铝业的炼铝车间搬了二十年铝液罐的结果。望着他在一排排的西红柿、黄瓜和菊苣间行走，我可以想象出他年轻时当拳击手的样子，想象出他怎样在西沃德和费尔班克斯烟雾缭绕的密室里拼搏。他就像希腊神话里的半神半人——宙斯和凡人母亲的儿子——珀尔修斯（Perseus）[1]或赫拉克勒斯。而他是我爸爸，也就是说，我有四分之一的神的血统！

爸爸的身影消失在两排高大的玉米秆之间，我赶紧跟上，走进青纱帐。每两排玉米之间都长着一排茂密的杂草。爸爸仔细端

---

[1] 希腊神话中的英雄。主神宙斯化作金雨和达那厄亲近后所生。

详这些杂草。我这才意识到它们是……大麻！我见过很多人在牌局上和街角抽大麻，妈妈也喜欢在睡前抽大麻放松。但我以前从未见过长在地里的大麻。

安德烈娅为我启蒙，让我明白家里做什么生意。米迪婶婶在家卖五美分、十美分一包的大麻，爸爸则把一大袋一大袋的大麻带回新奥尔良去卖。因为克拉克县禁酒，米迪婶婶就用卡车从默里迪恩县运酒回家卖。周末的垒球比赛期间，她和亨利叔叔在她的皮卡车后面卖啤酒。

那天下午，爸爸带我在皮内伍兹附近兜了一圈，然后沿着11号公路开往劳雷尔，那是密西西比州我们那块儿最有城市气息的一个地方。一越过县界来到贾斯珀县，他就把皮卡停在一个没有任何标志的小建筑前面的停车场上。虽然爸爸说这是B&M俱乐部，但它比棚屋大不了多少，店招什么的统统没有。屋子里面有一张台球桌，一个吧台，还有一个小舞池，通向后院中庭。在那个阳光明媚的周日午后，俱乐部里一个客人都没有，但你可以从散落四处的空啤酒瓶和满到装不下的烟灰缸看出，前一天晚上一定是满座。

我们刚进俱乐部，博比·凯利就从吧台后面走出来紧紧拥抱爸爸。博比撬开一瓶啤酒，放在爸爸面前的吧台上。

"告诉博比堂哥你叫什么名字。"爸爸对我说。他知道我会说什么，已经忍不住笑开了。博比打开一瓶根汁汽水递给我，我告诉他："我叫小詹姆斯·普卢默。"我很爱听爸爸大笑。

爸爸掉头把皮卡开回皮内伍兹。路上他解释说，他和米迪婶婶马上就要从博比堂哥那里买下 B&M 俱乐部。妈妈会经营它。布里奇特和安德烈娅也可以在那里工作。妈妈、布里奇特和我会搬进米迪婶婶的房子——至少在我们找到或造好自己的房子之前。

"你会去上奎特曼小学，"爸爸说着用大手拍我的肩膀，用力捏了捏，"就是你爸爸上过的学校。"

就这样，我成了乡下人。

12

你想不到吧，密西西比州的穷乡僻壤能培养出研究科学家来。但我就是在那里养成了勤奋工作的习惯。正是这些习惯推动我走出米迪婶婶的农场，踏上前往遥远星系的旅程。

七月，布里奇特和妈妈还有我搬进米迪婶婶的房子。然而在凯利山，夏天并不是一个你想躺就躺、爱玩就玩的季节。农场的每一天都像是一场看谁干活最卖力的竞赛。每个人都是这个大家庭的一分子，每个人都为某个家族企业——要么是农场，要么是大麻和卖酒生意，要么是 B&M 俱乐部——效力，或者找些副业为家里带来额外收入，比如运送纸浆木、盖屋顶或者砌砖。

我们天天都得早起干活。就连我的新室友亨利叔叔，一个脾气暴躁、醒来时双手都在发抖的老酒鬼，也得花上一上午时间锄草、犁地、砍柴和阉猪，下午才能收工去喝酒。在黎明前起床干活是乡下人的避暑方式。

"如果你指望这个家供你吃喝，那你最好把鸡和猪喂了。"米迪婶婶在我们搬进来的第一个晚上就告诉我。于是，吃完煎饼早餐后，我去了屋后的鸡场。我刚撒下饲料，场院里就挤满了鸡。十几只白脸黑身的珍珠鸡从谷仓四周猛扑过来。然后，一只公鸡追到一只母鸡，跳到它背上，用喙咬住它脖子上的羽毛。公鸡忙活的时候，翅膀向下收拢。几秒钟后，它跳下来走开。母鸡爬起来，抖抖羽毛，接着吃饲料，就好像什么也没发生过一样。

我不是特别明白发生了什么，但我怀疑这跟下蛋有关。我在熏制房旁边找了一块阴凉的地方，准备进一步侦察。突然，一阵刺痛和灼热感从脚上传来。原来我正好站在一大群红蚂蚁当中。我跳起来，以最快的速度跑回屋。

"别把这些爬虫带进屋里来！"妈妈大叫。她把我赶到门廊上，用冰屑敷蚂蚁咬过的地方。大早上的，气温已经很高，冰屑大概三十秒钟就化了。

乡村生活教给我的第三课：所有东西都是活的，都在伸手抓你、蜇你、咬你，或者给你下毒。我在新奥尔良见过很多蚊子和蟑螂，但那些城里的小动物在凯利山根本活不过五分钟。

随着我对农场和周围森林越来越了解，我认识了许多伤人的植物和害虫。红蚂蚁潜伏在我们脚下，头上有螯，尾部有刺。马蝇[1]白天骚扰我，晚上则侵入室内。要是有人大喊一声："屋里有马蝇！"人人都得出动抓捕它。在打死马蝇前，谁都不能上床

---

[1] 双翅目胃蝇科虻属的昆虫。成虫比一般的蝇大，头大，身体表面生有细毛，像蜜蜂。

睡觉。否则它就会在我们睡着后吸我们的血，留下让人痛不欲生的红肿。

苍耳丛里布满了小尖刺，如果你不小心踩到或坐在上面，就会被伤得很惨。要是你在森林里的荆棘丛中绊倒，你可能需要花半个小时才能挣脱出来。最糟糕的是毒葛和毒栎，只要一碰，讨厌的皮疹就会暴发，然后蔓延到我的全身。

似乎每天我都会因为被刺伤、咬伤或者出皮疹而哭着喊着跑去找妈妈或米迪婶婶。米迪婶婶吩咐妈妈嚼一团烟草，然后把烟草汁滴到我身上新出现的红肿上。妈妈认为嚼烟草是低级的乡下人行为，但烟草汁是米迪婶婶的万能药。在米迪婶婶家，没人跟她对着干。

在咬人的虫子和有毒的植物的夹击下，我的皮肤看起来惨不忍睹。我总是在抓痒痒，这让家里其他人大为光火。"天哪，小詹姆，你老是抓个不停！"妈妈、布里奇特、安德烈娅或米迪婶婶会喊。"看在上帝的分上，哪怕住手一分钟都不行吗？"

但上帝已经像抛弃约伯一样抛弃了我。所以我只好在屋子里找个没人的角落，尽情挠个够，一边挠一边想念达林。我想知道他是不是已经交了新朋友，和那人一起下国际象棋、玩触身式橄榄球、看《野生动物王国》。他永远也不会相信我在凯利山野生动物王国过得有多艰难。

乡村生活一点也不舒服，在乡下过日子跟在城里一样难。

13

因为皮肤问题，我不能下地干活，所以米迪婶婶让我做家务：早上倒夜壶，从泵房提水，然后把木柴拿进屋，生火烧水。所有这些都得在早餐前干完！接着我还得喂鸡喂猪。

我唯一有所期盼的室内家务是择大麻叶和装袋。收割下来的大麻挂在熏制房里晾干后，我们会把它们塞进大袋子，搬进屋里，倒入粉红色的大塑料洗衣盆。大麻有很多茎、梗和籽，所以我们吃完晚饭都会围坐在客厅里，一边听音乐，一边择出大麻叶，称好分量，将其装入小袋，将来或者卖五美分一袋，或者卖十美分一袋。

我从小就看妈妈做这个，但她择出够卷一两根大麻烟的叶子就罢手。安德烈娅向我演示了怎样一次抓一大把来择，我很快就得心应手。坐下择大麻叶的时候，我把最新的"俄亥俄玩家"（Ohio Players）双碟装专辑以恰到好处的角度撑开，放在腿上。这样一来，大麻叶就留在原地，大麻籽和茎秆则顺着硬纸板滑落。我觉得自己就像"俄亥俄玩家"的主唱"糖脚"（Sugarfoot）一样酷。他留着巨型爆炸头，弹拨一把被他称为"弥赛亚"的双颈吉他。每张"俄亥俄玩家"的专辑封面上的性感女人都长得不一样。最热门的专辑是当时刚刚发行的《蜜》（Honey）。封面上的女人有着焦糖色皮肤，一只手拿着一罐蜂蜜，另一只手举起勺子把蜂蜜滴进她向上张开的嘴里。在这张双碟装专辑的内页上，同一个女人斜倚而坐，浑身涂满蜂蜜。

我用一张扑克牌把大麻自下而上推过她斜倚的身体，大麻籽就沿着她的身体滚落。一旦择出一大堆干净的大麻叶，我就用钻石红顶牌火柴盒把它们舀进小袋子里。一个火柴盒的分量卖五美分，两个火柴盒的分量卖十美分。爸爸还做一种只有他本人才卖的盎司[1]袋。这种袋子如果平放，里面装满的大麻有三指高。我们择叶装袋，"俄亥俄玩家"的歌声从立体声音响里传出来：

> 小甜心，你像蜜蜂一样长刺
> 哦甜甜蜜蜜的爱人

等我们择好大麻，把分好的小袋子装满一大箱，我就把大麻籽从茎秆上摘下来，放在一个罐子里，留作种子用。厨房的窗台上摆放着一排排小盆，抽芽的籽苗细长的茎秆向阳生长。籽苗长到一定高度后，安德烈娅会带我去玉米地，教我怎么移栽。

我们家铺子里的另一条货架通道两边摆放着我们从默里迪恩贩来的酒。沿着 11 号公路开差不多一小时才能到默里迪恩，就在县界对面。米迪婶婶、安德烈娅和我每星期都会开白色皮卡去那里，为铺子和 B&M 俱乐部进货。我们在家里卖三种酒：半品脱[2]装的加拿大密斯特威士忌和施格兰金酒——后者因为它的

---

[1] 英美制质量或重量单位，1 盎司合 28.3495 克。
[2] 英美计量体积或容积的单位。用作液量单位时，1 美制品脱 ≈ 0.4732 升。

玻璃瓶表面凹凸不平而被称为"凹凸头"，外加装在拧盖式夸脱[1]瓶里的一种名叫"T. J. 斯旺"的廉价甜葡萄酒，它有四种不同的风味："轻松的夜晚""芳醇的日子""踏步前行"和"奇妙时刻"。

来买大麻或酒水的人通常会看见米迪婶婶坐在前廊上那个倒扣的锡盆上，双腿八字张开，痰瓶放在一边。有时，人们会拖着刚杀死的动物来，因为米迪婶婶肯让他们用松鼠、浣熊、野兔或负鼠换大麻和酒。但她不收鱼。三只松鼠可以换一袋五美分的大麻叶，两只野兔换十美分的大麻叶。我记得有一次某人带来一只巨大的河狸。米迪婶婶把它放在烤架上烤。我拿它的桨状尾巴玩了好几天，直到它开始发臭。

如果米迪婶婶有事得去山上别的地方，她会给我一个空的爱德华国王无敌雪茄烟盒，让我保管现金，叫我看店。要是有人来敲门，我就隔着上锁的纱门跟他们讲话。

"嘿。"我说。他们会侧目看我。九岁的我有一对魔鬼般的眼珠子，看上去和听起来都不像乡下人。如果那天布里奇特给我编了辫子，他们会把我当成女孩。

"小姑娘，米迪小姐在吗？"

"她不在。"我会用我最深沉的乡下声音回话，尽量不耍嘴皮子。"我是小詹姆斯·普卢默，你要什么？"

"妈的！你应该一上来就说清楚！"一提我爸爸的名字，他们就肃然起敬。

---

[1] 英美计量液体或干量体积的单位。用作液量单位时，1 美制夸脱 ≈ 0.946 升。

打烊后，米迪婶婶会把雪茄盒里的现金倒进一只长筒袜里，在上面打好结，然后塞进她前胸的衣服里。除了妈妈，米迪婶婶的胸部是我见过的所有女人中最大的。即使她的长筒袜里鼓鼓囊囊装满了现金，她的胸部也几乎没有任何异样。

米迪婶婶喜欢把她和爸爸合伙做的生意记上账。晚饭后，她会坐在厨房的桌子旁边，在她的账本上写写画画。她会眯着眼睛看账册，然后对我说："来，小詹姆，你年纪小眼神好，过来帮你的老米迪婶婶算账。"

我把数字加起来，检查她的加减有没有做错。她会给我柠檬水和一块自制小甜饼。有时候，因为我把账目弄平了，她会高兴地揉揉我的头，就像我是她最喜欢的猎狗一样——这让我也很高兴。

14

尽管会择大麻卖大麻，但我还是一个穿着蜘蛛侠 T 恤的城里孩子，对种地过日子一无所知。我的两个乡下堂兄博比·斯特里克兰和安东尼·凯利只比我大几岁，可他们在乡野生存技能方面大大领先。他们对森林了如指掌，在肉眼难察的野兽踩踏出来的蜿蜒小路上健步如飞。他们可以一次拧断两只鸡的脖子。他们还会用点 22 口径猎枪或霰弹枪猎杀野兔和负鼠。亨利叔叔阉割小猪时，博比和安东尼会冲进猪圈，抓起小猪的两条后腿把它们拖出来。他们甚至还会开车！在皮内伍兹，大多数孩子十岁、十一岁的时候就已经开着皮卡在乡村小道上跑了，有时甚至上公路。而我只会摔进荆棘丛、踢翻蚂蚁堆。

幸运的是，我爸爸每周五在新奥尔良的凯泽铝业工厂下班后都会回凯利山。偶尔他也会把我同父异母的兄弟拜伦和菲奥带回来。但我是唯一一个名字里三个部分都跟爸爸一样的儿子。即使我是一个骨瘦如柴、还没砍完十根柴就满手血泡干不下去的城里男孩，但我是小詹姆斯·爱德华·普卢默。每当我大声说出我的名字，爸爸就笑得像天空一样灿烂。

爸爸是克拉克县最有男子气概的人。女人们都很喜欢他，所以他有花花公子的名声也不足为奇。但最重要的是，人人都尊敬他，因为他是经营农场的一把好手。他会修坏掉的水泵、启动趴窝的卡车、赶骡子犁地，或整天光着膀子干农活——即使是在冬天也不例外。杀猪也要等爸爸回来，因为他的刀法最好。他会打猎钓鱼，也知道早春时节在森林的哪些地方可以找到最好的黑莓。

他把这些都教给了我，外加怎样瞄准和开枪，还有怎样把刀磨快以便剥兔皮。剥兔皮跟剥松鼠皮的方法不一样。我从未射杀过任何动物——我对此一点兴趣都没有，但爸爸教我怎样射下放在栅栏杆上的罐子、怎样给他的猎物剥皮。我向来喜欢把东西打开，探究内里，无论是收音机、黄蜂窝还是头部中弹的负鼠。

爸爸在乡下如鱼得水。没有什么是他不会的。八月下旬的一天，他告诉我和我同父异母的兄弟拜伦和菲奥，他要在米迪婶婶房子下面的坎溪给我们弄一个游泳用的深水潭。他让我们站在离小河很远的地方，看他把四根炸药棒放在河岸上。然后他点燃导火索，跑上岸来跟我们会合——说时迟那时快，炸药棒接二连三地开了花。嘭！嘭！嘭！嘭！等到土块全部落回地上、灰云和泥浆漩涡散去之后，一个凉爽清澈的游泳池出现在眼前。他说到做到了。

　　那段时间，我如饥似渴地阅读。博比·斯特里克兰有一大扁皮箱漫画书，我一头扎了进去。在二十世纪七十年代中期，漫威漫画公司的黑人超级英雄队伍不断壮大。黑豹是第一个，猎鹰和刀锋战士紧随其后。甚至还有一位黑人超级女英雄暴风女，别称"天气女巫"，她长大后跻身 X 战警第一批女性成员之列。

　　漫画书里的超级英雄让我想起了希腊神话英雄，但喜欢折腾他们的不是众神，而是一些科学狂人。后者把他们变成了辐射人和变种人。我注意到漫威英雄们都很孤独，都必须对自己的超能力保密，因为正是这些神秘力量让他们变种。

　　我从小就知道自己很聪明。我甚至怀疑自己有特殊能力——虽然我不能断定具体是哪种。不是那种可以毁灭大敌和终极恶棍的力量。但我知道自己的与众不同——看问题的角度有别于常人、想象力过于丰富、不假思索就能心算出结果——会招致人身危险。除了达林，我不敢跟任何人提，可他已经不在我身边。要是年纪比我大的人认为我是个爱现鬼，或者觉得我嘲笑他们无知，他们会给我一顿老拳。

　　最深得我心的黑人超级英雄是卢克·凯奇。他在纽约哈勒姆区长大，被一个黑帮分子陷害，无端坐牢。为了早日出狱，他同意充当细胞再生医学实验对象，结果变成一个"刀枪不入"的超常强人——连子弹都会从他身上反跳开去。他当"雇佣英雄"，但他只为好人工作。我喜欢卢克·凯奇，因为他既是一个好人，也是一个硬汉。真正吸引我的是他那无敌的、刀枪不入的皮肤，这是他的超能力。我暗暗记住，一定要研究一下那个细胞再生之旅。

看完那一整箱漫画书之后，我希望读点大人们的书。

15

我不知道米迪婶婶家怎么会有《根》（Roots）[1]这本书。我们在皮内伍兹可以收看到两个电视台，其中一个台的新闻节目里曾经讨论过这本书。我看到一个白人采访一个穿西装的浅肤色黑人——来自杰克逊州立大学的某个教授。后者说《根》唤醒了非裔美国人的非洲意识。那是一九七六年，还没有"非裔美国人"这个说法。黑即是美，我们以黑为荣，时刻准备着跟任何叫我们黑鬼的人理论。但非洲意识我才第一次听说。

在我生活过的那些城市里，白人和黑人不住在同一个街区。在城里，种族之间的关系往往很紧张，还存在某种程度的敌意。但在密西西比州，黑人跟白人打交道的时候反而没有那种紧张的不安感。每当保险公司或电力公司派人上门收费，或者如果黑人要跟商店老板或镇上来的陌生人交谈，他们就会满口"是，先生"和"是，女士"，低头，眼睛看脚面，或者绽开大大的笑容，像是在说"有我在，你很安全，白人"。似乎每个人都是这样，除了我爸爸。他习惯了在新奥尔良同白人打交道，直视他们的眼睛，跟

---

[1] 一部著名的黑人文学，讲述了哈利一家七代人从被贩卖为奴到找寻精神之根的长达半个多世纪的种族血泪史。

他们交谈同跟其他人说话没什么两样。在我看来，爸爸是一位非裔美国人超级英雄。

《根》很厚，有六百五十多页，里面一张图画都没有，拿在手里沉甸甸的，像一本《圣经》。我看得出来，米迪婶婶家里从来没人读过这本书，因为书页和书页之间贴得很紧，就像四年级第一天拆包发下来的全新社会研究教材那样。神奇的是，我发现夹在唱机和一沓黑胶唱片之间的《根》的那天上午，没有人吆喝我做家务，也没有人赶我出门。于是我坐在客厅的地板上，就在肯尼迪、马丁·路德·金和耶稣的三幅镶框画下，翻开了书的第一页。

昆塔·肯特，书中这个在非洲奴隶时代冈比亚一个村庄里长大的男孩，立刻吸引了我。我就像钻睡袋一样一头钻进他的故事里，而且随手拉上拉链，把自己紧紧包裹起来。在接下来的几天里，我在米迪婶婶家的各个房间里打游击读书。要是他们把我赶出去，我就跑到门廊上或者躲在某棵树后面站着读，这样红蚂蚁就不会爬到我身上。

书里最先吸引我的场景是昆塔进森林找木材做鼓，不想被奴隶贩子抓住了。他们把他打晕，昆塔醒来时全身赤裸，被铁链锁在一艘开往美国的奴隶船上。昆塔老家的朱富雷村看起来同凯利山没有什么差别，而我成天一个人在森林里走！

这是我阅读的第一部真正的小说，读它就像在脑海里放电影。但它比我看过的任何电影或电视节目都更丰富多彩。小说里没有图片我并不以为憾。我自行想象。然而，除了视觉，昆塔被铁链锁在奴隶船上的一块木板上那一段，我更是感同身受。他竭力憋住屎，但最后不得不拉在身上，然后不得不躺在自己的屎里。我可以闻到屎臭，我可以体会到他的厌恶和羞耻。他们给他一大块猪肉，但他不肯吃，因为他是穆斯林。我可以感觉到，他拒绝时一定很饿。昆塔一个人被关押时，他是如此孤独，以至于抓了一只蟋蟀当宠物，把它当作倾诉的对象。我可以体会他的孤独。昆塔放走那只蟋蟀的时候，我觉得自己身上某个被禁锢的部分也被解放了。

但是，直到昆塔的主人夺走了昆塔从非洲老家带来的最后一件属于他自己的东西——他的名字时，我才潸然泪下。我非常愤怒。作为小詹姆斯·普卢默，我感到自己很特别。如果有人想夺走我的名字，我不知道自己会怎么做。不过，我也想知道，普卢默是不是一个奴隶的名字，就像昆塔的"主人"给昆塔起的名字一样。

幸好，被昆塔·肯特的遭遇气哭的时候，我一个人在屋外厕所附近。我想，如果有人看到我哭，我在皮内伍兹就没法活了。因为我爱看书、说聪明话、穿城里人的衣服，我已经受够了嘲笑和欺负。我一点都不想让爸爸从凯利山人那里听说小詹姆斯·普卢默是个爱哭鬼。

读完《根》，我急切地想找人聊聊它。但我找不到读过这本书的人。"我本来想读《根》那本书来着，"亨利叔叔告诉我，"但我听说他们要把它拍成电视连续剧。"仿佛只有傻瓜才会花时间去读一本书而不看同样情节的影视剧。

我开始找下一本大部头书来读。可在凯利山，书不好找。大多数人家只有《圣经》，或许咖啡桌上还有一本 *Jet* 杂志。然后，有一个周末，我们去莉莉婶婶家吃星期日晚餐，我发现了有生以来见过的最厚的一本书。多达一千二百四十八页的《第三帝国的兴亡》(*The Rise and Fall of the Third Reich*)！莉莉姊姊把书垫在电视机下面。我死死盯着书脊上的黑色纳粹标志，直到它似乎逆时针旋转起来。

我从来没有听说过希特勒或者第三帝国[1]。我对"二战"的了解完全来自电视上重播的老电影《霍根英雄》(*Hogan's Heroes*)。我一星期就读完了"崛起"部分，完全被第三帝国主宰世界的史诗般的故事所吸引。装甲师隆隆驶入维也纳。在希特勒的闪电暴力进攻面前，整个欧洲和北非几乎没有任何反抗就土崩瓦解。他就像一个黑帮狠角色，胆大包天，不但制订出一个占领全世界的计划，而且舌灿莲花，成功动员整个国家来执行。

由于对历史一无所知，我以为希特勒是故事里的英雄。主角不都是英雄吗？读到"覆亡"那部分时，我才意识到希特勒是个坏人，是个借种族纯洁之名杀害数百万人的超级大反派。我为自己的无知感到羞愧。

读《第三帝国的兴亡》没有让我落泪。但它让我感觉很餍足，就好像我一个人吃完了全家的感恩节大餐。所有那些历史，所有那些战斗、将军、坦克、飞机和潜艇现在都住进了我的脑子里。我一向觉得自己很聪明，但我意识到我的脑袋一直空空的。现在，有了书，我可以快速地往里面填充信息。有时候，我感觉自己的头脑像一株干渴的植物一样吸收知识。随着我对世界的了解的增加——船只从非洲贩运奴隶到新世界，战场横跨欧洲和亚洲我以

---

[1] 即德意志第三帝国，法西斯德国（一九三三年至一九四五年）的俗称。

前从未听说过的国家，我觉得自己不再是个怪人，我更像一个秘密社团的成员，我们用书本当密码跨越时空进行交流。

就这样，我意识到一个人可以既聪明又无知。凯利山有很多聪明人，包括我的父母和米迪婶婶。但是，因为他们从来没有接受过正规的学校教育，也因为他们敬畏书本到退避三舍的地步，他们不知道纵横四海、上下五千年的所有事情。

16

每个工作日早晨，我都和安德烈娅以及布里奇特一起穿过牛群过路口，走下凯利山去赶校车。我们要在车辙遍布的土路上颠簸将近一个小时，头屡屡撞到车顶，校车才把布里奇特和安德烈娅送到奎特曼高中，而我上的奎特曼小学则是最后一站。

拿他们的话说，四年级是我发力踩油门、倾情读书的一年。如果下午发了新课本，那么当天晚上我就会一口气读完——然后在课堂上坐立不安，因为其他人要花几个星期才能赶上我的进度。

奎特曼小学跟密西西比州我们那块儿的大多数学校不一样，它兼收黑人和白人学生。我对白人孩子既没有好感也没有恶感。所以，上四年级的第一周，当我参加掷球游戏的时候听到一个孩子大喊"别让黑鬼抢到球！"时，我大为震惊。这之前从来没有人在学校操场上当着我的面用"黑鬼"这个字眼。至少白人孩子从来没有用过。

有一天课间休息，我们一群孩子在攀爬架上玩。我一会儿模仿汽车发动机转速加快的声音，一会儿喊"我是飞车小英雄！"——因为《飞车小英雄》（*Speed Racer*）是一部很酷的日本电视动画片，我们大家每到星期六上午都会看。

"你不可能是飞车小英雄，因为你是黑人。"一个红头发的白人女孩说，我一度认为她很酷。"马克是飞车小英雄。"她微笑着望向攀爬架那头一个也在模仿汽车发动机加速旋转声音的金发男孩。

我心想，胡说八道。然而我嘴里吐出的是："好吧，那我就是极速赛车手。"

种族隔阂不只是体现在操场上。午餐时间，所有白人孩子都坐在一起，从漂亮的午餐盒里拿出用保鲜膜包好的三明治来吃。那一年，白人男孩们的午餐盒上要么印着蝙蝠侠，要么印着蜘蛛侠，白人女孩们则钟爱《鹧鸪家族》（*Partridge Family*）里的人物。我们黑人孩子坐在一起，吃塑料托盘上的免费午餐。

奎特曼小学实行分层教学，四年级学生被分成四个层次。所有白人孩子貌似都被分到第一和第二层次，所有黑人孩子都被分到第三和第四层次。去他妈的，我想。他们这么分，只是因为他们自认为比我们强。我要让他们知道谁更差劲。

如果想上升一个层次，你必须完成一系列的作业和测试，答案必须百分之一百正确。不过，如果你出错了，你可以问老师要一些学习资料，研习一番，然后再考一次。因为我喜欢阅读，所以只要能升上去，要我研习多少遍都不在话下。到了四年级的春季学期，我已经从第四层次升到了第一层次，而且第一个完成作业。我为此相当得意，但我的白人老师对我说："詹姆斯，你写的字像鸡爪印。"为了防止我骄傲自满，她指着第二个完成作业的白人孩子说："莎拉更仔细，错的地方比你少。"

妈妈对她十六岁就从高中辍学感到很难过，所以她开始去默里迪恩社区大学上课，以便参加高中同等学力考试。

有一天，我听到妈妈和她的朋友西莉亚谈论她的物理课有多难。我翻阅了一下她的课本，书名是《简化物理学》（*Physics Made Simple*）。做完一道例题后，我大声说："这很简单。"它的逻辑让我心领神会：物理学只不过是逻辑问题！

我让妈妈坐在我旁边，听我讲解那道例题。但她没听懂。我干脆多解几道题来启发她。她全神贯注地听了几分钟，可还是没明白。"加油啊，妈妈！"我给她打气，"那个你没懂？瞧着，我再解一道题给你看。"

妈妈终于懂了。能为她解惑，我既高兴又自豪。妈妈双手抱头，一副头疼的模样。她说："儿子，你和你的物理学让我头疼。我过会儿再学。"她看起了电视上的《今夜秀》（*The Tonight Show*），而我则坐在厨房桌子旁边做题，直到她告诉我该上床睡觉去了。

我因为爱读书爱学习，成了旁人口中的万事通。不过这不算贬义词。他们开始叫我"教授"。每当大人们争论不出结果——通常是密西西比州属于北美洲还是南美洲之类的乱七八糟的问题——时，他们会把我叫进房间去仲裁。"教授！书上怎么说的？"

我怎么回答不重要。输的一方的反应千篇一律："该死的！这孩子啥也不懂。我告诉你……"大多数情况下，我啥也不说，以免某位长者丢脸。我已经有过教训，如果在课堂上纠正老师，我就会被踢出教室，一分钟都不耽搁！所以要是亨利叔叔问："我听说飓风是南边海地那里的伏都教巫术召唤来的？"我会简单点头回一句："这样啊。"

17

皮内伍兹周边地区已经很久没有出现过像 B&M 俱乐部这么酷的地方了。人人都这么说。在爸爸把它装修成一个名副其实的带点唱机的酒吧之前，它只是一个路边小店。爸爸运来了新桌椅，更换了台球桌上的毛毡。他在天花板和墙上挂了灯，在入口处和舞池安装了黑光灯。他甚至造了一个 DJ 台，连上四个大大的扬声器。爸爸什么都会干：电工、管道工、泥瓦工。我给他打下手，给他递工具，收工前帮他清理打扫。

像大多数带点唱机的酒吧一样，B&M 理论上是一个客人自带酒水来进行社交的俱乐部。也就是说，我们没有卖酒执照。事实上，我们愿意为任何十二岁以上的人提供任何服务，只要他们能付钱。妈妈管吧台，安德烈娅是简餐厨师，布里奇特帮她做鱼肉三明治，还负责收拾餐桌和洗碗。

B&M 每周四至周日晚上营业。傍晚的时候，我和妈妈、布里奇特还有安德烈娅一起去那里。她们做营业前的准备，我练台球。妈妈放蓝调音乐，有客人来了就换成节奏布鲁斯灵歌。男人们穿上乡下人最讲究的三件套西服，裤子是喇叭裤。妇女们的裙子又短又紧，爆炸头下面挂着大大的环形耳环。

妈妈关掉灯——只留台球桌上的那盏，然后打开黑光灯，把每个人的爆炸头都变成发光球。这时，我就在台球桌前忙活起来，赚些零花钱。我向人约战，输的人给赢的人一美元。一般情况下，客人都会答应，因为这钱似乎很好赚。输了几美元后，他们就会对这个满嘴跑火车的九岁小孩和他的骗子伎俩感到厌烦，然后就会让我滚开。

到了晚上九十点钟，俱乐部里人声鼎沸，烟雾腾腾，二十世纪七十年代的灵歌循环播放。妈妈把我送到路上，叫我走路去莉莉婶婶家睡觉。

出事的那天晚上，我已经在莉莉婶婶家睡着了，所以不知情。大多数星期六晚上，妈妈和布里奇特打烊后会接我回家，这样布里奇特和我就可以在第二天早上去东浸信会的教堂了。那个星期天早上，我在莉莉婶婶家醒来，看到她在给我做早餐，我就知道大事不好。

早饭后，莉莉婶婶开车送我回家，妈妈和布里奇特正忙着打包。妈妈放下手里的东西，向莉莉婶婶三言两语地解释说，爸爸不希望等警长来盘问前一天晚上都有谁在俱乐部的时候她还在克拉克县——她这个在禁酒的县里经营没有任何执照的小酒吧的老板娘。

原来，午夜过后，B&M俱乐部发生了一场骚乱。不是什么新鲜花样，有人招惹名花有主的女人，接着是司空见惯的威胁和场面上的脏话。有人拔了刀，然后有人拔了枪。拿枪的家伙对着拿刀的家伙的胸部开了一枪。后者捂着胸口倒在B&M俱乐部的新舞池中间，血流不止。戴兹的《砖头》（"Brick"）还没放完，拿刀的人已经失血过多死了。

　　人人都在警察到来之前跑路。爸爸及时赶到，把所有的酒都装进了他的皮卡。但立体声设备只好留下了，还有那些黑光灯之类的东西。

　　就这样，B&M俱乐部不存在了，住在米迪婶婶农场的生活也结束了。我们三个人——妈妈、布里奇特和我——甚至没来得及和乡亲们说再见就开车离开皮内伍兹，回到了新奥尔良。

18

　　我幻想着，既然我们迫不得已在夏天来临之际搬回城里，我们会在东新奥尔良一个有空调、带游泳池的公寓小区里安家。我的想象力丰富过头了。我们只租得起一个很小的两居室公寓，在东新奥尔良的上九区，毗邻迪赛尔廉租房小区。迪赛尔小区的绰号"脏脏迪"更广为人知。它同新奥尔良的其他区域完全隔绝，在铁轨、密西西比河和工业运河之间的夹缝里自生自灭。那里没有任何绿植。没有树，没有草，没有灌木。只有数以千计的像我们这样的落魄者——大多数是黑人，而且都是穷人。

　　你可别想着能在迪赛尔小区里闲逛。白天不行，天黑后更不行。"那是你去找死的地方。"这是学校里孩子们之间的标准警告语。每当我拿上滑板到外面去练习"荡板"时，我都会小心地避开人行道上的瘾君子和帮派小混混。我向那些低声甜甜叫着"嘿，小詹姆。小帅哥，滑过来"的娘娘腔男人挥手致意，但我从未如他们所愿放慢速度或者停下来。

　　我们搬进去的第二天，爸爸在妈妈的卧室里装了一台旧窗式空调，但前厅只有一台小电风扇，放在沙发旁边的一张折叠椅上。要是窗式空调坏了，公寓里闷热难耐，妈妈就会坐到风扇前的沙发上，一只手拿着小面巾擦汗，另一只手拿着薄荷烟。

妈妈觉得住在"脏脏迪"就像坐牢。她没地方上班，周围也没朋友。她开始同电视上的人顶嘴，在老沃尔特·克朗凯特播报晚间新闻的时候对他出言不逊。"什么该死的经济复苏，你这个老傻瓜？他妈的根本没活干。物价涨得这么快，我都付不起电费了。"我尽量不招惹这种状态下的妈妈。

住在第九区最不好的地方是离达林太远了。他还在东新奥尔良另一头的古斯。即使我能搭到车去古斯，他也不在家。他一放学或到周末就忙着参加橄榄球等团体运动。

那年夏天，就连布里奇特都抛弃了我。她爱上了一个来自密西西比州的名叫德温·摩根的人，不能自拔。他俩是在B&M俱乐部认识的，就在有人被枪杀的那天晚上。我听到她对朋友说，枪声响起时，他俩正在跳舞。德温保护她，还孔武有力地把她从里头带出来。从那以后，德温就一直给她打电话，还大老远开车到新奥尔良来看她。

布里奇特已经十六岁，有了一个稳定的男朋友，似乎没时间管她十岁的小弟弟。她要么搭乘市区公交车去东新奥尔良另一头看朋友，要么就在妈妈的卧室里做白日梦，想德温，跟他煲电话粥。她们从来都不让我进妈妈的房间。要是我试图隔着门和布里奇特说话，她就会像妈妈那样，把门打开一条缝，把我嘘走。

我从来没有那么孤独过，而且无聊至极。我们的公寓里没有一本书可读。拯救我的是一个八月大热天挨家挨户敲门的推销员。

佯装成凡人的天使就是他了。这个人跟那些卖皮面精装本《圣经》或者起了太空时代名字的新式吸尘器的推销员一样，穿着短袖衬衫，打着用别针别上的领带。一般情况下，妈妈不会为"一个口若悬河的骗子"解开房门上的安全链。但是这个人从门缝里递给她一本光鲜的全彩色小册子，然后她就开了门。

要知道，妈妈总想她的姐姐——也就是我们的珍姨——正眼看她。我们曾经在洛杉矶和珍姨同住过一段时间。后来妈妈因故和她干了一仗，我们只好匆忙离开。珍姨因为自己拥有一整套《世界百科全书》（*World Book Encyclopedia*）而沾沾自喜。"有了它，房子才变成真正的家。"珍姨会趾高气扬地说。那时候的我还太小，不识字，但我记得自己有一整个漫长的下午都盯着珍姨家那套百科全书"S"卷里的蛇类图片看。

因此，当那个推销员带着一脸友善的笑容和一本精美的《世界百科全书》宣传册出现时，妈妈环顾了一下我们的住所，看看我们软塌塌的旧沙发和从救世军二手店买来的桌子，然后从钱包里掏出一张汗津津的五美元钞票作为首付。

一周后，整套百科全书装在五个纸箱里送到了：二十二本用白色皮革装订的书，从 A 到 Z 按字母顺序排列，其中 J—K、N—O、Q—R、U—V 和 W—X—Y—Z 各合并为一卷。因为我们家没有书架，所以我就把它们按字母顺序排在地板上，两头用砖头顶住。我不得不同意珍姨的说法：它们确实让我有家的感觉。

我急着一读为快。我不想错过任何好东西，于是决定从"A"卷开始，按字母顺序逐一阅读。读完"土豚"（Aardvark）词条后，我对管齿目唯一现存物种的挖洞和进食习惯念念不忘，妈妈和布

里奇特都快被我的喋喋不休逼疯了。然后我转而热衷于信天翁和
食蚁兽。尽管每次我从书上抬起头说"妈妈，听听这个"时，她
都会摆出一张臭脸，但我可以看出她很自豪——因为她家里终于
有了一套《世界百科全书》，而且还有人真的在读。

19

每隔一段时间，爸爸就会到第九区来看我们。但妈妈和爸爸
在一起的时候并没有多少笑声，他们经常为钱的问题争吵。刚搬
进来的时候，爸爸付了房租。但那之后，他除了来看我们的时候
从口袋里掏出些现金来，别的就没什么了。夏天一天天过去，他
来的次数越来越少。

爸爸来的时候，一般会带着一小冷藏箱的啤酒，一进门就在
厨房的吧台上卷大麻烟。妈妈喝冰镇啤酒、两人合抽大麻烟的时
候，家里的气氛会轻松一点。我会兴高采烈地把大麻从吧台边的
爸爸那里传给沙发上的妈妈，然后再传回去。

不过很快妈妈的情绪就会变坏，我也会被赶出公寓，以便这
对成年夫妇能够"交谈"——这意味着他们很可能会吵起来。只
有看到爸爸离开了，我才能回家。如果他在日落时分来，那就麻
烦了，因为我不想天黑后滞留在人行道上。

我在公寓外面的安全空间是我们大楼一楼到二楼之间的楼梯
井。那里成了我的《世界百科全书》阅览室、我逃离第九区一切
不堪恐怖的逃生舱。带上一册皮面装订的百科全书和一支手电
筒——走廊上的灯泡总是坏的，我可以在那里待上一下午或者一

整晚，沉浸在书中世界里。

大事发生的那天，我所在的五年级选举了班干部。由于我是老师霍尔小姐的宠儿，所以她就一直暗示："难道没有人想提名我们班上最好的学生吗？"直到最后有人提名了我。我超级兴奋，做起了当上普卢默班长、人人都得尊称我为班长的美梦。然后，他们当着全班同学的面大声唱票。在三位候选人中，我排名最后。我得了一张票。我自己投的。这就是第九区班上学习最好的孩子的受欢迎程度。

唯一喜欢我的人是霍尔小姐，这个发现让我悲痛欲绝。最后一节课下课铃一响，我恨不得飞出学校。我拨开学校湿热的走廊里汗津津的人群，一口气跑了三个街区，直到确信周围没有我认识的人，不用我开口说话。

到家时，我汗流浃背。我只想凉快一下，放空脑子。于是我脱到只剩内裤，坐在风扇前，两腿之间夹着一玻璃罐冰水。我试着把注意力集中在大腿内侧冰凉到麻木的感觉上，别的什么都不想。

就在这时，爸爸和一个朋友——一个我从未见过的白人——从前门进来了。爸爸没有把我介绍给他的朋友，也没有让我大声告诉他我的名字。他隔着卧室的门喊了一声："莱尼！"妈妈出来的时候，双手还在忙活着把头发扎成丸子头。

妈妈立马命令我滚出公寓。我穿上外裤，拿起《世界百科全书》"E"卷和手电筒，匆忙跑出去，下了楼。我用手电筒扫了一下两段楼梯之间的平台。确信没有蟑螂或老鼠后，我安顿下来开始读书。空气很闷热，但我腿肚子靠着的水泥台阶有清凉感。我蜷缩在漏斗形光圈下，打开"E"卷，翻到上次没读完的地方。我读了一整篇关于蛋的文章——包括鸟蛋、爬行动物蛋、单孔目动物蛋和"作为食物的蛋"等小节。太引人入胜了。我忘记了班级选举。

接下来的一篇长文介绍阿尔伯特·爱因斯坦。通常情况下，要是遇到关于近一百年前出生在德国的某个白人的传记条目，我略读一遍而已。但这次，我马上就感觉到自己同爱因斯坦有共鸣。我可以从他的照片中看出，他的发型很奇特，像我的一样。而且他可能不合群。

文中提到，阿尔伯特学说话很慢，以至于小时候被人叫作 "der Depperte"——德语里的"弱智"。我想，这还不如我妈妈给我起的绰号——"屎屁股"——惨。尽管有些人告诉我，我"读书明理"，但同样也是这些人常常吼我，让我"醒醒"，"别发愣了"，"不要看到什么数什么，心里有什么怪念头就说什么"！我在文中读到过，爱因斯坦五岁时，他父亲给了他一个指南针，此后余生他都痴迷于磁场。文中还说，爱因斯坦曾经因为跟老师顶嘴而惹上麻烦，就像我一样。他的家人在他小时候经常搬家，就像我一样。

阿尔伯特·爱因斯坦和我大概能做朋友，我心想。

文章接着介绍了相对论（relativity）[1]以及爱因斯坦的著名方程式 $E=mc^2$。相对论跟我从《简化物理学》课本里学到的物理学完全不同——就是妈妈在皮内伍兹用过的那本。它深远阔大得多。爱因斯坦提出 $E=mc^2$——能量等于质量乘以光速的平方——这个公式，揭示了质量就是能量，而能量可以像质量一样有重量并且产生重力。

---

[1] 爱因斯坦提出的关于物质运动与时间空间关系的理论。

爱因斯坦意识到，空间和时间并非完全割裂。他把两者并入一个四维的"时空"。这样一来，宇宙中的一切每时每刻都在以光速运动。但不是穿过空间，而是穿过时空。如果你在空间中加快移动速度，那你在时间中就会变慢。这意味着距离或时间长度并非真实存在。所有的距离和时间都是相对的。一天下午，爱因斯坦乘坐有轨电车穿过城市广场，走神间突然灵光一现。他说这是一个思想实验——在想象中而不是在现实生活中进行的实验。他想知道，如果有轨电车以光速加速驶离钟楼，会发生什么？他断定，钟楼钟面上的秒针会有迟滞，因为从钟面反射出去的光线永远追不上快速行驶的电车。但是，坐在有轨电车上的他的怀表上的秒针会正常地嘀嗒行走。钟表——也就是我们所体验到的时间——可以根据它们自身的移动速度减速或加速！

爱因斯坦说，意识到时间相对性的那一刻，"一场风暴在我的脑海里迸发而出"。读到这里，我的脑海里也风云突变！就在那个炎热黑暗的楼梯井里，我经历了自己的头脑风暴。一直以来，我都知道时间可以让人感觉到它在变慢——比如在无聊的课堂上，或者变快——比如达林和我玩触式橄榄球，一个小时感觉就像几分钟。爱因斯坦发现，时间的实际流逝可以改变。他称之为"时间膨胀"（time dilation）[1]。它意味着你穿越空间的速度越快，穿越时间的速度就越慢。如果你能以光速旅行，时间就会停止——就像爱因斯坦乘坐的有轨电车飞速驶离钟楼的时候那样。

不过，并非只有时间是相对的。在时空中，时间和空间可以

---

[1] 相对论运动学效应之一。时钟因运动而变慢的效应。

弯曲、收缩和伸展。我知道!

我心里一直有一个念头,那就是事物并不像它们表现出来的那样。替代现实就在视线之外,就在比触手可及的距离远一丁点的地方。我想知道相对论是否能解释为什么即使我的身体被困在"脏脏迪"对面的一个蹩脚公寓里,我的思想却能带我离开第九区,远离街角的混混们,远离妈妈的悲伤和愤怒,远离我自己的孤独。我第一次体验到思想实验不可思议的力量,觉得自己就像名叫克拉克·肯特的小男孩,第一次意识到自己带着超能力来到地球。尽管我是一个来自斯莫维尔镇的懵懂穷小子,但我可以用意念举起汽车!

《世界百科全书》那个条目的结尾解释说,因为相对论,爱因斯坦闻名于世。然而,在希特勒和第三帝国追杀欧洲犹太人期间,即便获得诺贝尔物理学奖也没法保全自己。爱因斯坦逃到了美国。在这里,他在有轨电车上想出来的等式——$E = mc^2$——促成了原子弹的发明,第二次世界大战因而结束。

"关于爱因斯坦的更多信息,参见'Q—R'卷'相对论'词条。"

我的脑子飞快运转,我可以听到它呼呼作响。我关掉手电筒,在黑暗里坐了一会儿,试图让事情慢下来。但即使在黑暗中,我的思想也以光速移动。我把手电筒打开又关上,试验一下我能否追踪到射向楼梯井远处的墙壁然后反射进我眼帘的光束。当然,我做不到。但在一纳秒的时间里,我的思绪拾级而上,看到了放在家里的"Q—R"卷。它依偎在"P"卷和"S"卷之间。我的思绪跳回我的体内,我的身体三步并作两步地上楼去取书。

20

我冲进公寓，发现那个白人坐在沙发上，正在开一罐啤酒。我快步走过他身边，把"E"卷塞回原处，然后抓起"Q—R"卷。

我听到妈妈在卧室里对爸爸大喊："这狗屁日子我过不下去了，詹姆斯！有些事情一定要改。我之前帮你经营俱乐部，现在你得帮我，该死的。账单总要有人付。"

我透过半开的卧室门偷看。"好了好了，莱尼，"爸爸说，"一切都会好起来的。你得先平静下来。"

妈妈看见半开的门外的我，大喊一声："屁屁股！我不是让你待在外面吗？"她朝我这边迈步，爸爸抓住了她的胳膊。"放开我！"她咆哮着转身面对他。"你带他过圣诞节，还有明年暑假。"她说话的声音低沉而愤怒。

"对不起，妈妈。"我说完连忙夺门而出。

回到楼梯井，我翻开"Q—R"卷，找到"相对论"词条。我在手电筒的光照下扫视全页，我的心怦怦直跳。手电筒光束末端涌出的神奇光子流照亮了这个百科全书条目，我的脑子刹那间短路了。

爱因斯坦发现，光的运动速度比宇宙中其他任何东西都快，因为它没有质量。这就是光如此轻盈的原因！

$E=mc^2$ 意味着我们称之为质量的不仅仅是客观存在的"东西"。物质的大部分重量来自被禁锢在原子核内的能量，来自将它们结合在一起的力。如果你把禁锢在原子核内的所有能量都释放出来……砰！它会以光和热的形式一倾如注。这就是核弹、太阳和其他恒星的能量来源。

相对论解释说，从质量中逸出的能量为整个宇宙提供动力——使地球变暖，让米迪姆姆农场上的庄稼生长。同时，时空曲率推动潮汐、决定我们生长和变老的速度。

不会吧？！我想。这是真的吗？我一直对《圣经》、希腊神话和漫画书里的神奇壮举及超自然事件着迷。但我从不相信它们是真的。我不能把水变成酒，其他人也不能。我不能像珀伽索斯（Pegasus）[1]或超人那样飞行，也不能从手中射出蜘蛛网，或者变成隐形人，无论我有的时候多么想做到。我当然也没有刀枪不入的皮肤。

爱因斯坦的超能力全都蕴藏在他的大脑里。而彼时彼刻，我的大脑里也蕴藏着相对论的超能力。

如果相对论是科学，不是科幻，那我应该能够观察到它。

"我要去拿滑板。"我大声说。

我的手电筒光束照到一只蟑螂，它急匆匆地在我脚下的楼梯台阶上跑来跑去。我立刻站起来，用脚把它踩扁。它的外骨骼爆裂，发出嘎吱嘎吱的声音，这让我的脖子后面一阵发凉。

就在那时，我听到我们公寓的大门打开了。"走吧，伙计，"那个白人说，"她不会有事的。"

爸爸和他的朋友下楼时，我站起来，把背贴在墙上。"伙计，

---

[1] 希腊神话中生有双翼的神马。

她疯了，"爸爸对那个白人说，"她怎么会来这么一招？"

"我看过她的手，"白人说，"没断。"

他们旁若无人地从我身边走过。我看着躺着死蟑螂的楼梯台阶，希望他们不要踩到它。爸爸踩到了。它粘上他的鞋底，然后分成两块掉在下一级台阶上。

我打开公寓门，发现妈妈坐在沙发上，右手插在一碗冰水里。干式墙上被她打穿了一个洞。我为妈妈感到难过。但我不想问那个洞是怎么来的。经验告诉我，事情要是对妈妈不妙，也对我不妙。我只想拿上滑板出门去。

"给我递支烟行吗，宝贝？"妈妈问。我从桌上拿起她的薄荷烟盒。她从冰水中半举出她淤紫的手。"帮我点上，怎么样？"

我用嘴叼出一支烟。这时我注意到，一切似乎都在慢镜头移动。我撕下一根纸梗火柴，拉着红色的硫黄头划过擦火皮。火花在超级慢镜头中嗞嗞翻腾成火焰。被禁锢的能量释放出来了！我把火焰凑到香烟末端，直到它在炸裂声中出现红光——更多被禁锢的能量释放出来了！我吸了一口带薄荷味的烟，吐出一个烟圈。烟圈像一个带香味的问号一样悬在空中。这就是时空的感觉吗？

我把香烟的过滤嘴一头塞进妈妈唇间，亲亲她的脸颊，然后带着滑板跑出家门。

21

我下楼走到人行道上的时候，街角的路灯刚刚亮起。那通常是我进门回家的信号。但现在一切都感觉不同了。能量似乎从时空的每一条裂缝中迸发出来。它不仅仅来自路灯和来往车辆的头灯。每辆汽车和每一个活物——甚至在巷子里垃圾桶后面溜达的瘦小老猫——似乎都在噼里啪啦地释放能量。

司空见惯的形形色色的混混们要么横七竖八地半躺在楼门口的台阶上，要么斜倚在灯柱和停着的汽车上，伸腿挡住半条人行道。但在我记忆里第一次，我不觉得害怕。我跨过台阶上他们的身体，把滑板啪的一声放在人行道上，然后开始滑行。

"过来，小家伙。"一个靠在停着的汽车上的混混叫我。我从他身边滑过，没有理会他。我有任务在身。

快到街角的时候，我听到熟悉的声调。

"嘿，小詹姆！"

往常经过那些头上系着头巾、在前额打蝴蝶结、画着高耸的眉毛的变装女时，我只是挥挥手。今晚例外。

"你们愿意帮忙吗？"我问其中一个变装女及其两个女伴。

"帮什么忙，小坏蛋？"

"有什么回报？"变装女的女伴问。

"你要什么，宝贝？"第三个人问。

"我要让时间慢下来。"我告诉变装女们。

"哈，见鬼，"第一个人说着扭扭脖子，把一只手搭到屁股上，"我们都想要！你觉得该怎么做？"

"用我的滑板。我只需要滑得超级快，再把这块石头往上抛；然后接住它。你们只需要站在我叫你们站的位置。如果你们肯帮我，你们会看到怎么让时间慢下来。"

"大家上啊,"第一个人说,"咱们帮这个小男孩造时间机器。你要什么?"

"不是时间机器,"我说,"时空。"

"呸!小屁孩,得了吧!狗屁速度。老娘没空陪你玩。"

"闭嘴,笨蛋,"另外一个人说,"这小孩是认真的,你们没看出来吗?他们都说他很聪明。看他的眼睛。"

"哦。我在看。还看他的嘴唇呢。"

"喂,我告诉过你们,放过这孩子。接着说,宝贝。刚才你说太空飞行。"

"不是太空飞行,"我解释说,"是时空。如果你在空间里运动速度快,你在时间里就会放慢。这是宇宙原理。"

"好……吧。你要我们怎么做?"

"看好了,"我说,"我会把这块石头抛上天,然后接住它。如果我每次都用一样大的力气把它抛到一样高,那么不管我滑板滑得多快,它在天上飞的时间都一样长。我扔石头,你们计时。"

"我有更好的办法!"变装女们当中一人兴奋地说。"我们可以唱《蝲蛄洞》("Crawdad Hole")。从他往上扔石头的时候开始唱,等他接住了就打住。我们唱了几个单词,就等于石头在空中飞了多久。"

我喊"一二三",然后把石头抛上天,变装女们同时开口唱起来:"你有一根钓线,我会……"

唱到"我会"的时候,我接住了石头,变装女们闭嘴不再唱。

"对了!"我说。"就这样。现在,我们多练几遍,免得走样。"

我抛了三次石头,变装女们唱了三次。每一次石头落在我手里的时候，变装女们都唱到了同一个单词。

"好极了，这是正常时间，"我说，"现在我们来演示一下，在我快速移动的时候，时间会变长。"

"哦，我们要看你动起来，小詹姆！我们能追你吗？"

"不能，"我说，"在这个实验里，你们每个人的任务都不一样。"

我让其中一个变装女站在某处不动，我滑到其身边的时候会抛石头。然后我让第二个变装女站到我接住石头的地方。我让最后一个变装女负责旁观和唱歌计时。

把变装女们安排好之后，我踏上滑板，沿着斯科特街滑行。滑到第一个变装女面前时，我把石头抛向空中，变装女们开始唱《蝲蛄洞》。当我接住石头时，第二个变装女跑过来站位做标记。我一共做了四次实验，每次的滑行速度都不同。每次我都在不同的地方接住石头，但变装女们每次都唱到了歌曲的同一个单词。

"就是这样。我们做到了！"第四次滑行结束后，我朝变装女们大喊。

"你说是就是，小詹姆，"其中一人说，"要我说，节拍不乱很重要。这个我们很在行，对吧，姑娘们？"

"不，不。我们刚才证明了时空的存在，"我兴奋不已，"我滑滑板的时候，接住石头的地方跟抛石头的地方不一样。所以就算它在天上飞的时间相同，它也一定飞得比我站着不动抛的石头远。我们证明了这一点。"

"嗯……哼。小詹姆，你说话好激动哟。"

"你们明白吗？要把石头当成光。"我继续解释，爱因斯坦当年的惊奇感一定和我现在感觉到的一样。"光速不变。我滑滑板的时候石头飞得更快。但光速不可能更快。它的速度是恒定的。因为我带着石头运动，我看到它直上直下，这段距离比你们见到的距离短。你们测量出来的我从扔到接的时间比我测量的要长。我们把时间放慢了！"

"时间有没有放慢我不知道，但我们肯定消磨掉了一点时间。"其中一个变装女说。

我以时空超级慢镜头所允许的最快速度滑回家。公寓楼门口的人看到我过来，居然为我让了路，就好像我是他们无法抵挡的自然之力。

我一口气跑上楼进了家门，迫不及待地想要跟妈妈讲我的思想实验。

妈妈从装得半满的手提箱上抬起目光。"把自己的东西收拾好，"她说，"我们要搬家。"

22

我们在东新奥尔良戴尔街的一栋破旧的形状像猎枪的长条房屋里落脚。房子是妈妈的表弟从他祖父那里继承来的，但它破败不堪，没有人愿意住进去。妈妈的表弟说，如果我们把它打扫干净，就可以免费住。

戴尔街那所猎枪房里背街的房间是我有生以来第一次独用的卧室。它很小，老鼠、大蜘蛛和长相怪异的蜥蜴出没于其间，但却是供我读完《世界百科全书》的上佳场所。我一鼓作气，读了一卷又一卷，如饥似渴地汲取书中的知识。一天晚上，我手不释卷地研读"N—O"卷里关于艾萨克·牛顿和他的决定论物理学的词条，读完抬起头，这才意识到已经是日出时分。

我把家用清洁剂混在一起研究被禁锢的能量的释放，差点把房子烧着。之后，妈妈在我十一岁生日那天送给我一套化学实验用品。于是我的图书馆卧室变成了实验室卧室，我开始用小烧杯和烧瓶进行真正的实验。最初入住戴尔街的那几个星期，我乐在其中。然后，突然间，快乐烟消云散。

我看得出有些不对劲，因为布里奇特整个星期的表现都很奇怪。一天晚上，我们——妈妈、布里奇特和我——都在妈妈房间里看《杰斐逊一家》（The Jeffersons）。妈妈和我都在笑，但布里奇特大部分时间都一言不发，呆坐着凝视地板，似乎认真思考什么。插播电视广告的时候，她告诉妈妈有事要商量，还让我出去。我说我回房间看书，但其实就站在厨房门外，俯身偷听。

我听到妈妈对布里奇特大发雷霆。通常情况下，我才是那个被她吼的人。我回到妈妈房间，发现布里奇特和妈妈并肩而坐，两个人都在哭。妈妈坐在床边，边前后摇晃身体边哭号："主啊，主啊……我妈妈十六岁怀孕。我十六岁怀孕。现在你十六岁也怀孕了。主啊，我们什么时候才能打破这个轮回？"

妈妈招手叫我过去。"来，宝贝。"她把我拥入怀中，这在我记忆里是第一次。

布里奇特双手抱头，低声抽泣。我看不见她的脸。这感觉很奇怪。妈妈的情绪一向大起大落，但布里奇特以前从来没哭过。

我也不知道该如何理解妈妈的拥抱。这场哭泣和这个拥抱让我紧张不已。这一切意味着什么，对我来说会有什么影响？

有一天，妈妈不在家，我听见布里奇特告诉她的朋友托妮她是怎么怀孕的。"那是我的第一次。德温来找我，像往常一样带我出去。但后来，他没有送我回家，而是开车把我带到他表哥家，说里面没人，但他必须进去做件事。然后他打开我这边的车门，抱起我，把我从前门抱进屋里——好像我是个新娘。他一路把我抱进卧室，放在床上。"

"你做了什么？"托妮问。

"我什么也没做。我顺其自然。然后我的例假没来。就那么一次。"

"你爱他吗？"

"爱。"

"你会把孩子生下来吗？"

"会。"

"为什么？"

"我才不要杀死我的孩子。我要生下他。德温说会娶我。"

"姑娘，你确定？你才十六岁。如果你不要这个孩子，就可以念完高中，找一份好工作。你的打字速度已经很快了。"

"我得离开这里。我烦透了妈妈。我烦透了她的男人们。我烦透了每隔几个月就要搬一次家。我已经准备好安顿下来，如果这意味着要结婚生子，那我乐意。我要离开，我不会再回来。"

听到这话，我的心都碎了。那我怎么办？我心想。我理解她想离开妈妈的心思，但她为什么要抛弃我？如果布里奇特离开，就只剩下我和妈妈两个人。谁给我做饭，谁早上来叫我起床上学？她只是说说而已，不会走的，我想。我希望如此。此外，妈妈不可能让她结婚。但我想错了。

妈妈不想让布里奇特生下孩子。但布里奇特心意已决。从那时起，妈妈变得神经兮兮。她几乎不吃东西，似乎整天都在抽薄荷烟。妈妈越来越瘦弱、越来越沮丧，而布里奇特却变得越来越圆润、越来越快乐。她在家里的时间越来越少。那年的一个春日，布里奇特脸上挂着灿烂的笑容，肚子隆起，身穿白色长裙，头戴白色蕾丝帽，走出卧室。她就在我们的客厅里同德温交换了结婚誓言，几十名家庭成员站在周围鼓掌。结束后，她坐上德温那辆刚刚清洗打蜡过的汽车的副驾驶座。他坐上了驾驶座，对布里奇特微笑，然后他们就开车走了。她没有跟我说再见。她头都不回地朝身后挥了挥手，然后就走了。

23

布里奇特去了密西西比州的海德堡附近与德温一起生活。她离开后，事情变得很糟糕。我照顾不来妈妈，妈妈也照顾不来我。她会在厨房里给我留下两美元，附言让我自己去买一个猪肉炖豆子罐头当晚饭——然后整晚不见踪影，有时甚至两晚。

因此，当妈妈告诉我，她需要暂时卸下身为人母的重任，让我跟爸爸住的时候，我松了一口气。自从回到新奥尔良，我只在爸爸家睡过几个晚上，现在我要去和他朝夕相处整整六个星期！

白天我几乎都是一个人。安德烈娅已经从奎特曼高中毕业，和爸爸住在一起，在一家美容店上班。爸爸平日里仍然在凯泽工厂干活，他新娶的年轻妻子斯蒂芬妮在医院上两头班。

爸爸的房子坐落在一个叫作小森林的中产阶级街区，跟我们在戴尔街的猎枪形小棚屋截然不同。他的房子有空调、四间卧室、一个两车位的车库、一个客厅和一个书房。冰箱里总有食物——连早餐食物也有。这里还有许多大麻和枪支。

安德烈娅向我解释了爸爸在新奥尔良经营的大麻生意。这跟他在密西西比州农场种大麻不可同日而语。他从哥伦比亚、墨西哥和泰国大量进口大麻，大捆大捆地分装成塑料大包放在车库里。我的床下和衣橱里也藏着大麻。哥伦比亚和墨西哥来的大麻被压成坚硬的砖块，而泰国来的大麻则紧紧地缠绕在木棍上，然后放进鞋盒里。

那年夏天，我的工作是择大麻叶——有点像在米迪婶婶家，但我一般双手齐上，而不是单手抓一大把，因为这里的大麻压得很紧实。我房间的地板上放着三个粉红色的大塑料盆，分别盛着三种不同的大麻。不过，爸爸不做五美分、十美分一包的小生意。他只按盎司、四分之一磅[1]或一磅来卖货。他的客户是其他毒贩和穿西装的人。他说那些人是商人和政客，甚至还有白人光顾。

爸爸向我解释说，他在客厅而不是街头贩毒——他教我区别这两种商业模式。"你不能穿得像个毒贩子，表现得像个毒贩子，或在毒贩子出没的地方晃悠。你千万不要在街头贩毒，"他说，"你要在客厅里做生意。尊重每个人，绝不骗人。"

---

[1] 英美制质量或重量单位，1磅合0.4536千克。

但凡有人来买货，爸爸都会先采取预防措施再让他们进门。"如果你不认识他们，"他向我解释说，"那他们要么是警察，要么是来打劫的——你一定要这么想，除非他们能证明你想错了。"

听到敲门声，爸爸会从他的卧室里拿来三把手枪。他会把一把杀伤力很大的点44口径麦林左轮手枪放在门厅置物架上，在有新奥尔良圣徒队亲笔签名的橄榄球旁边。进门后往客厅走，客厅中间有个边柜，他把另一把手枪藏在边柜上的盆栽后面。第三把手枪被他插在后裤腰。在密西西比州，我经常看到爸爸摆弄枪支。他常说："不是你打来的猎物轮不到你吃。"米迪婶婶总是在她的床垫下塞一把手枪，在衣橱里放一把猎枪。不过，此时我看到的都不是乡下人惯用的枪。它们是黑帮电影里那种大火力武器。

一旦确认门外不是警察或者比警察还恶劣的人，爸爸瞬间转换到正常友好模式。不过他仍旧小心翼翼。"他们进了你家，你就一定要盯住他们。即使他们不是警察，也不打算骗你的毒品，他们也可能有其他想法。城里人的花样可多了。"

一旦买卖做成了，爸爸总爱把我叫进客厅。"告诉他们你叫什么名字，孩子。"

"小詹姆斯·普卢默。"我会自豪地宣布。我的话音刚落，他们就和爸爸一起哈哈大笑，你推我搡。但他们从来不告诉我他们的名字。

跟爸爸和安德烈娅一起住在一栋真正的房子里，还给爸爸的客厅生意搭一把手，这感觉很好。此外，小森林离住在古斯的达林很近，所以我甚至可以隔三岔五地见到他。

暑假过半的一天，爸爸把我送到布朗家，吃珍妮小姐做的晚餐，有炸鸡、红豆和米饭。达林和我比赛看谁吃得最多。饭后我们一起打桥牌。电话响起时，应该已经快到午夜了。

珍妮小姐去接电话，我立马知道出大事了。她一直在听，除了"老天，不！"和"好的，今晚我让他住这儿"，别的什么都没说。

她不想告诉我出了什么事，但我一直追问，直到她吐露真相。"今晚有人抢劫了你爸爸家，他们开枪射中了你姐姐。"她哽咽起来，泪流满面，声音断断续续。"詹姆斯在医院里陪她。他们说她会活下去。"

第二天，爸爸来接我，开车把我送到妈妈在戴尔街的房子。我们在车上沉默了很长时间。我问他安德烈娅出了什么事，他好大一会儿不作声。终于，他开口了，那是一种我从未听过的平静的声音。他告诉我，有人来敲门，独自在家的安德烈娅让人进了门。他们用枪指着她，然后把一辆卡车倒进车库，把家里所有的东西都装上车。其中一个人问安德烈娅钱在哪里。她不肯说，那人就对着她的肚子开枪。现在血已经止住了，她几天后就可以出院。但因为子弹击中了她的肚子，她以后不能生孩子了。

"她把他们的样子告诉我了。我知道他们是谁，"爸爸说，"等看到这些人的下场，像他们那样的人再也不敢进小森林。"

他沉默地开车。过了一阵子，他说："有些人，他们是禽兽。他们用一只手拍你的肩膀，用另一只手捅你刀子。"爸爸摇了摇头。有那么一会儿我觉得他可能会哭，这让我很担心。于是我从侧窗望出去，一路数电线杆，直到戴尔街。

24

麦克多纳第四十小学离我们位于戴尔街的家有两个街区。校长送我到教室后，我无意中听到他对老师说："你要注意这个学生。他妈妈说他很聪明，学习成绩很好。"被人这样介绍感觉倍有面子，但我担心同学们会因为我知道正确答案或者得到老师的特别关注而恨我。

我在麦克多纳第四十小学的六年级老师很快就对我产生了好感，特别是当我写了一份长达六页的关于人类大脑的报告，还配上了多色图表。一开始，他问我这份报告是从哪里抄来的。当我告诉他我没有从任何地方抄袭，而是研究了百科全书里的六篇相关文章时，他说他相信我。

第二天下课后，他告诉我，他建议学校给我测智商。智商测试的第一部分需要一位心理学家来考我。他带我去了一个房间。一个穿深蓝色西服的白人男子坐在桌边等我。

"你好，詹姆斯。你今天好吗？"

"还行吧。"

"我会提一些问题，然后要你解谜、做游戏。怎么样？"

"行。"我说。

他递给我一个马尼拉文件夹，说："把这个举到你眼前，然后我来提问。"我看到他手里有一张纸，上面有打印好的问题和答案。他读出第一组问题。"告诉我，以下科学家会携带什么样的书：一位动物学家。"

"一本有关动物的书。"

"一位植物学家。"

"一本有关植物的书。"

"一位古生物学家。"

"一本有关恐龙的书？"

"很好。"他说。

"一位鸟类学家（ornithologist）。"

我从来没有听说过这个单词。但我想起来，赫拉克勒斯十二试炼的第六项是杀死凶恶的斯廷法罗斯湖怪鸟（Stymphalian Bird）[1]，这个鸟的希腊语名字是 Stymfalides Ornithes。所以我就猜了一个答案："一本关于鸟的书。"

"哇！非常好。"

我们继续一问一答。后来我又做了一个多项选择题笔试，还解了几个难度递增的谜题。我不确定我考得好不好。第二天，我又回到同一个房间，另一位心理学家接待了我，他出的题目更难了。我考完就把它忘到爪哇国。可是一周后，我从学校回到家，妈妈跑过来，用两只手搂住我的脖子。

"我的孩子是个天才！"她夸张地称赞说。她把我拥入怀中，抱着我摇来晃去，就像跟我跳舞似的。"我就知道，"她说，"我一直跟人说你是个天才。我的孩子智商有一百六十二！哇哦！"妈妈咧开嘴笑了。然后她双手握拳，举到胸前，开心地跳了几个舞

---

[1] 希腊神话中栖居在斯廷法罗斯湖畔的一群怪鸟。

步。"我的孩子！屎屁股，我就知道你很特别。总有一天全世界都会知道。"

我像看疯子一样看妈妈，但我一点都没表现出对她不敬。妈妈当时很开心，我想她一直开心下去。

第二天到学校，我的老师告诉我，由于我的智商很高，我一星期会有几天不在班上上课，而是去参加为资优生开设的特别课程。我以为，既然我被认定为资优生，一切都会好起来。

然而，好花不长开。这就像牛顿的第三运动定律：每一个作用力都有一个大小相等、方向相反的反作用力。宇宙需要保持平衡。没过多久，牛顿的宇宙就上门讨债了。

我上麦克多纳第四十小学才第二个月，有一天回到家，听到妈妈正和她在洛杉矶的一个姐妹打电话。"我不想把他送到你们那里，但我不知道还有什么别的办法。如果我不去照顾布里奇特，她的孩子可能保不住。我没法要求德温照顾布里奇特，我和他……"看见我进了屋，妈妈转身背朝我。"你应该不会介意吧？是的，他的火车票钱我有。"

妈妈放下电话的时候，我能看出她在哭。但我不想安慰她。她要把我送走。

"听着，"她说着点起一支薄荷烟，眼睛不看我，盯着窗外某个地方，"你姐姐的孩子快保不住了。她只能在床上养着。我得去密西西比州照顾她。我只好送你去洛杉矶跟珍姨住。"

"我自己一个人待在洛杉矶？"

"不，不是你一个人。珍姨在。你的表姐谢里尔也在。你在学校里会交到朋友。我知道你懂怎么交新朋友。你每年都交的。"

我不知道该说什么，而且我长大了，也不能哭。这是我们第一次有自己的住处，我在学校里终于有了一个特别的地方可去。现在她要把我送回洛杉矶，我只记得那里的人老打架、拉帮结派，那里的亲戚像黑帮一样相互争斗。她还把我一个人送去和一个根本看不起我们的姨妈住。我一直以来总想讨好妈妈，不在家里发脾气。但我当时感觉好气。

我开始盘算有哪些东西能带去加利福尼亚。通常情况下，我们会把整辆福特翼虎车都塞满，但这次我要坐火车，所以我必须把所有东西装进一两个袋子里。我的化学实验用品和百科全书肯定放不下。

我回到自己的房间，打开我一直在读的一本埃德加·爱伦·坡的诗集。他是另一个让我觉得亲近的怪人。我开始背诵其中一首激起我共鸣的诗，因为我的行李箱里放不下这本诗集。那天晚上，我一遍又一遍地背诵它，直到入睡。在前往洛杉矶的火车上，我一直听到它在我脑海里回放。

孤 独

从童年起我就一直与别人

不一样——我看待世间的事情

与众不同——我从来就不能

从一个寻常的春天获得激情——

我从不曾从这同一个源泉

得到忧伤——我也不能呼唤

我的心为这同一韵调开怀——

而我爱的一切——我独自去爱——

于是——在我的童年——在我的

风雨人生的黎明——我获得

从每一种善良与邪恶的深处

那种神秘，它仍然把我束缚——

从湍湍激流，或粼粼飞泉——

从山顶那血红的峭壁之巅——

从那轮绕着我旋转的太阳

当沐浴着它秋日里的金光——

从横空闪动的银线飞火

当它从我身旁一闪而过——

从瓢泼大雨，从霹雳雷霆——

从在我眼里千变万化的积云

（当整个天空一片湛蓝）

它变成魔鬼在我眼前

第二部分

在密西西比州成人

COMING OF AGE IN MISSISSIPPI

在我这个位置，如果软弱你就输了。

因为要想不偏离航线，就必须全力前行。

——科亚艾斯旺（KRS-One）

25

妈妈把我送到西部一年半后，重回新奥尔良的我脱胎换骨。一年半前我还是个十二岁小孩，但现在我长出了体毛。我的身材变壮实了，我的姿态更凶狠强硬。简而言之，我变坏了。至少，洛杉矶和休斯敦街上那些人看到我从他们身边经过时是这么说我的。

我之所以变坏，是为了生存。在西部的十六个月里，我住过九户不同的人家，辗转于加州和得克萨斯的五所不同的学校。有些人家是亲戚，有些是妈妈的朋友或所谓的家庭朋友。他们都没有把我当成家人。

其中一户人家在我搬进去之前就听说我聪明。这家的父亲和他十几岁的儿子也因为聪明而小有名气，他们想给我点颜色看看，于是分别向我挑战，要和我在国际象棋棋盘上一决胜负。我在十五步之内就赢了他们。之后我就惨了。那个父亲把我变成了家里的灰姑娘，让我在放学后洗碗、打扫厨房，在他自己的孩子们看电视、做作业的时候收拾晚餐桌、倒垃圾。他无休止地指责我违反子虚乌有的家规，然后命令我把衣服脱到只剩下白色紧身内衣，方便他使出浑身力气挥动皮带打我的屁股。

我暑假住过的另一户人家的男主人让我每天在烈日下做艰苦的体力劳动，然后在夜里两点叫醒我，让我大声朗读《圣经》中描述关于愚妄人会身处何种险境的篇章。

我从那些半夜圣经课上学到的唯一"智慧"就是我很邪恶、没有价值、形单影只。

外面的街道也很可怕，无论是在洛杉矶中南部还是在休斯敦的南方公园和第三区。除了我之外，似乎每个人背后都有家人之类的撑腰。妈妈和爸爸杳无音讯，我拒绝加入帮派。与一群暴力犯罪分子为伍在我看来是亏本生意，因为这些帮派分子是些名声不好的浑蛋，我正试图敬而远之。我觉得单独行动更安全。

所以我学会了独自生存，靠我的智慧和拳头。我学会了打架一定要先发制人，往死里打，而且绝对不能停手。我发现，如果我先威胁对方，对方就不会威胁我。我学会了硬碰硬，摆出一副凶相让人不敢招惹我。到了最后，我从心底里想成为坏人。我开始把自己想象成漫画书里的邪恶大反派，那个越坏力量就越大的人。

在那段远离家乡的日子里，老师们是我赖以生存的唯一生命线。他们培养了我的智力和好奇心，让我想在学业上取得优异成绩。他们甚至把我拉进课外俱乐部，例如游泳队和数学俱乐部。然而，每当我从一所学校转到另一所学校，他们就跟我断了联系。他们没法让我不感到无用和孤独。

我在休斯敦的境遇特别糟糕。当时我住在南方公园，乘坐市区公交车往返位于第三区的学校，因为该校有一个资优生计划。

我既没有加入帮派又没有被人罩着，独自在两个交战的街区之间往来是很危险的。只要我背着书包站在公交车站，我就是靶子。

有一个星期，我接连被袭击了两次。有人为此打电话给妈妈，她让我坐飞机回新奥尔良。爸爸来机场接我，我好希望他能邀请我去跟他同住。和爸爸一起坐在他的灰色皮卡里让我感到安全，我想一直安心下去。我满面春风地坐在副驾驶座上，吃他为我俩买的三明治。等我意识到他要开车带我去凯利山的米迪婶婶家时，我的心都碎了。到了米迪婶婶家，他让她去韦斯利查普尔找布里奇特，好让我跟她和德温住。然后他掉转车头开回新奥尔良。

第二天早上，布里奇特站到了米迪婶婶家门口。我想跑过去，扑进她怀里，痛哭一场。然而，从前的爱哭包已经变得铁石心肠。于是，我们简单地拥抱了一下，我跳进她的车，车就开走了。

布里奇特和德温住在一辆拖车里，拖车所在的森林在劳雷尔去默里迪恩的半路上。妈妈在布里奇特怀孕时搬来和他们一起住，照顾她。但不幸的是，她在怀孕五个月的时候流产了。于是妈妈搬回了新奥尔良，而我则搬到了妈妈曾经住过的那个拖车角落里。

早饭吃到一半，我意识到自己并不是唯一一个在过去一年半里脱胎换骨的人。布里奇特操着一口假的密西西比州乡音说话，她给我做的是农家饭，比如用面粉和猪油做的软面包，用糖和水在平底锅里煮出来的"糖浆"。开饭后，我注意到只有我用叉子。德温和布里奇特直接用手！我简直不敢相信这就是那个经常纠正我用餐习惯的布里奇特。当年她老训我："别呷巴嘴！"现在，呷巴嘴的是她，她还舔手指！

她在演戏……嗯，装傻。她这是装的。布里奇特根本就不傻。密西西比州人把这叫作"假装乡下佬"——通常是为了欺骗外人。布里奇特和我都变了。我变坏了，她学会了装傻。

尽管我的新家只是森林里的一辆拖车，但我觉得那里很安全，我也很高兴能回到布里奇特身边。即使是一个乡下版的装傻布里奇特。我想，在密西西比州跟布里奇特和德温生活在一起，也许我不需要装得很强悍。也许我可以做个好人。

26

如果你想在韦斯利查普尔改邪归正，那么通往救赎的道路直接穿过非裔卫理公会（AME）教堂。韦斯利查普尔的非裔卫理公会会众主要来自五大家族，包括德温所在的摩根家族。我一到德温家，他就定下了规矩：如果我想在他的拖车里住下去，我每周日都得去教堂。

星期天上教堂对我来说是例行公事。妈妈几乎从不和我们同行，但从我记事起，她就让布里奇特和我去上主日学校和教堂。妈妈是在新奥尔良长大的天主教徒，不过在上教堂方面，她没有任何歧视。无论我们住在哪里，只要是当地的黑人教堂，我们都可以去。在沃茨，我们上圣洁教会（Holiness Church）。布里奇特和我称之为疯子教会，因为那里的教众老爱在地板上打滚，满口都是谁也听不懂的呓语。在休斯敦和新奥尔良，我们去的是天主教教堂。我喜欢那里的香火，喜欢钟声，喜欢画十字，还自告奋勇担当教会执事。在皮内伍兹，我们上东浸信会教堂，那里的歌声总是很响亮。在波莫纳，我们甚至每周两次去参加耶和华见证会的晚间查经（Bible study）[1]班。

无论我们上哪个教会，都会被教导罪与宽恕。我的一位主日学校老师说，你在七岁之前不会犯下罪孽，但另一位老师说你必须在十二岁之前知道善恶。年龄对我来说很重要，因为在我八岁的时候，我已经开始涉水罪孽了。

每到周日，妈妈会从钱包里掏出一些硬币给我，让我放在教会的募捐盘里。但像所有的孩子一样，我对糖果有一种深深的渴望。有时，在去教堂的路上，我会拐向街角小店，用善款买糖果。更恶劣的是，在我向耶稣敬献十美分、五美分的同一天，我会在回家路上进一次商店，偷一个售价二十五美分的胡比格馅饼或十五美分的姜饼，这绝对是罪孽。第二年，我们住在新奥尔良的布朗家，达林的哥哥们教我用手搓磨下面，直到产生"那种感觉"。不过，什么都没有流出来，所以我不知道这算不算罪孽。

我喜欢圣经故事里的魔力，我相信天使和神迹。布里奇特告诉我，疯子教会的人受上帝"眷顾"时，会大喊大叫，口若悬河。但我再怎么努力也没能体会到被"眷顾"的感觉。我想知道为什么上帝不眷顾我？是不是因为我犯下了罪孽？

宽恕也同样复杂。我已经原谅了抢走我自行车的"现在和以后"。但如果耶稣在沃茨长大，每次有黑帮分子打他左脸他就把右脸露给人打，他就不会活到洁净麻风病人或者增饼喂饱饥饿之众

---

[1] 查考《圣经》，指一群人在一起查考《圣经》。

的岁数。我看不透耶稣。他拥有创造神迹的超能力，比如他让拉撒路复活。但耶稣从来不用他的能力毁灭他的敌人，甚至没用神力保护自己不被罗马人杀害。

我不得不承认，在韦斯利查普尔没有黑帮分子盯上我。我没有必要向任何人证明我是硬汉。如果我真的想被上帝眷顾，我可能需要脱下凶恶的外衣，给顺从和谦卑一个机会。

然而，在我能被眷顾或救赎之前，我受到召唤去森林干活。

暑假快到了。德温明确表示，这里但凡七岁以上的人都要干活，我也不能整天游手好闲。布里奇特每天都去吉布森的百货商店理货，德温则在一家路灯变压器制造厂上班。他告诉我，我的暑期工是和他的父亲还有兄弟们一起搬运纸浆木。

德温的父亲埃德·霍华德·摩根靠砍伐和运输纸浆木养家糊口。暑假期间，每周六天，他的三个儿子——八岁到十三岁——会在黎明时分和他一起进森林。他们的妈妈班尼小姐在我上工第一天清早五点赶到时，已经做好了分量十足的早餐，有玉米糁子、鸡蛋和带骨猪排。用完早餐后，我们挤进皮卡车，沿着一条又一条泥泞的土路行驶。这些路都是伐木工人砍掉优质树木之后留下的。纸浆木运输商靠伐木工人留下的次等树木过活。我们要做的就是在森林气温变得太高、不适合干活前砍树并将木材拉到木材厂，一天要跑两个来回。

同一天，当我们回到班尼小姐家吃晚饭时，我身上从头到脚都长出了小疙瘩。它们流脓水，痒得让人受不了。那天晚上，布里奇特给我涂了一身粉红色的炉甘石液，但似乎无济于事。每天晚上运完纸浆木，唯一让我感到舒服的地方是躺在水盆里。班尼小姐管这些疹子叫"印第安人的火气"，但没有人知道真正的病因。我觉得自己好像在和自己的身体打仗。打了一个星期之后，我败下阵来，班尼小姐让我休息一段时间，暂时不要搬运纸浆木。

　　其他人都去森林里干活了，我一个人待在摩根家的房子里。我到处搜寻可读的东西，结果只找到了两本书，一本带有图片的有着巨大白色封面的《圣经》和一本标准的英王詹姆斯钦定版《圣经》。当然了，这么多年的教会和主日学校上下来，我知道各种圣经故事和许多经文。但是我之前从来没有像读《根》和《世界百科全书》那样从头到尾读过《圣经》。也许现在是定下心来好好读一遍的时候了。

　　我一直喜欢《圣经》里的神迹和神秘元素——起死回生、在水面上行走，诸如此类——这些大多出自《新约》（*New Testament*）。然而这次，我从《创世记》（*Genesis*）开始读，意识到《旧约》（*Old Testament*）是一个家族故事——一个充满嫉妒、愤怒和暴力的混乱家庭。但也有爱。不是耶稣爱你的那种爱，而是男人和女人之间的浪漫的爱，以及父母和孩子之间复杂的爱。

　　在某些方面，《创世记》中的家庭让我想起了我自己的家庭以及我周围的家庭。亚伯拉罕（Abraham）[1] 拿着磨利的刀站在被他绑起来的以撒面前。雅各和以扫（Jacob and Esau）[2] 为了得到父亲

---

[1]《圣经》中的犹太人始祖。

[2] 以撒之子。以扫为长子，其弟雅各为幼子。以扫后来认定是雅各骗去了本来属于他的祝福（继承权），便怀恨在心。

的祝福而相互欺骗、计谋百出。约瑟（Joseph）[1]的哥哥们把他扔进枯井里，把他卖给以实玛利（Ishmaelite）[2]人，因为他们的父亲最爱他。

我想，或许我就是我们家族里爱做梦的孩子，就像约瑟——虽然我觉得自己不再是爸爸的最爱。我在雅各生平的许多地方看到了自己，他和他的儿子约瑟一样爱做梦。但雅各也很坏，比如他骗得了父亲的祝福，不得不逃命。然后多年后，雅各回到家里，受到家人的欢迎。也许韦斯利查普尔是我放下过去的恶、改邪归正的机会。耶稣说："上帝的国就在你们心中。"或许我只需要向内心深处寻找美好。

《圣经》里有一个关于雅各和一位天使搏斗一整晚的故事，我读了好几遍。大家都知道，天使是好人。那么为什么雅各要和天使搏斗呢？我想一定是因为他非常希望得到天使的祝福。我很喜欢故事结尾天使在黎明时决定弃战的那部分。天使说："好吧，我给你祝福。你可以回家，在这里平静地生活。"自从妈妈把我送到西部后，我一直在苦苦求生存。我披上硬汉盔甲以求自保，但内心仍然是那个想和姐姐玩耍、想蜷缩着看书的孩子。我已经厌倦了所有的角力。我只想投降。

每天下午埃德·霍华德和他的儿子们满头大汗、疲惫不堪地从森林里回来，我有满肚子刚刚读到的圣经故事要讲给他们听。

---

[1]《圣经》人物。据《创世记》，他为雅各之子，曾被哥哥们出卖为奴，后被埃及法老看中擢为宰相。

[2] 亚伯拉罕与其正妻的女仆夏甲所生的儿子。

班尼小姐招呼我们吃晚饭时，我会背诵我喜欢的经文章节来取悦大家，甚至还会一人分饰多角地演给他们看。我特别留意那些吓人的故事，好让孩子们感到害怕，奇迹故事则留给班尼小姐。克里斯·摩根与我同龄，是我在韦斯利查普尔最好的朋友。他喜欢那些极度暴力的故事，就是把人扔进狮子洞或火炉里的那种。我甚至试图通过背诵一些有趣的箴言来逗引一贯冰山脸的老埃德·霍华德发笑，例如"宁愿独居在屋顶一角，也不要跟泼妇同处一室"。这句话让我挨了班尼小姐的一记敲头。

没过多久，我会教《圣经》的名声在我们那个小小的社区里传播开来。

27

韦斯利查普尔非裔卫理公会的执事们一听说会众中有个孩子能脱口引用经文，就让我去主日学校教小孩子。随着我的圣经知识的增长，我肩上的教学担子也在加重。暑假末，我开始兼任成人查经班课程，虽然我才十三岁。

在主日学校教学让我第一次站到众人面前背诵经文。通常情况下，主日学校是根据非裔卫理公会出版社寄来的小册子教的。小册子规定了每周喻道用的圣经故事以及相应的"道"和教案。但我不喜欢按小册子来，而是给故事加上我自己的阐释，连说带演，让课程生动起来。

没过多久，我注意到彻丽牧师站在房间后面。我背诵经文的时候，她闭上眼睛轻轻摇摆身体、柔柔微笑。彻丽牧师在密西西比州鹤立鸡群：身为女性，她当上了牧师。那是一九八〇年，大多数黑人妇女开始用化学品烫头发或者用在煤气灶眼上加热过的直发梳压平头发，但五十多岁的她仍然留着爆炸头，发量算得上中等，一鬓已经发白。起初，女性教众们特别抵触彻丽牧师。但韦斯利查普尔是一个母系社群，随着夏天一天天过去，教徒们开始接受她并尊她为精神领路人。

星期天上教堂最讲究的是尊重，老人们首先受益，收获无数恭顺。虽然年长的男子坐上讲坛担任执事，但年长的妇女统辖一排排靠背长凳。她们坐在前几排嘉宾席上，全身穿白，头戴精美的帽子。许多人每周日都会动辄叫喊，因为她们感到了圣灵的眷顾。如果天气炎热，布道（sermon）[1] 又特别激昂，她们往往需要至少四个人的关注，以免她们晕倒、跌倒和弄伤自己。圣灵让她们无法自持，需要两边各站一个人架着她们的胳膊，再来两个人用那种无处不在的扇子为她们扇风。扇面上印着广告。"我是三角洲救援公司的拥趸。"一个扇面上写着。"花同样的钱，你可以在黄色门脸商店买到更多东西。"另一个扇面宣称。扇子的另一面是全彩画，画的要么是耶稣被钉上十字架，要么是最后的晚餐。

做周日礼拜时，我下意识地研究讲坛上那些年长的会众和执事的脸。一周里除了星期天，他们每天都日出而作，在地里或工厂里从事重体力劳动，下班后还得侍弄菜园。整个星期他们都在白人面前忍气吞声。老一辈的人尤其不愿冒险。无论白人多么年轻，他们总是对其用敬语："是的，先生""是的，女士"。但在周

---

[1] 指宣传基督教的教义。

日，教会其他成员对年长的黑人用敬语："是的，先生""是的，女士"。

在一次决定我命运的周日礼拜接近尾声时——唱完颂歌和赞美诗之后，彻丽牧师大步走到讲坛上，开始布道。她的视线扫过全场，似乎在寻找什么人。看到我之后，她面露微笑。我不知道这是好事还是坏事——但我马上就会知道。

"兄弟姐妹们，"她开口说，"我想和你们分享我昨晚看见的一个异象。接近黄昏的时候，我感觉到有神灵在我体内游走。我不知其所以然，但我晚餐吃得不安心。准备上床前，我对主说：'主啊，请驱使我，指点我需要做什么。'然后我就睡了，敞开心扉静候主的指示……"说着说着，彻丽牧师似乎当场神思恍惚。她闭上眼睛，身体来回摇晃。"我发现自己……走进了一座建筑。那是一座庄严的建筑……一座大厦。"

一听到"大厦"二字，就有人大喊："哦，赞美主！"每个星期天，我们都听说主会为我们所有人在天堂备下一幢大厦。

"我走进那座大厦，里面有一个大房间，房间里华光流彩，召唤我入内。在房间的尽头，我看到一个高耸的楼梯。有什么东西告诉我，要上那个楼梯……我走到楼梯的顶端，看到一个身影。那个身影头上有一个光环……一个明亮、闪耀的光环……"

"赞美主！"有人大喊。

"但是我看不清楚那个人的脸……于是我走近一点……我注意到那是一个大男孩。不是婴儿，也不是孩子。还没成年，但也不再是个小男孩。我再靠近一点，发现那个身影是……小詹姆斯·普卢默。"

"啥啥啥?"我不知道自己有没有脱口而出,但我当时满心满脑都是问号。

所有坐在靠背长凳上的人都转头看我,好像我是幽灵或者圣灵。我感到非常害怕。

"看到他头上的光环,"彻丽牧师接着说道,"我明白这个大男孩已经被召唤去服侍主。我当时就醒了,但我无法把这个荣光的异象从脑海中抹去。于是我问主:'主啊,你在告诉我什么?'主在我心中对我说,他说:'这个男孩已经被召到主的祭坛上。'所以现在,我想请小詹姆斯·普卢默到讲坛上来。"

我坐在克里斯·摩根旁边一动也不动。他用胳膊肘使劲捅我肋骨。"你听到牧师的话了。快点上去!"

走上讲坛是一件大事,因为通常情况下孩子们不可以去那里。我跟跄着挤过同一排靠背长凳上就座的教众,登上台阶,来到彻丽牧师所站的地方。她把双手放在我的双肩上,就像为我祝福那样。

"主已经把这个年轻人召上了祭坛,"她说,"所以我们今天早上要稍微做些调整。小詹姆斯·普卢默会代替我布道。"彻丽牧师低头朝我笑了笑,一脸幸福状。接着她退后一步,在讲台背后的传道椅上坐下。

布道?我想。这他妈是怎么回事?她的话音刚落,我就僵住了,舌头也打结了。我如泥雕木塑般地站在那里,穿着一身周日做礼拜才穿的体面衣服——熨过的休闲喇叭裤、正装皮鞋和婴儿蓝的涤纶衬衫。我可以感觉到汗水在浸透我的衬衫,全身的皮肤开始起疹子。我不得不祈祷上天的力量,别让我当众挠痒痒。

我从来没有布过道，也无意布道。但我的确听过很多次布道。

"上帝是仁慈的！"我用这句话争取时间。

"向来如此！"有人大声回应。

"听从主的驱使吧！"另外一个人喊道。

"主啊，帮帮他！"

我望向那些穿着一身白的老太太，她们正起劲地扇扇子。她们的视线跟我对上了，脸上露出憧憬，仿佛上帝刚刚在她们当中立了一位先知——一个受到主的呼唤，要带领她们走出炎热汗湿的逼仄生活、进入应许之地的大男孩。但是，我，小詹姆，能告诉她们什么呢？

然后我想起来了，撒母耳（Samuel）[1]被立为先知的时候只有十一岁。在撒母耳做出回应之前，神曾三次呼唤他。我心想，主是不是在通过彻丽牧师呼唤我？

我转头看向坐在我身后的老执事们。他们中的每一个人看起来都至少有两百岁。有两个充当圣经人物也完全可信。小玛土撒拉和诺亚五世。然后我正视前排就座的老太太们。她们老态龙钟、饱经风霜的面孔让我想起了先知以西结（Ezekiel）[2]在枯骸谷的经历——自从我坐在摩根家的客厅地板上第一次读到这段经文，我就被它吓得魂飞魄散。电光石火之间，我想到了：这些老人希望得救，离开枯骸谷，进入应许之地。

---

[1]《圣经》故事人物。以色列的先知之一，以色列出现国王以前的最后一位士师（首领）。

[2] 以色列地方的先知，著有《以西结书》。

"耶和华的灵（原文作"手"）降在我身上。"我开始背诵《以西结书》，还特意停顿了一下以便加强效果。我把眼神固定在那些穿白衣服的老太太身上。"耶和华藉他的灵带我出去，将我放在平原中，这平原遍满骸骨。"

"接着讲，孩子！"一位白衣老太太高声响应。

"在平原的骸骨甚多，而且极其枯干。他对我说：'人子啊，这些骸骨能复活吗？'"

"能，它们能！"教众们齐声回答。

"主耶和华对这些骸骨如此说：'我必使气息进入你们里面，你们就要活了。使气息进入你们里面，你们便知道我是耶和华。'"

"赞美主！"一位老太太说着站起来，扇子扇得越发用力，似乎想要扑灭天谴之火。

"主耶和华如此说：'气息啊，要从四方（原文作"风"）而来，吹在这些被杀的人身上，使他们活了。'气息就进入骸骨，骸骨便活了，并且站起来，成为极大的军队。"

"好吧！"有人大嚷。

"说得对！"又有人高喊。

会众们接二连三站起来，犹如一支庞大的死人军队。这下，我鼓足了劲，打算唱上几句。

"主对我说：'人子啊，这些骸骨就是以色列全家。所以你要发预言对他们说，主耶和华如此说：我的民哪，我必开你们的坟墓，使你们从坟墓中出来，领你们进入以色列地。我必将我的灵放在你们里面，你们就要活了，我将你们安置在本地。'"

"哈利路亚！"

"赞美主！"

我知道我成功了，因为就连那些老执事们也在起立，他们的椅子吱吱作响。而我只不过是把自己某个早上背下来的一些《圣经》经文唱出来而已。当时背它们是为了在埃迪·摩根运送完纸浆木回家后把他吓得魂飞魄散。然而，从那些老太太们来回摇晃和使劲扇风的样子来看，你会以为这段经文是我自己写的。

我开始感受到自己布道的渲染力，我的恐惧消退了。我看得出来，乡亲们苦难深重。他们因疾病而受苦。他们因贫穷而受苦。他们因担心自己的孩子和亲人而受苦。而他们需要希望。我可以给他们希望，让他们相信有另一个更好的世界在等待他们疲惫的老骨头去安歇。我不需要搞笑或吓人。我可以激励和引导这些人。我可以做好人、做好事。

"赞美耶稣！"有人喊起来，敦促我继续弘扬希望。

可我心底的秘密让我退缩：我不再像他们一样深信不疑。我一点都不相信了。

暑假研读《圣经》期间，我遇到了一些严肃的宇宙学问题，首先是上帝七天创世。我问过布里奇特和德温，这是怎么回事。他们表示狐疑。"你为什么要问这个？你现在是无神论者了吗？"自从我经历爱因斯坦所说的福音后，我就自认为是科学人士。我需要证据才能相信宇宙产生论等重大事项。赞美和相信主对我来说是不够的。我需要知道。而为了能知道，我需要有形的、可复制的证据。

在我读完所有我小时候青睐过的奇迹故事——从上帝创世论一直到耶稣死后第三天复活——之后，我觉得《圣经》似乎是某些人杜撰出来的故事书，同超级英雄漫画书或者希腊神话没有区别。我想被神眷顾。我想被爱和被救赎。但我不再相信内心或外在的上帝之国。

思绪万千之际，我人还站在讲坛上，穿白衣服的老太太们仍然顶着湿热站立摇摆。我之前煽动了她们的情绪，现在我得让她们平静下来。从小到大上教堂的我深谙各种诀窍。然而，那一刻，我黔驴技穷。

我汗流浃背，于是从讲台上拿起一把扇子为自己扇风。就在那一刻，我看到了它，仿佛上帝的计划被递到了我的手中。扇子的一面画着身穿红色飘逸长袍的耶稣。另一面印着一个殡仪馆的广告，文案写道："当阴影落下时，你会找谁？本森殡仪馆：601-334-4400。"

"当阴影落下时，"我大声说，"你会找谁？……耶稣，就找他！"

"讲道呀，孩子！"

"如果你有难处，你是要崩溃呢？还是找耶稣？因为这些难处会让你寸步难行。"

"难啊，太难了！"

"如果你的女人有了新欢，那是难处。如果她和新欢离开这里到了日本，那是难处。"

我找到感觉了，于是走起舞步亮开嗓门唱起来，大家都跟着我舞动。克里斯·摩根的妈妈班尼小姐是唯一的例外。她站在前排，用拳头捂住嘴巴，似乎不这么捂着她就要炸开来。就在上个周末，她刚刚听到过克里斯和我跟着柯蒂斯·布洛（Kurtis Blow）的新歌《霹雳舞步》（"The Breaks"）又唱又跳。我不告而取了他的创意，只不过把歌词里的"霹雳舞步"曲解成了"难处"。

全体会众都站起来了。我开始加入一些我一直在练习的霹雳舞动作。先是爆突（pop），然后锁固（lock）、波浪（wave）、拉绳（pull the rope），接着是摇滚（shake）。我从单手摇滚开始。然后把那只手塞进裤袋，换用腿来摇滚。然后我把摇滚动作自下而上延伸到上半身，直到我全身都在抖动，就好像有一千安培的电流在体内川流不息。

"双手举过头，从左向右挥。"我喊道。

"今夜如果你需要尽情摇摆，有人会说好吧！"

"好吧！"

"说吼吼！"

"吼吼！"

"你没有停止，有人尖叫！"

"啊啊啊啊啊！"

"震翻全场！"

前排的一位摇扇子老太太——她头戴软塌塌的白帽子，体形庞大——应声昏倒。她身边无人搀扶，所以我跳下讲坛，正好落在她面前。她的身体先歪向一边，然后又歪向另一侧。当她向我这边歪过来的时候，我张开双臂接住她，跟我看到过的真正的牧师的做法一样。

我像参孙在非利士人面前一样向主呼喊："主啊，求你赐我这一次的力量！"但主一定没有听到我的恳求。或者说，他知道我是非利士人，而不是像参孙那样的主的仆人。我的双腿撑不住扇子女士这样的庞然大物，我倒在了她的身下。

这不是我想要的那种故意扔掉麦克风结束表演的效果。但我的第一次——也是最后一次——布道结束了。

28

自从我在非裔卫理公会误入歧途之后，内心的好坏两面重新开始角力。我去南城中学上七年级，内心书呆子的那一面还想着做班上最聪明的孩子，但这是密西西比州的落后地区，学业标准定得很低，你闭着眼睛都能过。我的意思是，在南城，几乎没有名副其实的学校。

开学第一天，社会课上课铃一响，一群女孩子就跳起来，开始唱"桃子和药草"（Peaches and Herb）组合的《破镜重圆》（"Reunited"）。她们的舞蹈动作整齐一致，貌似精心编排过。一群男孩也不甘示弱，跑在教室后面掷硬币，而另一群人则在地上围成一圈，开始打弹子。与此同时，老师把脚跷到桌子上，展开一份报纸，读起了体育版。

我坐在课桌前，目瞪口呆。看了几分钟女孩们唱歌跳舞、男孩们投币打弹子之后，我决定打开课本，读一读美国殖民地时期的宗教偏执。

到了第三节课，我已经在南城中学出名了。人人都知道我是那个"会读书的聪明孩子"，因为我可以毫无滞碍地大声朗读课文。英语老师在教室里转来转去，要孩子们朗读书上的某个段落。如果我不知情的话，我会以为这里是一年级或二年级的教室。我的同学们的阅读能力就是这么差。我甚至不能为自己在班上朗读得最好而自豪，因为根本没有人费心教过其他孩子。

在课外，我表现得很暴躁。我说话疯疯癫癫，尽可能让人拍案惊奇，这样他们就看不透我。我想，如果我表现得气势汹汹、变幻莫测，高年级学生们就会退避三舍，不会来欺负我。韦斯利查普尔没有帮派，但我想，无论如何，我最好穿得像个城里人，态度强硬一些。我最喜欢的一身打扮是白色皮革高帮鞋、黑色喇叭裤、带背带的白色扣角领衬衫。

那一年我只打了两次架。但是，如果你能打赢，两场架就足矣。威利·厄尔在校车上给了我一拳，我就在后排座位上回报他一顿饱揍，从此名声在外，成了一个不好惹的人。我被勒令停学一周，天天去德温的拖车后面的森林里探险，顺着里迪河走，看它会把我带到哪里。就这样，我偶然发现了某人的大麻地。

那里有二十多株大麻，每株大约四英尺高，种得极为稀疏。我决定多摘几株，每株只摘几片叶子，这样主人就不会觉察。我把摘下来的叶子放进一个牛皮纸袋里，折好，塞进裤袋。两天后，它们就晒制好了。

我在拖车的杂物抽屉深处发现了一包托普斯牌卷烟纸——可我不知道怎么卷大麻烟。我问克里斯·摩根，但他也不会。于是我们决定沿公路走一英里去"洞穴"。那是成年男子消磨时间、喝麦芽酒和加烈葡萄酒的地方。一个名叫皮韦的老家伙帮我卷了四根大麻烟，留下一根作为报酬。看了四遍之后，我就学会了。

此后我每天抽大麻，而克里斯是我放学后吞云吐雾的例行搭档。我们从来没有家庭作业，所以放学后我们会躲到树林里去抽大麻。克里斯和我还开始在晚上偷偷溜进小酒馆和台球厅。我们是那些俱乐部里唯一的七年级学生。但就像在 B&M 俱乐部一样，没有人查看我们的身份证。而且，鉴于森林里那块大麻地近乎取之不尽，我总能用一根大麻烟换到五分之一根 T. J. 斯旺烟。

吸食大麻标志着我的双面人生的开始。如果布里奇特或德温发现我在吸食大麻，我的麻烦就大了。所以我非常小心，从不在拖车附近吸食，甚至不在那附近藏大麻。在拖车屋里，我仍然是小詹姆，一如既往地顺从布里奇特。我做梦也不会对她出言不逊，不会跟她顶嘴。永远不会。这让事情变得简单。这意味着，只要我在拖车屋里，我就可以摘下酷酷的自以为是的城里人的面具，蜷成一团读本好书。

在学校里，我成了班级捣蛋大王。我总是忍不住想搞笑和插科打诨。每当老师们提问时，我内心仍然有报出正确答案的欲望，但我很难摆出认真态度尊重他们。有一半的时间，老师们教的东西都是错的。一旦我出言纠正，他们立马把我赶出教室，让我去见副校长。

我还顶撞体育老师。在南城中学，所有身体健康的男孩都要打橄榄球，特别是像我这种十三岁就已经人高马大的男生。

"别的老师说你很聪明，"那年秋季学期第一次训练时，教练对我说，"所以我们让你当四分卫（quarterback）[1]。"

---

[1] 美式橄榄球（又称美式足球）和加拿大式足球中的一个战术位置。四分卫是进攻组的一员，排在中锋的后面、进攻阵型的中央。他通常是临场指挥的领袖，大部分的进攻由他发动，并有责任在发动大部分的进攻前发出暗号。

我不想当四分卫——至少，我不想来硬碰硬的擒抱。我喜欢和达林在新奥尔良街头玩触身式橄榄球，那是一种讲技巧的游戏。擒抱式橄榄球的理念在我看来又蠢又危险。特别是由于头盔不够，我们不得不轮流戴。

赛季还没开始，我就经常缺席训练，要么在学校走廊里跑动打闹，要么去学校后面抽烟。有一天，我在体育馆后面放松，正准备点烟的时候，校长助理琼斯先生拐过屋角走过来。

"詹姆斯·普卢默，"他还没见到我人就喊，似乎笃定我在，"跟我来，孩子。"

琼斯先生身高超过六英尺，一派威严。我以为我要挨戒尺了，因为琼斯先生是南城中学的首席戒尺官。但琼斯先生没有带我去校办。我们爬上了学校后面的山坡，前往乐队大厅。我从来没有进过那栋建筑。

几十个孩子在大厅里练习木管和铜管乐器。乐队指挥坐在隔壁办公室里的一张旧木桌后面。克罗斯先生皮肤黝黑，身材矮小，留着浓密的八字胡，嘴里牢牢地叼着一把烟斗。他正忙着在一张五线谱上标注各种音符。

琼斯先生敲敲大开的办公室门，克罗斯先生慢吞吞地从乐谱上抬起头。

"克罗斯先生。下午好，先生。"

"琼斯先生，"克罗斯先生说，"有什么事需要我效劳？"克罗斯先生靠到椅背上，拿一根火柴划过烟斗口，猛吸几口，吐出甘甜的烟云。

"嗯，我们碰到了一点问题，你可能就是解决这个问题的人。"

琼斯先生说，"这个男孩叫詹姆斯·普卢默。他的老师说他很聪明，但他走上了歪路。在过去的几个星期里，他每天都在学校走廊里乱跑，不去参加橄榄球训练。我们需要给他找点事做，让他走正路。"

克罗斯先生站起来，绕过他的桌子，上下打量我。他重新点燃烟斗，吸了一口，似乎在考虑我是否值得他花力气管教。"把他交给我吧，琼斯先生。我会用好他的。而且我还会趁机教他一些纪律。"

"谢谢你，"琼斯先生回答说，"如果他不服你的管教，我们只能采取更严厉的措施。"

琼斯先生走了，留下我和克罗斯先生独处。

29

克罗斯先生靠着桌子边，透过烟圈眯眼看我。"纪律是什么？"他问我。

"有的事情你不想做，"我回答，"但你还是做了，因为你应该做。那就说明你守纪律。"

克罗斯先生摇摇头："纪律是一种训练，有了它，惩罚就没了用武之地。我会训练你自律。你要么学会守纪律，要么接受惩罚。"

他把手伸进办公桌抽屉，掏出一个看起来像银色小漏斗的东西递给我。他又拿出一个一样的，放到嘴边。"跟我学。"他说着用漏斗发出嗡嗡的声音。我试图模仿他，但我吐出的空气无声无息地穿过了吹口。他平静地把那个东西从嘴边拿开，抿紧双唇，通过嘴唇吹气，发出嗡嗡的声音。我照做，我的嘴唇也发出了嗡嗡声。然后他把吹口放回嘴边，像先前一样发声。我模仿他，把吹口放到嘴边，像他那样吹气。令我惊讶的是，我现在可以勉强发出声音了。

"这是一个小号吹口，"他说，"我们试试别的。"

他又拿出两个吹口。其中一个有小号吹口的两倍大，另一个大约是那个吹口的两倍大。他让我逐一送气发音。两个小一点的漏斗让我很不得劲，但我能够轻易地让最大的那个发出嗡嗡声。

"那是大号的吹口，"他说，"听上去你已经找到了合适的乐器。"

克罗斯先生指导我改变我发出的嗡嗡声的音高。嘴唇抿得紧，发出的音调更高。嘴唇放松，发出的音调变低。接着，他指导我用舌尖触碰上牙后面的牙龈，用来中断刚刚吹出的音。然后他开始打拍子，让我随着他的节奏跺脚。

"一，二，三，四；一，二，预备，吹……"

嗡，嗡，嗡，嗡；嗡，嗡，嗡，嗡；每跺一次脚吹一次。

"从现在开始，你每天第五节课来乐队大厅。你要练习用那个吹口发声，还要合拍子。我不想看到你在外面大厅里侃大山或者瞎转悠。你找一张椅子坐下，用那个吹口跟着跺脚的节奏发声。明白了吗？"

"嗯嗯。"

"你再嗯一声试试？听明白了吗？"

"是。"我直视他的眼睛回答。

"'是'后面呢？"

"是，先生。克罗斯先生。"

"好多了。从现在开始，对每一位成年人都要尊称先生或者女士。你听懂我的意思了吗？"

"是，先生。"

"纪律是什么？"

我记不得他说过什么了，所以我愣愣地看他。

"纪律是一种训练，有了它，惩罚就没了用武之地。"他重复说。

在接下来的一周里，我就忙活一件事——对着那个该死的吹口嗡嗡地吹，而乐队其他学生都看着我咯咯笑。在我嗡嗡嗡了一个星期后，克罗斯先生把我叫到他的办公室。他的办公桌旁边立着一个打开的盒子，里面有一个苏萨大号——也就是行进乐队里用的大号。它看起来是全新的。

"来吧，"他告诉我，"拿起来试试。"

好重啊。我用力把它举过头顶，忍住不哼出声，然后把它放下来，在我身上架好。

"你和它很搭啊。"克罗斯先生后退一步，点头表示赞许。"我等合适的人来当大号手已经等了一段时间了。把吹口安上。"

我安上吹口，熟练地对着它送气。但从大号喇叭里发出的不是尖细的高音，而是低沉洪亮的低音。我被这个庄严的声音吓了一大跳。这个单音让交缠的黄铜管振动，我感到自己的整个身体都产生了共鸣。它嘹亮而有力。而且它听起来像音乐了！

克罗斯先生教了我几个单音，看上去很满意。"这是一本教程。我要你每天按它吹。你要学新的单音，学打拍子，还要学基调。书里还有音阶和琶音。背下来，每天练。"

　　那一年，我和我的大号形影不离。小号和长号也挺酷，因为它们吹出来的是主导音色。然而，低音是行进乐队——尤其是黑人行进乐队——的动力。大号和鼓发出的低音从不停歇。它们打动人群。你可能会听到主音，但你会感受到低音。我有了一个新的目标和新的人格。大号闷骚。我闷骚。我俩天生一对。

　　音乐让我再次迸发激情。我很快就学会了读乐谱——不仅是大号的乐谱，还有所有乐器的乐谱。单单通过阅读活页乐谱，我就能感觉到铜管乐器、木管乐器和打击乐器齐声演奏的澎湃能量。

　　我的进步非常快，以至于克罗斯先生邀请我第二年参加由他担任指挥的海德堡高中行进乐队的演出，虽然我到时才上八年级，是个初中生。我欣然接受了这个提议，即使这意味着炎热的夏天也要排练。第一次不得不在密西西比州的八月天气里扛起三十磅重的苏萨大号准备排练一下午的那回，我头晕目眩，以为自己会呕吐或中暑晕倒。但我坚持下来了。

　　八月的一个下午，乐队排练结束后，我走出大楼，听到身后有人按汽车喇叭。是妈妈，她坐在一辆我以前从未见过的汽车的方向盘后面。一辆全新的米色达特桑210。在一九八一年的克拉克县，日本车就像哈雷彗星一样罕见。你永远没办法猜出妈妈下一步会做什么。长这么大，我早就见怪不怪。

　　六个月前，她突然在韦斯利查普尔露面，和布里奇特还有我一起挤住在德温的拖车里。德温帮妈妈在他上班的霍华德实业公司的装配线上找到了一份工作，还借给她一辆破破烂烂的老式雪佛兰织女星车开。我猜她在过去几个月里攒了些钱，因为那辆达特桑看起来是崭新的。

就在我拨弄车上收音机旋钮的当口，妈妈在海德堡市区的主街打了一个左转弯。照理，我们回韦斯利查普尔应该沿着松树街直行。我想她大概要去铁路旁边的酒类专卖店。但她穿过铁轨，左转朝皮内伍兹方向开，在离米迪婶婶的农场不远的一条土路上前进，直到把达特桑停到一栋新砖房前。

"我们去做客吗？"我问。

"这是我们的新家，宝贝。你的东西在后面。"她说着指指后备厢。我莫名其妙地看着她。她大声尖叫："我的联邦住房管理局（FHA）抵押贷款批下来了，宝贝。我们现在是房主了！"

在踏入我们的新家之前，我问妈妈是不是我又要转学了，我可才加入学校乐队不久。妈妈说不用担心，她会开车送我到11号公路上的西部兄弟商店，在那里我可以搭乘从沃斯堡开出来的海德堡高中的校车。

房子里有她赊账买来的新家具。还有别的：一套全新的《大英百科全书》（Encyclopedia Britannica）——不是《世界百科全书》，而是百科全书中的翘楚——像骄傲的身穿深紫红色制服的士兵一样陈列在一个木制新书架上。这是属于我的私人聪明军。

30

我需要我的大号和我专有的大不列颠聪明军来支撑我读完高中。每个人都期待着从初中升到高中，但当我来到海德堡高中时，我觉得自己好像从地下室坐电梯到了一楼。

每年，密西西比州似乎都要同亚拉巴马州一比高下，看哪个州的教育经费最少，哪个州的学生在标准化考试中得分最低。一九八二年，南城中学和海德堡中学被列为密西西比州学生成绩倒数第二和第三差的学校。

说实话，海德堡高中徒有虚名。二十世纪七十年代中期，法院判令密西西比州的公立学校必须兼收白人与黑人学生。当地白人宁可烧毁"他们的"的高中也不愿让黑人孩子进校。然后，他们在市中心建立了海德堡学院，这是一所面向白人的私立学校。而州政府不得不建造一所新高中来取代被他们烧掉的那所。海德堡高中的建筑是新的，但行政、教员和学生都必须从零开始。

海德堡高中所有学生都是黑人，教员也是。只有我的班主任和公民学老师里夫斯先生例外。他又矮又胖，经常被人取笑和恶搞。但他是唯一一位自始至终支持我的老师。我的一些老师对我的课堂行为很反感，这一点都不奇怪。因为我在开学第一周就读完了课本，所以我往往坐在教室后排，开小差、逗女生。我经常比老师们更懂课程材料，而且还懒得掩盖这个事实。因此，他们有时认为我很讨厌，老是制造麻烦，需要受控，有时直接把我赶出去。

里夫斯先生很欣赏我为课堂注入的知识能量。他相信我，而且不止一次地来救我——比如有一次我在学校集会期间从乐队大厅的屋顶上发射瓶装冲天炮被抓。"他是个淘气包，但他是一个聪慧的淘气包，我们需要鼓励他，"里夫斯先生告诉校长，"詹姆斯并没有什么大毛病。他只是很无聊。"

他说得没错。我都快无聊死了。每天让我在课堂上保持清醒都是无比艰巨的任务。然后，在学年中的某一天，命运介入了我和无聊的战事，我们停火了。

圣诞假期结束一周后，南密西西比大学的两位教授来到学校，试图说服我们参加该校当年春天主办的地区科学竞赛。这些人一点都不像我们认识的人，我们也不觉得自己长大以后会像他们。他们甚至比里夫斯先生肤色更白，体态更方。

两位白人教授把我们召集到学校餐厅，介绍其他学校的孩子为了参加科学竞赛都研究了哪些高水平课题，比如像狗一样行走的机器人。大多数学生无聊地看向窗外。我们海德堡高中的孩子甚至从未听说过科学竞赛。告诉我们可以同制造机器狗的孩子竞争，就像告诉我们长大后可以当上美国总统。这在技术上可行，但太牵强了，我们甚至无法想象。

集会结束后，没有人再提那次科学竞赛。就连我们的科学老师也不提。然后，过了几个星期，国际商业机器公司（IBM）市场部送来了一份既神奇又神秘的礼物：一台崭新的 5150 个人电脑。至少，放在科学实验室地板上的白色大盒子的侧面是这么写的。似乎没有人知道该拿它怎么办。几天后，我们的科学老师巴伯先生把电脑从盒子里拿出来，放到黑色工作台上。没有人愿意打开它，甚至没有人愿意给它接上电源。它就像《2001 太空漫游》（*2001: A Space Odyssey*）里的那块石板一样，一动不动，一片死寂。

午餐期间，我到科学实验室去找巴伯先生，他边吃三明治边读报纸。我问他可否准许我打开电脑。他似乎对这个请求感到惊讶。"去吧。别弄坏就行。"

巴伯先生不知道我已经试着编了几个星期的计算机程序。那年秋天开始在电视上播放的第一批家用电脑广告很难让人产生共鸣——微笑的白人一家在玩电脑游戏，一脸严肃的白人夫妇在计算他们的抵押贷款付款金额。然而，圣诞节的第二天，我在我的朋友安妮塔·佩奇家里见到了实实在在的电脑。

安妮塔是我在海德堡高中的同班同学，人很聪明，还是行进乐队的钟琴手。安妮塔的妈妈当老师，爸爸在工厂里有一份不错的工作，所以他们能够负担起我们这个地区大多数家庭都无法奢求的奢侈品——比如安放在她家餐桌中央的那台崭新的坦迪（Tandy）TRS-80彩色电脑。

TRS-80是睿侠（Radio Shack）为了和康懋达（Commodore）64争锋而推出的产品，外形并不怎么起眼：一个小小的显示屏安置在CPU和5.25英寸软盘驱动器上面，外加一个玩具大小的秀气键盘。然而，看着光标像微弱的黄色心跳一样不断闪烁，我感觉到它的处理单元里有某种智能在运筹帷幄。

我和安妮塔在电脑上打了几个小时的乒乓球，然后我就腻了，百无聊赖。电脑的说明材料包里有一本用订书机钉起来的小书，书名是 BASIC，这是"初学者通用符号指令代码"的缩写。元旦前后，我通过自学学会了 BASIC 编程。

编程就像学习读乐谱。BASIC 是一种秘密语言，除了我和TRS-80之外，方圆数英里的人都不懂。我可以用 BASIC 跟计算机对话、给它下命令。只要我先用 BASIC 制定好规则，就可以训练 TRS-80 玩简单的游戏。我想知道我还能教它做什么。

当我接触到 IBM 5150 型电脑，我很快意识到它比 TRS-80 更强大。只要没课，我就去科学课教室，鼓捣那里的 IBM 电脑。有时，乐队练习结束后，我会偷偷溜进学校，修炼编程技能，直到学校看门人把我赶出去。我需要一台属于自己的电脑。

在我万般恳求之下，妈妈终于在劳雷尔的希西家旧货店给我买了一台二手得州仪器 TI-99/4 台式电脑。当时，希西家旧货店是满足我们几乎所有需求的一站式商店，那里的商品要么是二手货，要么"几乎全新"。我把 TI-99/4 放在我们的厨房桌子上，用高乐氏消毒液仔细擦拭，去掉它身上的脏污。此后，我在家的每一分钟都扑在键盘上，除非我在练习大号或者睡觉。

一天深夜，我在编写一些经典国际象棋开局程序，突然按捺不住，想知道电脑里面有什么。我没有关闭电源就拧开了电脑底部和背部面板上的一排小螺丝，掀开了外壳。我惊奇地盯着它的电子内脏：一个由黑色存储芯片、橙色电容和条纹电阻组成的高深莫测的混搭体，即使在运转时也安静得可怕。

我不想说这是一个宗教时刻，因为上高中那年，我已经转投科学门下。但它让我想起了从一蓬蹿出火苗却没有被烧毁的荆棘里听到上帝呼唤的摩西（Moses）[1]。我不是说我听到了从拆开的 TI-99/4 里传出的声音或天使的号角，但有一种近乎神圣的感觉占据

---

[1]《圣经》中犹太人的古代领袖。

了我的心灵。我越是用力地瞪眼看电脑内里，就越觉得有一个更大、更无处不在的智能体存在。这个智能体似乎并不常驻在电脑里，而是流经它。

我试图揣测爱因斯坦会用电脑做什么，我猜应该跟相对论有关。我的《大英百科全书》在量子物理学方面的论述比《世界百科全书》要深入得多，其中关于狭义和广义相对论（special and general relativity）[1]以及时空的条目更长、更详细。我在这些条目的底部找到了参考文献，央求妈妈去她上班的劳雷尔工厂附近的公共图书馆按图索骥，能找到什么就借什么给我读。然而，书本上的知识毕竟有限。我渴望亲身体验相对论，我希望电脑可以为我打开通往时空的大门。

我盯着 TI-99/4 的主板，产生了一个疑问：计算机为什么计算得这么快？如果我能把自己缩小到足以爬进这些微芯片中，或许可以看到电子以接近光速的速度运动。然后我顿悟了：计算机游戏是基于数学模型的——爱因斯坦的相对论也是！如果我能够把狭义相对论的公式——时间膨胀、长度收缩（length contraction）[2]、相对论性质量（relativistic mass）[3]和时空间隔（spacetime interval）[4]——翻译成 BASIC 语言，我就可以创建一

---

[1] 均由爱因斯坦提出。狭义相对论是区别于牛顿时空观的新的平直时空理论；广义相对论是现代物理中基于相对性原理利用几何语言描述的引力理论。

[2] 相对论运动学效应之一。物体长度因运动而收缩的效应。

[3] 在许多关于相对论的老旧论述中以质点的质量随速率增加的模型，来保持高速情况下的动量守恒原理。

[4] 四维空间中的一个不变量。

个计算机程序来模拟相对论，让我体验时空！

我一定是出神了，因为我甚至没有注意到妈妈已经下了晚班从工厂回到家、站在我身边。

"儿子！你把这家伙拆开了？老天，我买这台机器可是下了血本的。要是你把它弄坏了，我会揍烂你的屁股。"

我从时空恍惚中清醒过来，以最快的速度把电脑装好。然后我手指翻飞，在电脑上输入了一组命令，大喊一声："妈——！来看看我给你写的东西。"她手里拿着一本《德尔谜题集》进来了。"看这个。"我说着按下了回车键。

一行又一行的"小詹姆斯·普卢默爱他的妈妈"在屏幕上连续滚动。妈妈咧嘴笑了："屁屁股！讨好我没用。好好写作业。还有，把水槽里该死的盘子都洗干净！"

一周后，我趁午餐时间去科学实验室找巴伯先生，告诉他我想参加科学竞赛。

"参加什么？"他问话的口气显得似乎全然忘记了还有这么一回事。

"南密西西比大学主办的地区科学竞赛，二月，在哈蒂斯堡。我一直在做一个计算课题。"

"听听，今天早上谁在卖弄他知道四个音节长的英语单词，"他咯咯笑着说，"你这个爱现鬼。"

"计算"（computational）这个单词其实有五个音节长，但我不想顶嘴。今天不想。所以我直奔主题："我在编一个程序，为狭义相对论效应建模。"

这引起了他的注意。他放下手中的三明治和报纸，歪过头来看我。"你能做到吗?"

"我想我可以。我已经开始编了。我已经学会了用 BASIC 编程，而且已经把狭义相对论分解成几个数学成分。它其实不像听起来那么复杂。我从十一岁起就开始研究这些公式，已经很明白了。为它们编程是最容易的部分。不过，我的课题的新颖之处在于，我正在把它编程成一个游戏，可以让评委们玩。我可以在 IBM 电脑上给你看。"

"老天，"巴伯先生说着跳起来，"我去把别的科学老师找来，让他们也听听。"巴伯先生去找生物老师杜博斯先生和化学老师阿特伯利先生。

他们三个人坐在高脚凳上，边吃三明治边听我解释令爱因斯坦萌生时间膨胀概念的思想实验。然后我向他们介绍了我打算如何用 BASIC 语言为狭义相对论公式编程，然后将其导入游戏界面中。

他们都听说过爱因斯坦和相对论，但只有在大学念过物理学的巴伯先生听懂了。

当我解释说，时间膨胀公式可以说明为什么在静止的观察者看来是同步的两个事件，对高速运动中的观察者来说不同步的时候，我看得出来另外两位老师听得云里雾里。于是我往电脑里输入了长度收缩公式，用以说明为什么两个观察者的距离认知不一致。

"所以你们明白了吧，没有什么同步发生的事件。时间是假的!"

他们没明白，但我已经打不住话头，直接进入大结局。"这是最酷的部分。"我说。我这人一兴奋就会变得神经质。"如果你像这样把空间和时间结合起来……"我说着在键盘上输入命令，"你可以计算出不变区间……"我按下回车键，文本以完美的等式格式出现：

$$ds2 = c2dt2 - dx2 - dy2 - dz2$$

"……这个公式结合了空间和时间。因此，即使不同的观察者会看到不同的时间和距离，他们都会看到相同的组合区间值。这就是爱因斯坦所说的时空！"

巴伯先生看了看杜博斯先生，杜博斯先生看了看阿特伯利先生，阿特伯利先生看了看巴伯先生。巴伯先生看了看电脑屏幕，然后又看了看我。"好吧，你想带这个参加地区科学竞赛，"他说，"你需要多长时间搞定？"

可阿特伯利先生不以为然。他对我说："你没有你想的那么聪明。"他慢慢地摇晃着他那颗被一圈头发和胡须包围的光头。"我上高中的时候学过物理，他们根本没有教过时空间隔。我觉得这是你编的。"

我没有理会阿特伯利先生，把注意力集中在巴伯先生身上。"还有六个星期地区科学竞赛就开幕了。为了及时完成课题，我需要把 IBM 电脑带回家，晚上用。我妈妈给我买的 TI-99/4 编不了游戏部分的程序。"

"我听说他在校园里卖大麻，我们为什么要让他带这台电脑回家？"阿特伯利先生对另外两位老师说，"我不信任这个男生。"

"我向您保证，巴伯先生。如果您允许我把 IBM 电脑带回家，我会让海德堡高中在密西西比州科学界出名。"

三位科学老师再一次你看看我、我看看你。杜博斯先生觉得有必要发表意见。"如果他把学校唯一一台电脑搞坏了，倒霉的是我们。"

"克罗斯先生让我把铜管大号带回家练习，"我说，"后来我入选了全州乐队。"

最后，巴伯先生去找校长。校长给克罗斯先生打了电话，问清楚我的确没有弄坏大号或把它当掉，以打消他们对我把电脑带回家的顾虑。克罗斯先生向他报告说，我在纪律方面有很大进步。

第二天，妈妈开着达特桑汽车来学校，我们把 IBM 电脑搬回家。

31

我说服了我的两个书呆子伙伴安特鲁姆·麦吉和亚里士多德·本德，让他们也拿出项目参加科学竞赛。安特鲁姆和其他农村孩子一样，从小就和他父亲一起鼓捣各种农场设备。他用汽车散热器的部分组件和其他旧汽车零件设计出一个太阳能热水器。同样从小在家里农场干活的亚里士多德用肥料制造了某种电池，我实在无意弄懂其中原理。

我们好不容易才在地区科学竞赛上胜出。不是因为我们的项目不灵，而是因为我们的展板太次了。之前没有人告诉我们，展板几乎决定了你的一半得分：其他进入州赛的学生都用实木制作三折展板，用黄铜铰链连接。我们用胶带把几块动不动就破的纸板粘在一起，板上贴了从笔记本上撕下来的纸页，纸页上的字全是手写的。别人的展板都有"摘要"和"假设"——这两个单词我们听都没听说过。

我们认为，评委们出于同情让我们进了参赛学科的前三名，我们这才得以晋级，参加在杰克逊州立大学举办的州科学竞赛。我们地区有很多黑人学校，但我们是进入哈蒂斯堡市南部邦联大道义军体育馆参赛的唯一一个全黑人团队。因此，我们不但可怜，而且是不自量力的可怜黑人孩子。

既然得知了评分标准，我们去州里比赛就不会犯同样的错误了。巴伯先生带我们去劳雷尔买木板，将其尽可能切割成最大尺寸。我们攒钱买了木板、铰链、图画用纸、模板、彩色马克笔和橡胶黏合剂——科学竞赛项目的首选胶水。

我们从地区竞赛中学到的另一点是：我们需要色彩——丰富的色彩。如果你的项目展板不漂亮，就不可能获胜。我没什么美术天赋，但幸运的是，里夫斯先生出手不凡，把我的图表和展品捯饬得漂漂亮亮。项目完成后，我在彩色图画用纸上绘制了质量、长度收缩和时间扩张三色图，贴在木板上。我的展板标题——"狭义相对论效应编程"——非常醒目，五十英尺开外都能看清。最重要的是，校长允许我带 IBM 电脑参加在杰克逊州立大学举行的州科学竞赛，这样我就可以实时展示我的相对论建模。

州科学竞赛开赛的那天清晨，天还没亮，巴伯先生就把展板和展品装进一辆面包车，把我们分别从位于贾斯珀县和克拉克县的家中接出来。我离家的时候把 IBM 电脑抱在怀里，上车后把它放在腿上，直到抵达杰克逊。安特鲁姆和亚里士多德一路上都在打盹，但我太紧张、太兴奋，毫无睡意。我开了夜车，一直在

IBM 电脑上反复运行我的模拟程序。

上午九点，我们来到杰克逊州立大学篮球馆。我叫醒安特鲁姆和亚里士多德，我们绕到面包车后面去卸我们的展板和文件夹，在十点竞赛开始前，我们必须把文件夹里的图表贴到展板上。然而，后车厢里只有两套三折板——安特鲁姆的和亚里士多德的。不知何故，巴伯先生落下了我的展板。我感到胸腔里有什么东西开裂了。

亚里士多德把他的展板递给我。"给，用我的。"他说。

"什么？我不能那样做。"我说。我从面包车旁边走开，到体育场外的草坡上坐下，既沮丧又失望，但我决心像我想象中的男子汉那样接受失败。我告诉自己，这是守纪律的一部分。

亚里士多德坐到我身边。"你得用我的展板，伙计。你的赢面最大。我的电池发的电连刷牙都不够，而且人人都知道它得不了奖。你必须进去，代表我们大家。"

"不，我不能那样做。你下了大功夫，你应该进去。"我说。我真心实意。

"普卢默，我这不是请求你。我在命令你。拿上这块该死的展板，把你那玩意贴上去，给我们赢个该死的奖来。"他把展板放在我脚边，走开了。

"好吧，妈的，"我冲着他的后背喊，"你帮不帮我贴呀？"

我刚打开文件夹，风就把里面的纸吹开了。我在文件夹上压了一块石头，好让它拢上。就在我用橡胶黏合剂把标题横幅粘上展板的时候，风刮开了我的文件夹，里面的各种图表散落到草坪上。我把它们追回来，继续粘贴。

"你可真起劲。"一个女人的声音响起来。在我贴图的草坡下方，坐着一对白人夫妇——他们是带队老师。差不多二十个白人学生散坐在他们周围，都在吃独立包装的三明治，用吸管喝汽水。

"是的，女士，"我答道，"这风老捣蛋。不过它阻止不了我。"

就在这时，一阵风把我的展品吹散到草坡上。由他俩带队的孩子们赶紧帮我追。都追到了，虚惊一场。那个女老师注意到我的展板标题，她说："好厉害！"她的语气跟我一年级的白人老师们一样，原意是赞美，但听起来更像一种羞辱，就好像她其实想说的是，你这样一个黑人穷男孩竟然会有这么高端的白人想法，真是厉害。你一定是我听说过的那些超常聪明的黑人孩子之一。我还是感谢了她，脑子里响起布里奇特的丈夫德温的威胁。他说如果我不尊重他人，他就会踢我的屁股。

我终于把所有展板都贴好了，叫亚里士多德和安特鲁姆过来。他们拍拍我，而白人们则礼貌性地鼓掌，似乎贴个展板就值得奖励。

32

环视一下空旷的杰克逊州立大学篮球馆，我立刻看出这跟地区竞赛不可同日而语。展品的数量和质量都上了一个档次。现场划分出一条条通道，每条通道上的展品琳琅满目，通道尽头都有横幅告诉你所在之处是什么学科：生物、化学、数学。我的展位在计算机科学通道上。隔壁一侧展位的人用康懋达64电脑根据每日气温和降雨量计算玉米种植和收获日期。我们认为这很酷。另一侧展位的人则编制了一个电脑游戏，让玩家把动画里的马口铁罐从栅栏杆上"射"下来，比我以前在任何计算机上看到的游戏都要流畅。我的展板上只有平面图、曲线和文字——他有真正的图形。

中午时分，评委们开始拿着带夹子的书写板和评分表在各条通道上来回走动。这些可不是在地区比赛里担任评委的研究生。他们是真正的大学教授，穿着短袖衬衫，打着领带，挂绳上的吊牌写着"评委"。

没过多久，一群评委围到了我的展品旁边。地区竞赛的经验告诉我，这是一个好兆头。然后，他们中的一个人走到我面前，表情近乎尴尬。"我不得不告诉你，我们是计算机科学家，看不懂你的狭义相对论展板。我们要把你从计算机科学竞赛单元转到物理学单元去。"

半小时后，六位物理学教授在物理学通道审视我的展品。我事前并不知道，州科学竞赛的部分评分取决于你能否很好地向评委解释你的研究课题。我压根没想到他们会提问。一群白人物理学教授围过来，考查我对狭义相对论的理解，我紧张得要死。不过，在我滴水不漏地回答了前几个问题之后，我意识到，从我十岁开始，我就在为这次对话做准备。我一直认为，这世界上一定有其他人对相对论有足够的了解，可以进行有意义的讨论。现在有六个这样的人同时来到我身边，而且他们都在谈论我的课题。谁在乎他们是不是衬衫口袋上有钢笔墨污的一本正经的白人？他们说的是我的语言！

有两三个评委试图用偏门问题来难倒我，比如："当你的速度超过光速时会发生什么？"我回头看了看提问人，脸上露出"这就是你想出来的最厉害的问题？"的表情，说："拜托，先生，这可是超级简单的数学。1 减去 y 的平方就变成了负数。我们能不能认真讨论物理学？"此后的问题就都是技术性的了。他们想试探出我在数学、物理和编程方面懂什么、不懂什么。而我对答如流。我很享受这个过程。

"你这个想法是从哪里来的？"其中一人问。

"爱因斯坦给我的启发。"

"不，"他微笑着说，"我的意思是，谁让你为狭义相对论编程的？谁帮你编程？"

"没有人。我自学了狭义相对论和 BASIC 编程。"我决定不提我盯着 TI–99/4 电脑内里的神秘主义时刻。"然后我想明白了怎样为输入和输出过程编写程序，使它像一个游戏。"他们都把这个回答记在了写字板上。

研究完我贴在展板上的打印图表后，他们想在 IBM 电脑上玩一玩我的狭义相对论游戏。我指点他们逐一输入命令。"首先，你指定希望计算的效应：时间膨胀、长度收缩，还是质量增加。然后，程序会要求你提供其他信息：每帧持续时间、长度、质量，以及物体的速度。一旦你输入了这些，它就会将相对论时间 / 长度 / 质量作为输出返回。"

我指指贴在我身后三联板上的精心手绘的狭义相对论的三种效应图表。然后我解释说，你可以对这三个因子中的任何一个进行加减，以生成不同的图形，如长度与速度的关系、时间膨胀与速度的关系、质量与速度的关系。

不过，真正引起他们关注的是我做的第四个计算，即结合空间和时间来得出不变区间，也就是时空。当不变区间在屏幕上闪现时，我特意编程的动画效果出来了，就是弹球机游戏奖励你得分够高、给你玩一局免费游戏的那种效果。一位评委失声大喊："哇！"

然后我认出了一年前来过海德堡高中的两位南密西西比大学教授。其中一位走上前和我握手。"我希望你申请大学的时候考虑一下南密西西比大学，"他说，"你应该来我们学校学物理。你已经大大领先同龄人了。"

一天的竞赛结束了，我们拆掉展板，出去快速解决晚饭。鉴于我们一整天都没有吃东西，我们一致决定去肖尼餐厅吃自助餐。这样一来，吃饭的时间就拉长了，因为我们去餐台加了好几次菜。等我们回到场馆，颁奖仪式已经开始了。

为学生及家人预留的看台几乎坐满了人。我们顺着台阶往高处仅剩的空座位走，正好遇到那对帮我追回过图表的白人夫妇。他们微笑着邀请我们和他们的学校代表团坐在一起。我们很高兴能跟一个人数众多的团体在一起，因为大多数学校都派出了庞大的家人和学生队伍。有的甚至带来了啦啦队！

在揭晓主要奖项之前，他们颁发了一系列来自军方和行业赞助商的热身奖。每叫到一个学生的名字，这个学生就要下看台去领奖，半个看台都会爆发出欢呼声和掌声。然后，某个穿军装的人高谈阔论起科学对国防的重要性，冷不丁叫出了我的名字：小詹姆斯·普卢默！我甚至没有听到这是个什么奖。我从高处一路下到体育馆中央，领到奖牌后又爬了好多级台阶回到最高处的座位。那对白人夫妇朝我鼓掌，我们学校的人也在鼓掌。

"祝贺你，詹姆斯！"白人妇女说，"你得奖了。这真是太好了。"我很高兴有人为我鼓掌，但她似乎对我获奖感到惊讶。随后，我赢得了一个行业赞助商的优秀奖。奖品只是一条缎带，我再次下看台、上看台。我的腿都快软了。但当我爬到高处时，我看到那对白人夫妇和巴伯先生、安特鲁姆以及亚里士多德一起为我鼓掌。

接着开始颁发主要奖项。我获得了美国教师委员会颁发的"科学竞赛项目中的最佳数学应用"奖。这一次，那对白人夫妇和他们所有的学生也为我鼓掌。然后，大赛颁发了生物、化学和其他一些学科的大奖。当他们宣布物理学的荣誉奖获得者但没有提到我的名字的时候，我把缎带和奖牌紧紧握在手里。我望着屋顶椽子上的铁梁，开始默数，看一眼数两根。数到第十六根横梁时，扩音器里的声音变大了，语速放慢了，仿佛声波是在水里而不是在空气中传播。"物理学一等奖颁给……来自海德堡高中的小詹姆斯·普卢默！"

安特鲁姆和亚里士多德跳起来，上上下下、前前后后地拍打我。甚至那对白人教师也试图拍我的背，虽然在通常情况下我们大家都会尴尬得要命，但这次我不在乎。下台阶去领奖台的时候，我感觉脚没踩在实地上。于是我边走边数台阶，一方面是为了放慢速度，另一方面是为了避免跟跄。然后我开始数人群里的面孔，数一个看台有几排座位、每排坐几个人。采样之后，乘以场馆的分区数，就可以得出整个体育馆的容量了。

再后来，我什么也不数了，在掌声中朝领奖台走去。

我得了物理学科竞赛第一名——硕大的奖杯证明我能弯曲时空，足以让密西西比州停下脚步，注意到我的美丽黑色心灵。

33

因为科学竞赛，我走出了海德堡的黑人小圈子，到白人的地盘上同白人竞争。不过，哈蒂斯堡和杰克逊离家都只有九十分钟的车程。我的大号把我带到了更远的地方，让我有机会探索种族藩篱森严的密西西比州穷乡僻壤以外的宇宙，进入白人世界。

自从克罗斯先生让我用大号吹口吹出嗡嗡声以来，我大有长进。我学会了边演奏边保持精确队列，也掌握了乐谱和配器。上海德堡高中的第二年，克罗斯先生让我编排我们的橄榄球半场表演。克罗斯先生的行进风格和音乐选择秉承传统，不考虑放克音乐，毫无前卫色彩。我希望更上一层楼。我以传统黑人大学的全黑人行进乐队活力四射的表演风格为榜样，根据黑人电台的最新曲子进行编排。我时常缠着克罗斯先生，让他帮我找最复杂的乐谱来编曲。我看乐谱的时候，音符的排列形式似乎会在页面上立体浮现。我发现我可以毫不费力地用视线移动这些音符，将它们重新编排，为不同的乐器配乐。

问题是，高中行进乐队的演出纯粹是地方性质的。我们的表演机会不外乎本校橄榄球队和邻近学校球队的比赛以及每年三次的当地游行。不过，每所高中的乐队指挥都可以派两名乐手参加在比洛克西市举行的州乐队培训班。该市在大老远的海边。我是少数高中四年都参加了培训的学生之一。

通过培训班，我了解到海德堡以外的其他竞争机会：位于哈蒂斯堡的南密西西比大学乐队夏令营是我的第一站。共有一百多名乐手参加，其中只有三名黑人学生。结营时，他们举行了一个颁奖宴会。我获得了"学生选择奖"的第二名，这让我大吃一惊。从本质上来看，这个奖项比拼的是人气。我此前根本不知道，除了我的密友之外，还有别人喜欢我。我一直担任海德堡高中行进乐队的队长。但我居然能在密西西比州南部的一个白人高手乐队里出风头？这真是个难解之谜。

乐队指挥们选出了两个最高荣誉奖获得者，两个乐队各出一个。尽管我是第二乐队的首席大号，但我对赢得第二乐队的指挥奖感到震惊。没错，我是参加过演奏比赛。但令我不解的是，在有那么多白人学生可供选择的情况下，白人乐队指挥竟然会把优秀奖发给一个黑人孩子。我原以为他们会有偏见。这跟在州科学竞赛上赢得一等奖的感觉不同。我以为科学教授们会根据项目的优劣来评奖。音乐感觉更个人化。出于某种原因，也更受种族因素影响。

在乐队夏令营成功的鼓舞下，上高中三年级时，我参加了本州最精英的高中乐队——密西西比州狮子会全州乐队——的面试。克罗斯先生喜欢给我们讲二十世纪七十年代初进入狮子会乐队的海德堡高中小号手的故事。此人后来投身于爵士乐事业，成为杰克逊州立大学的助理乐队指挥。在他之后，有几位本地学生参加过面试，但再也没人入选。

我在面试中取得了优异成绩，入选狮子会全州乐队。这是个喜讯。不幸的是，那年夏天，我不得不冒着密西西比州的湿热花两周时间进行排练，以迎接在旧金山举行的全国性比赛——狮子会国际民族大游行。训练很残酷。我们的脚上起了泡。有人因为中暑和脱水而晕倒。我感觉肩上的大号比以前任何时候都沉重，头顶的太阳也比以前任何时候都炽烈。乐队的黑人成员——在两百名乐手中只有七人——觉得忍住不吐、不在训练场上晕倒事关荣誉。

因为狮子会是一个几乎全部由白人组成的密西西比州乐队，所以我们的参赛歌曲和口号充满对旧南方和南部邦联的致敬。我们的告别音乐会——在我们踏上前往旧金山的跨州巴士之前为我们的家人表演——是献给"我们英勇的灰色军装男孩"的，我们的压轴歌曲是《我愿我仍在南方》。当唱到"哦，我希望我在棉花之乡／那里的旧时光没有被遗忘……"时，多数黑人乐队成员只是对口型。我把嘴紧紧地贴在大号的吹口上。

到了旧金山，人人都激动地讨论铛铛车、金门大桥和我们乐队的夺冠胜算。但对我来说，最难忘的时刻发生在我们在渔人码头排队等候演出的时候。我注意到我们后面的乐队在阵列前打出了印有红色枫叶的旗帜。

"他们一定是从加拿大来的！"我对我们乐队中的一位黑人小军鼓手说，"咱们去跟他们说说话吧。"我以前从未见过加拿大人，非常好奇，想听听他们是怎么说话的。

于是我们溜出队列，去跟加拿大人套交情，虽然两个分别带着苏萨大号和小军鼓的黑人小伙相当惹眼。我们坚守自己的社交规则。牢不可破的第一条规则是：永远不要去跟白人女孩搭话。

尽管我整个高中阶段参加过许多通宵达旦的乐队活动，但我从未同白人女孩对话过。至于白人男生，我们怎么聊都行，而且他们中有一半人很快就能跟我混熟。然而，自从我七年级回到密西西比州后，我与白人女孩完全没有交往。在我们林区，你要是往白人女孩身边凑，就是找死。我们试探性地同鼓乐队队长搭话，他是一个来自多伦多的高个子，帽子比别人的都高。

然后，两个拿着短笛的白人女孩信步走到我们面前，齐声说："嘿。"她俩挥手的动作也一模一样。其中一个女孩说："真无聊，整个上午就像雕像一样站着，不是吗？"

听她说话的口气，好像和两个黑人小伙聊天属于平常事。这可是我有生以来第一次和白人女孩讲话。我既震惊又狐疑，张口结舌。从小到大，别人一直警告我，面带微笑的白人女孩会引诱你走向死亡陷阱。终于，小军鼓手跟她们搭上了话。很快，我们四个人就像在某部跨种族电视情景喜剧中长大的一样，你一句我一句地聊得可欢了。

几分钟后，我们归队了。另外三个黑人乐手连珠炮般地向我们发问。"她们说了啥？""你们说了啥？""有没有拿到她们的电话号码？"

"加拿大人很酷！"我只答得上这么一句，因为我不记得刚才聊天的只言片语。我只知道自己已经被冲昏了头脑。

34

一个降 B 大号的铜管拉直后共有十八英尺长。到了高中三年级末，这十八英尺长的铜管貌似为我搭起了通往大学的桥梁。因为我在狮子会全州乐队表现出色，我又入选了全南方荣誉乐队，还获得了麦当劳全美乐队的提名。后者在每个州只录用两名乐手，参加梅西感恩节大游行和玫瑰花车大巡游等大型全国性活动。

大多数我从小在电视上看到的顶级黑人大学乐队——佛罗里达农工大学、奥尔康州立大学、格兰布林州立大学、田纳西州立大学、亚拉巴马州立大学——都给我写了信、寄来了宣传资料。还有我梦想成为其首席大号的那个乐队：杰克逊州立大学的拥有三十个大号席位的南方音爆乐队！

我甚至收到了一些我从未听说过的学校的来信，比如芝加哥郊区的西北大学。在浏览西北大学宣传册上的管弦乐队项目图片时，我开始思忖怎样才能超越行进乐队。我想象着在大学毕业后成为一名专业大号演奏家，加入一个管弦乐队。我需要向克罗斯先生请教奖学金的事情。也许我可以拿到西北大学的奖学金。

然而，世事难料。一天早上，我们都在年级教室里。一个声音在校内广播系统中响起："詹姆斯·普卢默，请立即去校长办公室报到。重复一遍……詹姆斯·普卢默，请立即去校长办公室报到。"

班上同学全都转过头来看我。我想我大概是做了什么坏事暴露了，要么是我没做什么坏事但是有人指控我做了。去校长办公室的路上，我一直在想，这次是谁在为难我？

格林校长——六英尺三英寸高、胡子刮得干干净净、头发油光水滑、西装革履、一脸严肃的学校领导人先生在校长办公室外间等我。我尽可能地挺直身体，这样我就不必在他训斥我的时候伸长脖子同他交流眼神。他没有邀请我坐下来。我猜他喜欢这种身高优势。

"高中毕业后，你打算做什么，孩子？"

我没料到他会问这个。"我打算上大学。"我说。我其实并没有什么具体计划，但我的美国大学入学考试（ACT）考分比海德堡高中有史以来的任何学生的都高。我的绩点分一直遥遥领先，我有望在毕业典礼上代表全体毕业生致告别辞。

"大学？真的吗？"他回答说，"学费怎么办？"

实话实说，我根本不知道该怎么筹集上大学的费用。我的朋友或家人没有一个上过大学。我的父母对大学一无所知，他们从未与我讨论过我将来的教育，更不用说怎样支付学费了。我班上只有父母都在海德堡高中任教的同学才打算上大学。但我不想告诉格林先生这一切。于是我咕哝了几句，说是几所有行进乐队的大学给我写来了邀请信，也许能拿到奖学金。

"这么说来，加入行进乐队算是一门能挣钱的职业喽？"格林先生嗤之以鼻。"跟我来，孩子。我想把你介绍给一个人。"

他带我进入他的私人办公室。里面有一个高大的白人男子——甚至比格林先生还高，身穿帅气的白色海军军官制服。他微笑着向我伸出手。

"我一直想见见你，詹姆斯·普卢默，"他说，"我是高级军士盖杰。"他似乎真心为见到我而自豪，他就像是一个在一所冷门学校发现了一位明星四分卫的教练。"年轻人，"握完手，他的视线仍然不离我左右，"我在工作中从未见过像你这么高的军事机构职业能力倾向测验得分。你在每一个类别的问题上都表现得非常出色。前所未有。"

几个月前，海德堡高中的所有学生都被叫到午餐室，参加军事机构职业能力倾向测验，简称 ASVAB。像往常一样，我第一个交卷——而且很快就把它抛到脑后。

"听着，我最多只能给你每年两万美元，"高级军士盖杰说，"但是，如果你去了核部队——我知道你会的，两年后如果你愿意延长服役期，我们就会提拔你，给你三万美元的签约奖金。怎么样？"

我费力理解他的话。妈妈曾经吹嘘说，德温有一年挣了一万五千美元。这个人刚刚说，他愿意给我两万美元——两年后，还有另外三万美元！

格林先生发话了："你觉得怎么样，孩子？他给了你一个大好的机会。"

"'去核部队'是什么意思？"我问。

"嗯，你会当核工程兵，"高级军士盖杰说，"海军运营的核反应堆比地球上任何一个国家的都多，而且我们从未发生过事故。我们会教你如何成为一名核工程兵，如果你想上大学，我们也有办法帮你达成愿望。"

我顿了顿，消化这些信息。"你说，你会付我两万美元？"

"一开始没有两万美元那么多，"盖杰回答，"你先去海军新兵营。但如果你进入了核野战项目，从新兵训练营出来，你就会去南卡罗来纳州古斯克里克上核部队学校。"盖杰朝我笑了一下。

"我的老天！"格林先生大声说，"那听起来真是大好的机会。你说呢，孩子？"

我不知道该说什么。我不敢相信有人为了让我当核工程兵，竟然愿意付给我两万，也许三万美元。里根总统任期内的经济衰退使我们社区受到了重创，我所有的家人都失业了。霍华德实业公司解雇了一半的工厂工人，德温和妈妈只好吃救济金。德温在装配线上干活时背部受过伤，所以他不能搬运纸浆木，而这是密西西比州我们这块儿许多男人挣得一点现钱的途径。甚至连一直在塔可约翰快餐厅打工的布里奇特也被炒了鱿鱼。就在一周前，德温和布里奇特把他们的拖车出租给他人，搬进了妈妈和我住的房子。爸爸已经从凯泽铝业公司退休，有养老金可领，可他又成家了，没有供养我们任何一个人。

唯一缺人的岗位——而且只招女人——是去白人家当清洁工。我父母家的亲人们，姓普卢默的和姓亚历山大的，都自视甚高，而为白人打扫房子是就业阶梯上的最低一级。妈妈拒绝屈尊，但布里奇特现在大部分时间都为白人搞卫生。我在皮内伍兹和海德堡附近接了一些家庭管道的活。冬天和春天两个季节，我帮人报税，帮他们拿回一些退税，每笔收取十到二十美元不等的费用。我还有一项副业，那就是种大麻。每个星期五早上，我在学校卖一打大麻，每支一美元——但那只是为了星期六晚上在俱乐部有钱买酒喝。

与海军提供给我的报酬相比，以上种种连零钱都算不上。而且，高级军士盖杰不是说过，他们可以帮助我上大学吗？

我所在的保守爱国的密西西比社区高度看重兵役。我们学校每年都会举办军人感谢日，活动内容包括作文和演讲比赛。八年级时，我参加演讲比赛，做了题为"为什么我们需要一支强大的军队来保卫美国的安全"的演讲，赢得了位于默里迪恩的冰雪皇后冰激凌店提供的一张十美元礼品券。我的父亲曾在军队服役，我从小就认识很多越战老兵，他们因服役而受人尊敬。每年都有几个海德堡高中生一毕业就参军。他们中的一些人最后去了德国、关岛或其他一些听起来很遥远的地方。我从来没有想过自己会朝这个方向发展，但以前从来没有人向我许诺过现金和大学教育的可能性。

格林先生和高级军士盖杰站在我面前，脸上挂着期待的笑容。最后，我说："我得和我妈妈谈谈，看看她怎么说。但这听起来确实是个好机会。"

我等到晚饭后才告诉妈妈高级军士盖杰愿意给我多少钱让我入伍。我还告诉她，因为我还没成年，所以需要父母签字同意。我还没来得及讲核部队的事，她就拿起放在她的谜题集上的笔说："要签字的东西给我。快点，在海军清醒过来之前就签好。"

妈妈工工整整地签下了她的名字：伊莱恩·约瑟芬·亚历山大。

"我猜我的小詹姆跟一签约就有奖金拿的运动员一样了。"她说着难以置信地摇摇头。

高级军士盖杰已经在入伍者的签名栏上方填好我的名字：小詹姆斯·爱德华·普卢默。它紧挨着海军的标志——一头抓着锚的鹰。我深吸一口气，数了数老鹰胸甲上的六条红色条纹，然后签了字。

我是海军了。

35

海军给我的最好的东西是鼓励。我还没进新兵训练营，高级军士盖杰就给我打气。我从来没有遇到过像他那样对我如此热心的成年人。一路走来，也有一些老师支持过我，克罗斯先生让我认识到纪律的价值。但高级军士盖杰跟他们不一样。他把我当成他挖到的宝。他还经常夸奖我的"高尚品格"。从来没有人这么做过。我的老师们没有，我的家人也没有，谁都没有。现在，这个海军军官把我当作聪明人和好人。

高级军士盖杰立即着手帮我申请最好的可选项目。当务之急，我得参加海军高级项目考试（NAPT）。只有通过了这个考试，我才有资格加入核野战项目。这位高级军士不仅为我报好了去杰克逊参加考试的名，还亲自开车送我过去。

去杰克逊的路上，他一直在谈我的未来海军生活。"伙计，我知道你会去核部队！"高级军士盖杰说，"杰克逊的人一旦见到你、认识到你的能力，就会欣喜若狂。"

我从来都不缺自信。然而，高级军士盖杰的评论让我更加相信自己的能力。我也因此相信他。

所有这些加油打气对我来说就像火箭燃料。我在海军高级项目考试中考出了杰克逊区有史以来的最高分。接着，高级军士盖杰把我送进一个名为BOOST的项目，即扩大军官选拔和培训机会项目。"BOOST项目把入伍士兵培养成军官，"他解释说，"它重点关注像你这样的来自农村或内城的人，因为那里的教育系统不如郊区的好。"他还解释说，我进去的时候是大兵，接受一年的军事和知识培训之后，我可以获得海军后备军官训练队奖学金，前往大学深造。

高级军士盖杰为我规划了一条受教育，走上职业道路，走出密西西比州的森林，走向世界的路线。我启航了！

或者说，我是这么认为的。

以下是我在美国海军两年士兵生涯中的高潮和低潮：

圣迭戈城外的新兵营跟你在电影中看到的差不多：剃光头；尿液药检；个性遭到训斥，而且被打击到荡然无存。可取之处是，我几乎每天都在委任仪式和毕业典礼上吹奏低音军号。最好的收获是，我学会了保持服装及装备的清洁和整齐。

另一个好处是，海军教我代数。BOOST 项目的主旨在于用一年的时间补足十二年蹩脚公立学校教育造成的短板。虽然我自学过很多东西，但在上 BOOST 项目的数学课之前，我从未学过代数。

海军也让我得以体会体制内的种族主义。项目开始时，我们这一批学员共有四百五十人。到了春天，他们把我们的人数缩减到两百人——几乎所有被淘汰的都是黑人或棕色人种。我们还干最脏最累的活，但到颁奖时又被亏待。

我表现不错。我的学习成绩名列前茅，直升核学校。然后我的皮肤发炎了。诊断出来是特应性皮炎。不知何故，在一年前的入伍体检中，他们没查出这个病。结果，因为特应性皮炎，我失去了上军舰服役的资格。

好消息是，自我第一次来到密西西比州以来一直困扰我的皮疹终于确诊了。他们给了我一些处方药膏，帮我缓解了症状。坏消息是，他们让我光荣退伍，还出飞机票钱让我回家。成为一名核工程师的幻想就这样破灭了。

一周后，我在没有备用计划的情况下砰然落地，回到了皮内伍兹。

36

突然从海军退伍，我感到的困惑多于愤怒或失望。入伍是这样操作的：他们拿走你所有的个人物品和尽可能多的身份认同——你的衣服、你的头发、你的名字。作为交换，他们给你生存所需的一切——对当时的我来说是一笔好买卖。他们给你食物，给你穿的制服，给你晚上睡觉的地方。最重要的是，他们准确地告诉你，一天中的每一个清醒的时刻你必须在哪里、必须做什么。你不再需要对自己的人生负责。

在基础训练中，我全靠幻想自己的未来才忍受住各种羞辱和非人待遇。入睡前，我躺在床铺上，想象自己穿着军官制服，在俄亥俄级核潜艇上担任轮机长。飞回皮内伍兹就像从远洋冒险的梦中醒来、发现自己又在凯利山池塘用竹竿钓鱼。我是一个十九岁的失业者，对自己的未来没有任何规划或设想。

我震惊地发现——因为没有人告诉我——所有人都搬出了我们在皮内伍兹的房子。妈妈找不到工作，还不起住房贷款，连家具分期付款也付不起。收回家具的卡车开走后，妈妈搬回了新奥尔良，布里奇特和德温搬回了他们的拖车。他们邀请我和他们，还有他们两岁的女儿同住。

回到布里奇特和德温的拖车感觉是一个巨大的倒退。但我没有别的地方可去。

帮我度过新兵训练营和 BOOST 项目最艰难时期的另一件事是思念远在家乡的女友莉萨。因此，当回到密西西比州，没有真正的家、又缺少未来计划的我自然会向她寻求慰藉。莉萨算是我的家人，她是德温的小妹妹，是摩根家十四个孩子中的第十个。从小到大，我一直认为莉萨是个讨厌的小女孩——直到她在我高中最后一年时作为新生出现在海德堡高中。那时的她外形靓丽，身材匀称，长发密实漂亮。突然之间，我在学校的所有朋友都要求我把他们介绍给她。我开始注意到她，并决定向她毛遂自荐。

我为莉萨的容貌、天真和甜美而倾倒。事实上，她在高中时的绰号是"小甜甜"。现在回想起来，这似乎有点老套，但我视莉萨为女性美丽和纯洁的化身。她没有性经验，我也没有，如果不把在乐队大巴后面同一个军乐队女队长的几次匆忙接触计算在内的话。莉萨拨动了我的心弦。我猜她让我想起了我小时候被剥夺的纯真，我几乎已经放弃追回它。

就谈情说爱而言，我所在的社区非常传统。每个星期天，男孩会去女孩家，同她在沙发上消磨时光。两人之间保持适当的距离，而一些年长的家庭成员也待在同一个房间里。几个周日过后，男孩可能获得了女孩家人的信任，两人就会有单独相处的时间。男孩会在女孩家和她的家人一起过节。然后他们两个人通常会去拜访他的家人。到了女孩十七八岁的时候，或许两人可以外出约会。一旦他们两个人都高中毕业，而且至少有一个人有了工作，他们就会结婚。

在我的想象中，我和莉萨也会按部就班。前往海军服役时，我以为我们会在她高中毕业而我也从核学校毕业的时候结婚。我在新兵营参加 BOOST 项目期间给她写信，她给我寄了一张她自己的甜美照片，让我贴在床铺上，这样我就可以把她记在脑海里、藏在心底。

参加 BOOST 项目期间，我回家过圣诞节，给了她一枚定情戒指。我们第一次发生了关系。可能因为我们都是新手，笨手笨脚，所以我们感觉我们之间的爱情仍然天真纯洁——我希望与我视为未来妻子的女人保持这种爱情。莉萨对我来说就像一位公主，而我希望成为她穿着白色海军军官制服的王子。

现在，我离开海军回到了海德堡，我想象中的剧本不得不重写。我认识的成年人都没法给我任何建议。在我父母看来，你要么有活干，要么没活干。任何工作都算"活"。没有人跟我讨论职业规划。我从来没有见过律师。在加入海军之前，我唯一见过的医生是在海德堡打七年级橄榄球比赛时的体检医生。

我在密西西比州认识的每一个人都勉强过活。工作很难找。密西西比州的黑人失业率在二十世纪八十年代的大部分时间里徘徊在百分之十五左右，一九八六年达到顶峰，而我正是那一年离开了海军。我向劳雷尔的每家商店和快餐店都投了简历，但一无所获。我是失业救济办的常客。退伍军人去那里有专门排队的地方，这样一来我想找到工作的机会应该高一些。但我仍然无功而返。

所以，我靠失业补助金过活，对自己的未来完全没有希望或者愿景。白天我尽量和莉萨在一起，晚上则和我的朋友们一起玩，这些就是我生活的重心。

　　我在韦斯利查普尔有两个密友。一个是克里斯·摩根，他是德温的弟弟。另一个是约翰尼·加菲尔德，因为他来自芝加哥——也就是大家所说的"上南方"，所以在众人眼中更成熟、更世故。约翰尼·加菲尔德希望我们大家都叫他 JG，这听起来更酷。我和 JG 同龄，十二岁那年在非裔卫理公会教堂认识他。上高中时，我们周末一起去森林里抽大麻。他比我早一年高中毕业，去杰克逊郊外的陶格鲁学院上学。那年暑假，他一回乡就不断劝说我也去上陶格鲁学院。"你这个人太聪明了，不能在这里找工作，一辈子都在商店或工厂里干活。"

　　在 JG 上陶格鲁学院之前，我从未听说过这所学校。海德堡高中人人都知道密西西比州那些大名鼎鼎的传统黑人大学——杰克逊州立大学、奥尔康州立大学和密西西比河谷州立大学。但陶格鲁学院？闻所未闻。

　　"他们有行进乐队吗？"我问。

　　"没有，也没有橄榄球队。那里的女生人数倒是比男生多五倍——但这是机会，不是问题。女生们都很友好。她们跟杰克逊州立大学和奥尔康州立大学那些自命不凡的女孩不一样。"

　　当时我已经回家六个星期了，还是没有找到工作。去上大学——即使是一所没有行进乐队的小学校——也貌似比跟我姐姐和她的家人一起挤着住在拖车里要好。

　　我给陶格鲁学院打电话，得知我已经具备录取资格，因为我在高中的成绩和 ACT 成绩很好。此外，由于我高中毕业时排名年级第一，我有资格获得奖学金。但申请奖学金的截止日期已过。在接下来的一个月里，我申请到了佩尔助学金和蒂格尔基金会的奖学金。学费还是没凑齐。于是我又借了学生贷款。陶格鲁学院的人说，一旦我到校，他们就会给我找一份工作。

临走前，我提醒莉萨，陶格鲁学院只有几个小时的车程，我一定会回来看她。我并不担心。我去海军服役前的告别更艰难，但我们这一对情侣挺过来了。

接着，我开车南行到新奥尔良古斯向我父母道别。

"来根大麻不？"我一走进爸爸家的门，爸爸就问。分别一年后，我觉得他的乡下口音更重了。我们在厨房桌子旁坐下，新运来的大麻在桌子上堆得高高的。他看我抽大麻。我在海军服役期间一直没有抽过，但自从退役后，我一直在补抽。

"听着，我知道你现在是个成年人了，"他告诉我，"你要去做你想做的事。外头街上的情况很糟糕，这不是玩笑。如果你想要大麻、毒品、药丸——你回家来要。我不希望你去外面买货。无论你想要什么，都来找我。"

我开车穿过古斯去美国街看妈妈，她住在她最近去世的继母的房子里。妈妈神情严肃地走到前廊来跟我告别。尽管陶格鲁学院位于杰克逊郊区的一个冷清地方，但妈妈听说过一些事情，对州府喜欢不起来——驾车枪击案、艾滋病、可卡因。她给了我一个久久的拥抱。

她放开我的时候，我看到她手里拿着一把白色珍珠柄的点22口径手枪。上高中时，如果我去劳雷尔一些声名狼藉的俱乐部，她会把这支小手枪借给我防身。此时此刻，她把枪塞到我手里，把我的手指合拢在手柄周围，重复了她在我十五岁第一次去民谣歌手俱乐部时给我的警告。"除非你想用它，否则不要把它拿出来。"她喃喃地说。这次，她说完就转过身去，这样我就不会看到她哭了。

第三部分

上传统黑人大学

HISTORICALLY BLACK IN COLLEGE

夜越黑，星越亮。

——费奥多尔·陀思妥耶夫斯基（Fyodor Dostoevsky），

《罪与罚》（*Crime and Punishment*）

陶格鲁学院被称为"有脑子"的传统黑人大学，以培养未来的医生和律师著称。该校规模太小，女生太多，无法组建运动队——这在大多数传统黑人大学很重要，而学术则主导着校园生活。学生都是黑人，人文学科的教授也大多是黑人。不过，在二十世纪八十年代，理科的黑人博士如此之少，以至于理科各系没有一位全职黑人教授。

我的第一堂微积分先修课让我大开眼界。教授尼米尔·里兹克博士是个秃顶的埃及人。他一边讲课，一边在黑板上写数学表达式，偶尔会扭头朝我们的方向看一眼。学生们都安静地坐在各自的座位上，在笔记本上写写画画。我环顾讲堂，心想：这到底是怎么回事？我没有听到他给我们布置作业。他们怎么知道要写什么而我却不知道？我对怎么听课和做笔记毫无头绪。上课第一天，我就觉得自己猝不及防地被别人比下去了。

教英语荣誉课程的杰里·沃德博士是陶格鲁学院英语系的骄傲。沃德博士是一位浅色皮肤的密西西比州黑人，在陶格鲁学院上过学。他是著名的诗人、散文家、文学评论家和理查德·赖特

（Richard Wright）[1]学者。上课第一天，他就告诉我们，他对荣誉生的期望更高。我们需要参与课堂讨论，我们的书面论文将用最高标准来评判。

沃德博士第一节课就给我们布置了一篇论文。我匆匆忙忙写了一页纸，堆砌了许多套话。像以前一样，我在班上第一个写完。坐在后排等待其他同学完稿时，我看了看我旁边的学生写的东西。他的词汇和创作风格比我的高深多了。而且他跟我一个宿舍，我们俩一起抽过大麻！如果他都写得比我好，那么那些一本正经的孩子会写成什么样？沃德博士挑了一个学生，让她大声朗读她的作品。其中复杂的句子结构让我觉得也许我选错了课。或者选错了学校。

从高中开始，我就养成了开学第一周从头到尾读完课本的习惯。进了大学，我也这样做。然而上课时，教授们对教材的讲解让我困惑。在高中时，我经常比上课的老师更懂这门课。大学教授们则不可同日而语。他们不会照本宣科。他们真的讲课。无论我如何努力听讲，我的耳朵和大脑之间似乎始终有一层阻隔。大学让我第一次意识到，我的学习方式与其他孩子的不同。他们安静地坐在那里，笔记本打开，铅笔随时待命。上课这个场景让我极度不安和焦虑，以至于我不得不坐在后排，一只眼睛盯着出口。

后来，我发现大学并不强制出勤，于是我就开始逃课。重要的日子，如第一节课、最后一节课和考试前一节课，我会去教室。

---

[1] 美国黑人作家，哈莱姆文艺复兴肇始者之一。他的代表作《土生子》（*Native Son*）对后来的非裔美国人文学产生了很大的影响。

但这根本不足以让我取得好成绩。迄今为止，衡量我的学业成绩的标准一直很低。因为我够聪明、够有竞争力，我在南城中学和海德堡高中出类拔萃。我在陶格鲁学院所需要掌握的学习材料更复杂，对成绩的期望也高得多。

随着我学习成绩的下滑，我的自信心也备受挫折。从小学开始，我成绩就一直很好。而现在，我必须直面自己对大学学业准备不足的现实，这对我是一个打击。

大学里的社交活动并不比课堂好到哪里去。我从未见过像陶格鲁学院的学生那样的黑人孩子——他们在父母受过良好教育的中产阶级家庭中长大。他们很优雅。我很粗鄙。他们中的一些人看我的样子就好像我是某种原始的落后黑人物种。与他们相比，这个看法没什么错。

虽然陶格鲁学院的女生比男生多很多，但大一男生在校园里地位低下。姐妹会的女孩子想要找的是将来有望挣大钱的男朋友，而我显然不是。幸好我在老家有女朋友，假期和长周末可以回海德堡去看她。能在某个地方待上几天，不必假装自己不是乡下人，这真是一种解脱。

因为大二的学生才能申请加入兄弟会，所以我们这些新生必须形成自己的社交团体。我自然而然地倾向于那些让我觉得自在的人：新生宿舍里和我一起抽大麻的伙计们。大多数晚上，你会发现我们都聚集在一个寝室里抽大麻，用大功率的音响听"钢铁脉动"（Steel Pulse）乐队或"黑色自由"（Black Uhuru）乐队的歌。

我不知道自己为什么告诉 JG，我爸爸愿意做我的供货商，为我提供任何我想要的毒品。也许是因为我和吸毒者们厮混，而大麻是这个圈子里的主要社会货币。JG 发现我还有一把枪之后，兴奋不已，幻想着我俩一跃成为陶格鲁学院的头号大麻贩子。他喋喋不休，直到我答应给爸爸打电话。

"嘿，爸爸！"我用宿舍走廊里的公用电话打给爸爸，"我是小詹姆斯·普卢默。"

"嘿，小詹姆！你过得好吗？"

"我想这个周末去看你。行吗？"

"我会很高兴见到你。"他话音里的笑声一如既往地温暖，"来吧。"

"还有一件事。今年夏天的时候，你说过，我有需要就来找你。记得吗？"

"记得。"

"嗯，我想接受你的建议。"

"那也没问题。"

"我会带朋友来。他叫 JG，我在海德堡上七年级的时候就认识他了。他挺酷的。"

"那我也觉得他酷。带他来吧。"

38

JG 和我沿着 55 号公路开了三个小时的车，于傍晚时分抵达爸爸在东新奥尔良的家。他在前门迎接我，同我握手，并给我一个单臂拥抱。

"进来！看到你真好。"我向他介绍 JG。"见到你很高兴。"爸爸说着伸出手。

"见到您我也很高兴，普卢默先生。"

"快进来。咱们去厨房坐。"

我同父异母的哥哥拜伦坐在厨房和餐厅之间的吧台凳子上。我已经一年多没见过他了。"拜伦！没想到会见到你。"我拍拍他，我们互相给了对方一个单臂拥抱。

"爸爸说你会来。你怎么样？我还以为你在海军。"

"他们不要我了。"我耸耸肩。"我刚上大学。在北面的陶格鲁学院。"

"那大概是命中注定，"他说，"他们一直都说你是天才。"

"书呆子还差不多。"我说。

"书呆子？"他狂笑。"天哪，你这个小詹姆斯·普卢默！你比书呆子强多了，你绝对不是书呆子。"

"嗯，我朋友说我是个酷酷的书呆子。"

"那好吧，接着扮酷，接着读书。"

JG 一言不发地旁观。这是我们街区的礼节——要是你谁都不认识，那就闭嘴。

爸爸拿了啤酒递给厨房桌边的 JG 和我。"你们想来一根大麻烟吗？"

"要的，先生。"我咧开一个大大的笑容。

"拜伦，你来点烟。"爸爸说。拜伦从吧台上拿起一根已经卷好的大麻烟，点着，深吸一口，然后递给我。

与此同时，爸爸从吧台上拿起一个透明玻璃管，吸了一口。接着他把管子递给拜伦。他依样画葫芦地吸了一口，然后呼出一团白色的蒸汽，没有什么气味。拜伦抓着管子看爸爸，用头朝 JG 的方向示意，爸爸点点头。

"你要来一口吗？"拜伦问。

"这是什么？"我问。

"可卡因。晶体状可卡因。"

我看看 JG，回答说："不用了，大麻就很好。"

JG 兴奋地站起来。"我吸。"他说。

从小到大，我一直跟大麻打交道，从十三岁起几乎每天都抽大麻。但我不太喜欢喝酒，对更烈的毒品也不感兴趣。整个高中阶段，我一直对冰毒"速度丸"敬而远之，坚决不碰让人胆寒的"天使粉"。我去过很多小酒馆和俱乐部，看到过抽了加天使粉的大麻烟的人的举止。他们就像僵尸，灵魂已经在烟雾旋涡中出了窍。相比之下，可卡因似乎相当温和。这些年来，我看到参加派对的人在车钥匙上鼻吸可卡因粉，包括我的妈妈、爸爸和安德烈娅。晶体状可卡因是新生事物，但似乎问题不大。

JG 拿起玻璃管，放到嘴边，拜伦为他操作喷灯。JG 吸了一口蒸汽，憋了很久才吐出来。一秒钟后，他发出了一声轻微的呻吟，接着像准备叹气似的又深吸了一口蒸汽。

"你真的不要？"拜伦问我。

"不用，我这样就够了。"

"你以前吸过吗？"爸爸问 JG。

"没有，先生。在芝加哥的时候，我看别人吸过。但这是我第一次。"

"这是一种纯粹的快感,"拜伦说,"最上等的快感。"他又吸了一口。

无论我怎么看,也看不出他们有任何吸毒后的常见表征。他们的眼睛没红,吐词也不含糊。但是,紧接着我注意到 JG 看玻璃管的眼神有点凶狠。似乎他迫不及待地想再吸一次。

"拜伦,"爸爸说着从一卷钞票上剥下几张,"带 JG 去'我们从不打烊'买点虾米和小龙虾。再买点啤酒。"

JG 和拜伦离开后,爸爸坐到桌子对面。"你有什么打算?"

"嗯,我在上学,不上班,所以我想做点小生意。学校里没人卖毒品。城里的毒品也不怎么好。偶尔能看到一点好的无籽大麻,"我说,"但大家学业压力都很重。"

"你打算卖多少?"

"我想是不是卖个几盎司。"

"几盎司?"爸爸笑了。"小子,如果你是城里唯一有好大麻的人,几盎司一下子就卖完了。我给你几袋四分之一磅装的吧。"那段时间,四分之一磅是我爸爸出货的起步分量。

"多少钱?"

"不急。等你生意做起来再说。"

39

JG 和我一回到陶格鲁学院就直奔文具店,买了一盒黄色小信封。我们决定把大麻分装到信封里,每个信封卖二十美元,因为普通大学生最多掏得出二十美元。

第二天，我去 JG 的寝室，发现他不知从哪里搞来了一个三杆式天平，就像我们在普通化学实验室里用的那种。那天晚上，我们在 JG 的房间里抽大麻、听音乐、择大麻叶并分装入信封。JG 决定，他还要卖一美元一支的大麻烟，所以他卷了一把。我不打算像高中时那样去卖大麻烟。如果有人要求，我们可以卖个半盎司。卖小批量的货更有利可图，但同时意味着客户数量更多、风险更高。我并不担心被抓，但我担心这样做会破坏我的聪明孩子和有抱负的理科书呆子的形象。

我留出我那四分之一磅大麻的一半，跟我的室友们共享。另一半则分装成五十六个信封。一个信封卖二十美元的话，我能挣到一千多美元！我不知道是不是全都能卖掉。

JG 做事简单粗暴。他告诉学校里所有熟人，我们开张了。等到买过的人开始称赞我们产品的质量，生意就火了起来。我担心安全问题，所以以每晚八点就停业。如果有不认识的人来找我买大麻，我会递给他一支大麻烟，然后说："先抽一根，看看你喜不喜欢。"我想卧底警察是不会抽的。我还决定，我每天卖的货不能超过一百美元。

三个星期后，我们的货就卖光了。我很低调，把钱花在汽油、书籍、食物和啤酒上。JG 到处炫耀他那一摞摞的现金。他去银行把百元大钞兑换成一百张一美元纸币。然后，为了让人印象深刻，他在一卷一美元纸币外面缠上几张百元大钞。算他走运，我们是在校园里，而不是在街头。要是在街头，一眨眼他就会被人打劫。

又过了两周，我们重返新奥尔良去进货。这一次，JG 和我各付了三百美元。情况和第一次差不多。爸爸漫不经心地吸晶体状可卡因。JG 也吸，我没吸。爸爸告诉我们，可卡因从四面八方涌入新奥尔良，但他的大麻供应商越来越少。在那之后，我们每次只能进一袋四分之一磅的大麻。

秋季学期结束时，我拿到了我的第一张成绩单，被上面的差劲成绩惊呆了。刚来陶格鲁学院时，我不知道该怎么选专业。我心想，我是个聪明的理科生，我可以选择医学预科。但当时的我并不了解大学和高中的差别。在这里，天资聪颖和因为聪明而小有名气都没用。获得好成绩需要专注和勤奋学习——而我两者都没做到。逃实验课的结局比逃学不去听讲课更惨。我第二学期的成绩几乎毁掉了我学医的梦想。医学院不收成绩都在 C 档的本科生。

大学第二学年开始了。我寄希望于加入某个兄弟会，从而扭转局面。在没有橄榄球队和行进乐队的情况下，兄弟会和姐妹会是陶格鲁学院的社交生活中心。校园里有四个传统黑人兄弟会，声誉各个不同。欧米伽兄弟会都是些闹腾的运动员。阿尔法兄弟会更倾向于学术。西格马兄弟会成员被认为是乡下人。我想加入卡帕－阿尔法－珀西，因为他们的座右铭是："在人类奋斗的各个领域取得成就。"这我可以接受。为了成为这个准入门槛很高的精英兄弟会的一员，我愿意接受重重考验。

但首先，我不得不忍受兄弟会前辈们的残酷欺凌，包括挨戒尺打、睡眠不足和几十年来精益求精、旨在把你逼到极限的言语和身体虐待。卡帕－阿尔法－珀西兄弟会的入会考察期比海军新兵营更艰难，尽管二者基于同样的原则：除非你把绳子弄断，否则你不知道它有多结实。一旦你被驯服——每个人最终都会被驯服——大家就会像兄弟一样团结。对外人来说，考察期的受虐过程可能很可笑，甚至很危险。但这是有目的的虐待：正如兄弟会前辈们向我们解释的那样，如果我们能够挺过考察，我们就能作为兄弟苗壮成长。他们把欺凌定义为一种隐喻，指代一旦我们毕业进入成人生活，美国基于种族的社会等级制度将会施加在我们身上的苦难。我们的前辈命令我们去完成不可能的任务，连续几周将我们置于极端压力之下，以使我们余生都不负"黑人成就兄弟会"的声名。为此，我愿意忍受一切。

令我始料未及的是，兄弟会考察期为我创造了结识杰茜卡的机会。我俩不是一个圈子的人。我来自乡村贫民区，她属于乡村俱乐部。我是蛮荒之地来的内向瘾君子，而杰茜卡是陶格鲁的皇族。我这么说毫不夸张。返校节组委会不仅选中她担任大二小姐和大三小姐——这可是女生们大张旗鼓拉票竞选争夺的荣誉，而且杰茜卡并非自愿参赛，两次都是组委会把她的名字加写到选票上的！她很美，举止高贵端庄，在纳奇兹的一个比较富裕的社区长大，父母双全。她在校园里开着一辆漂亮的运动型多功能车，是美国第一个黑人姐妹会阿尔法－卡帕－阿尔法的成员。她们的座右铭是："弘扬修养和美德。"卡帕－阿尔法－珀西兄弟会成员的外号是"漂亮男孩们"，而阿尔法－卡帕－阿尔法的女士们自称为"漂亮女孩"。

第一次在化学实验室遇到杰茜卡的时候，上述这些我都不知情。普通化学是我大一最强的科目。任课教授知道我急于找一份有报酬的工作，就雇我做他的助教。杰茜卡和她的朋友韦罗妮卡都在我负责的那个平行班上。杰茜卡老是叫我过去答疑解惑，我不知道她是在勾引我，还是因为她真的搞不懂聚合物。最后，在她第四次向我招手求助后，韦罗妮卡脱口而出："姑娘！你能不能别再调情了？实验还没做完呢。"

杰茜卡咯咯笑，用一个慧黠的微笑打发了我。"先请你帮到这儿。谢谢你。"

跟 JG 一起吃午饭时，我说："我觉得化学实验课上有个小妞喜欢我。"

"是吗？谁？"

我坦白了。

"噢，普卢默，哥们儿。你可不能跟杰茜卡乱来。她是德纳尔的女人。"

"不是吧？！"

我认识德纳尔。人人都认识他。他是篮球队的明星得分后卫。因为篮球队是陶格鲁学院唯一正儿八经的运动队，所以德纳尔是校园名人。

"是的，哥们儿。忘了她吧。"

"妈的！她人可好了！你确定？因为是她先和我调情的。"

"也许她先，也许她没有。但他俩似乎在一起很久了。我觉得他们高中就开始约会了。忘了她吧。反正这里的女孩多的是。事实上，前几天特鲁迪还在向我打听你呢。你知道的，她的屁股长得不错！"

"老兄！特鲁迪吓死人了。屁股太大了！"

我俩哈哈大笑。

40

入会考察期间，我们不得不和衣而眠，因为前辈们可以而且必定会在半夜叫醒我们，让我们单脚站立，边背诵兄弟会历史边听他们大声呵斥，或者指派给我们一些不可能完成的任务。但凡任务完不成，你或者所有同期接受考察者都会受到体罚。

有一天，前辈们告诉我们这批接受考察的人，全州的卡帕-阿尔法-珀西兄弟们要到杰克逊来聚会。他们警告我们，找地方躲好过夜，因为来访的卡帕兄弟可能会让我们伤筋动骨。

我的同期兄弟汉尼斯·朗吉诺打算去一个名叫卡拉的女孩那里避风头。卡拉和杰茜卡住在同一栋宿舍楼。午夜即将来临之际，我们去了女生宿舍一楼，男生必须在此止步。卡拉下来接我们，并在一个望风者的帮助下，把我们偷偷带到了三楼走廊上。汉尼斯劝我去敲杰茜卡的门，但我不敢。于是汉尼斯敲响了她的门，然后和卡拉一溜烟跑远了。

片刻后，门开了，身穿睡衣的杰茜卡出现在我眼前。

我不知道眼睛该往哪里看，也不知道应该说什么。我垂头看她的脚踝，低声说："一帮卡帕兄弟今晚来学校，我只好躲起来。"我抬头看她的眼睛。"我可以待在你的房间里吗？"

"行啊。"她用她那悦耳的南方淑女嗓音回答说。

在陶格鲁，人人都同情处于入会考察期的学生，向我们伸出援手。有时，这意味着给我们食物。有时，这意味着帮助我们完成学业。还有的时候，这意味着允许我们躲在他们的宿舍里。所以我想杰茜卡只是在可怜我。我跟在她后面进了屋，屋里黑黑的。这是一间双人寝室。看得出来，她的室友肯尼亚已经上床了。

鉴于我已经一个星期没有洗澡——入会考察期实在太乱太残暴，我认为躺在两张床之间的地板上最能表现我的礼貌和尊敬。

过了一会儿，我听到杰茜卡在黑暗中轻声呼唤。"睡到我床上来。"我的大脑试图解读这个邀请背后的逻辑。杰茜卡是德纳尔的女人。杰茜卡跟我不在同一个圈子里。我又脏又臭。这是怎么回事？

我脱掉鞋袜，爬到她床上。我俩依偎在一起。自从我五岁时布里奇特带我一起睡以来，这还是第一次。杰茜卡把一条手臂搁在我的上腹部，蜷起身体贴近我。她的脸颊碰到了我的脸颊。我从来没有体验过这种程度的亲密，也从未体验过女性以这种方式温柔地触摸我。第一次有人全心全意地包容我这具深受皮炎困扰的躯体。

能量在我身体的每个细胞中涌动。我所有的感官一下子都敏锐起来。我把嘴唇贴到她嘴唇上，她开始回吻我。我们的身体贴得更近，她更热情地拉紧我，然后又把我推开。

"不，"她说，"我们不能这么做。"

"好的，"我气喘吁吁地说，"没事的，我理解。"

令我既惊讶又困惑的是，杰茜卡马上又依偎回我身边，她的身体和脸紧紧贴着我。我再次靠过去，用我的嘴唇碰了碰她的嘴唇。她再次做出回应，她的手臂把我拉得更近。然后，她又把我推开了。

"我告诉过你，"她说，"我们不能这么做。所以别再招惹我。"

我晕头转向。暂停了一会儿，我们的身体又慢慢地依偎到一起。我亲了她一下。她猛地在床上坐起来，用坚定的声音对我说："听着，如果你再碰我一下，你就得离开这个房间。我是认真的。你可以睡在这里，但你不能吻我。"我听到对面肯尼亚的床上传来一阵轻笑。

那天晚上，我没怎么睡着。第二天黎明，杰茜卡就叫醒了我，好让我神不知鬼不觉地开溜。

直到几天后的化学实验课，我才再次见到她。我脸上挂着傻笑，假装漫不经心地走过去，和杰茜卡还有韦罗妮卡聊天。杰茜卡立马让我闭嘴。"我们能不能不谈化学实验以外的事？我们今天的功课很多，我没时间听你讲笑话。"

那个周末，我又需要一个藏身之处。这一次，我更谨慎地接近杰茜卡，没让韦罗妮卡看到或者听到。我问她当晚她的房间有地方没，她说有。

那天晚上，我洗了澡才溜进杰茜卡的宿舍楼，轻轻敲她的房门。她很快就来应门了，而且只穿了一件 T 恤。她示意我进屋，我注意到肯尼亚的床空着。

"我应该睡到那儿去吗？"我问。

"不用，"她回答，"你可以和我一起睡。"

我一上她的床，原本挥之不去的疑虑就烟消云散。她像之前一样依偎到我身边。但这一次，她的嘴唇主动来碰我的嘴唇。我如饥似渴地回吻。她撕扯我的衣服，我抱紧她的身体。

我以前有过性行为，但我从未真正做过爱，从未有过这样的体验。杰茜卡显然比我更老练。我想到莉萨和我给她的定情戒指——甜美的莉萨，纯真的莉萨，我告诉自己，这次体验将会让我有一天成为莉萨更好的情人和丈夫。

我扣住杰茜卡的腰，把她拉近一点。她在我耳边呢喃。"慢一点。我教你。"

我乖乖听话，她真的教了我。

事后，我们汗流浃背、四肢交缠地瘫在床上。我有一种重生的感觉。原来性爱是这样的，我想，好似我无意中发现了隐秘的感官放纵香格里拉。最令人惊讶的是接下来发生的事情。我们拥抱在一起。我们聊天。我们告诉对方秘密，在对方耳边轻声说甜言蜜语。我们在黎明前又做了两次爱。

当响亮的敲门声传来时，我们还裹着被单睡得正香。

"开门！"我们都听出这是德纳尔在喊，当即呆住。

前一天晚上，在做爱的间隙，杰茜卡告诉我，她和德纳尔的争吵经常导致肢体冲突。"我们像猫狗一样打架，"她告诉我，"我要甩了他。"

德纳尔敲门敲得更用力了。幸好门反锁了。

"我不开。"杰茜卡在床上喊。

与此同时，我四处乱找地方来遮住我的光屁股。房间里没有壁橱，只有一个落地衣柜。我本能地蹲到它后面。我往窗外张望，试图计算一个普卢默形状的物体直落三层楼到地面的速度。我并不喜欢在第一个和我真正做爱的女人面前连衣服都来不及穿就急忙藏头藏尾。但我没有足够的勇气去面对德纳尔，也没有勇气让我的身体践行牛顿第二运动定律。

"普卢默！"德纳尔大嚷，"你在里面吗？"

杰茜卡的手指滑过唇边，示意我闭嘴，就好像我需要她的指导才能保持安静。德纳尔不停地敲门，杰茜卡不断地抬杠，叫他最好在校警出现并把他拖进监狱之前滚开。我暗暗祈祷，希望她能消消火。那扇门只是一块嵌进框架的胶合板，像德纳尔这样的运动员暴怒之下一脚就能踢破。我好多次目睹妈妈和她的男朋友吵架，从隔着上锁的门大喊大叫开始，以混乱和眼泪收场。

德纳尔终于停止敲门，因为要是他的手受伤了，即将到来的篮球赛季他就打不了球。离开前，他隔着门喊道："我知道你住在哪里，普卢默。你给我小心点！"我套上衣裤，等了好一阵子才冒险走出房门。

一周后，我正式加入兄弟会——取下我脖子上挂着的彩色木卷轴，成为一个正宗"努佩人"（Nupe）——卡帕兄弟会成员的别名，杰茜卡和我公开走到了一起。她的朋友们大多没有异议，因为我已经加入了卡帕 - 阿尔法 - 珀西。她所在的姐妹会里有人警告她，说我俩不般配，我卖大麻，和抽大麻的恶棍厮混。但我们一个来自卡帕兄弟会，另一个来自阿尔法 - 卡帕 - 阿尔法姐妹会——这样炙手可热的组合。我背后有同期兄弟们的支持，返校节女王挽着我的手臂。大学生活越来越美好。

41

我确实被陶格鲁学院的社交生活以及我与杰茜卡的激情关系冲昏了头脑，但莉萨仍然是我所爱并计划与之结婚的女人。我跟我在陶格鲁认识的大多数人一样，把家乡恋人和校内女友隔离在两个平行宇宙里。是的，我想，在我上大学期间，我可以把对莉萨的感情搁置起来，而且不必让莉萨和杰茜卡知晓彼此的存在，这多方便啊。不过，我还是分得清主次的。莉萨是我的真爱、我未来幸福的源泉。杰茜卡则是我的来自纳奇兹的火辣动人、颐指气使的女友。我以前有过很多平衡双重身份的经验，在暴徒和书呆子之间转换自如。但这次不一样，而且复杂多了。

感恩节周末，我刚回家没多久，莉萨就给了我一个晴天霹雳：她怀孕了。孕期已经挺长的了，是暑假刚开始的时候怀上的。

我的第一个念头是：我们只做了几次，而且每次我都射在外面！我的第二个念头是：千万可别要这个孩子，我们的生活会变得一团糟。但我没有把这些念头诉诸语言。我说的是："我们该怎么办，亲爱的？"

莉萨扭头不说话。我们坐在摩根家的前廊上，各怀心事，一言不发。经过一个星期毫无进展的谈话后，我看出来了，莉萨想要这个孩子。彼时彼刻，我意识到我必须从大学退学，这样我们才能结婚。哪怕我在这一点上有所疑虑，莉萨的妈妈班尼小姐也已经把话说得很清楚。

"我的孩子绝不能在结婚前生孩子，"她告诉我，"我的德温娶了布里奇特。你打算娶莉萨吗？"当时我正开车送班尼小姐去药房，不用直视她咄咄逼人的双眼，真是如释重负。

"是的，"我说，"我要娶她。"我是认真的。我爱莉萨，我想为她做正确的事。当年还在海军的时候，我给过她一枚定情戒指，那是我对她的承诺。只是我希望先完成学业再成家。我根本不可能跟莉萨结婚后还继续上学。我只能退学，搬回海德堡，找个工作养家。

与此同时，妈妈和布里奇特向我大肆灌输相反观点。她们两人当年成绩都不错，但是十六岁怀孕后就从高中辍学了。因为孩子，她们丧失了受教育的机会。她们还说了很多别的。她们此前从未对我的生活提出过任何建议，但她们坚信，我将来会有出息，不值得为了莉萨牺牲我的未来。

妈妈说："她不是你的真命天女，孩子。别娶她。"

布里奇特说："弟弟，你刚上大学。你以后要干大事。莉萨不合适。"

两人都对我说："我们住在同一个社区里。我们可以帮忙照顾你的孩子和莉萨。寄钱给她，让她养孩子，但别退学。"

甚至莉萨也告诉我，不，不要辍学。这是我和莉萨第一次不得不共同应对复杂的事情。现在，我们变成了三个人，或者至少是两个半人，我们之前那些轻松的谈话和天马行空的计划似乎凭空消失。我认为我会娶莉萨，但我不想被班尼小姐逼着在孩子出生前马上结婚。

因为我没有答应在孩子出生前娶莉萨，铁门就对我关上了。莉萨的妈妈和姐姐不断地在公开场合表示对我的蔑视，还对莉萨讲我的坏话。圣诞节前我回到海德堡过寒假，他们把我视为一个大城市来的不信耶稣还搞大了他们家小女孩的肚子的大学生。

我依然以为有可能同莉萨重归于好。毕竟，我们仍然爱着对方，希望能在一起。然后有一天下午，她为了一件小事跟我大吵了一架。她让我五点整到她家去，我到的时候是五点十分。就这么一件事。她从此对我不理不睬。我此后每天都去她家，坐在她旁边，但莉萨一个字都不跟我说。这种情况持续了整整两个星期。

新年后回到陶格鲁学院，我终于鼓起勇气告诉杰茜卡我要做爸爸了。她也是一个强势的女人，我不希望和她对峙。我做好了对严厉的长篇大论洗耳恭听——或者更糟，目睹情感的大门再一次当着我的面关上——的准备，但杰茜卡的反应出乎我的意料。

她问了我两个问题。一个是："你还爱莉萨吗？"另一个是："你们还有亲密接触吗？"我向杰茜卡袒露心扉。我告诉她，我还爱着莉萨，希望能同她和好——但她不肯听我解释，也不肯跟我说话。杰茜卡开玩笑说，如果我跟莉萨没有肉体接触，那她放弃跟我做爱就太可惜了。

第二天晚上，我去杰茜卡的宿舍，发现她在哭。她的一群爱管闲事的姐妹会成员劝她跟我分手，因为我在海德堡偷偷有了一个孩子。杰茜卡告诉她们，我已经跟她坦白了，她挺我。然而，一旦她独自一人待在房间里，她就会崩溃。

没错，杰茜卡选择站在我这边。我开始有一种感觉，我们俩之间不但性生活和谐，还有别的。

二月，我的儿子马特尔在劳雷尔的免费医院出生。穷黑人都去那里生孩子。分娩漫长而艰难。他们不得不用产钳把他弄出来。

除了莉萨的妈妈，我是第一个到医院的人。我不能进病房去看莉萨和孩子——他们把她推到无菌手术室去分娩，所以我们隔着门大声对话。"去给我买个比萨！"她喊道。

"遵命！"我大声回话。她终于和我说话了——即使只是让我去买吃的，这让我松了一口气。既然马特尔已经被生下来了，我和莉萨已经为人父母，我们会共同抚养他。这个想法让我很高兴。

等我买好比萨回来，其他家人已经赶到了，把莉萨的病房挤得满满当当。孩子还在育婴室里。布里奇特说："咱们给这对情侣一点独处时间。"然后，她把除了我以外的所有人都赶了出去。

等到屋里只剩我们两个人，我弯腰吻莉萨的手。她立刻把手缩了回去。"当我需要你的时候，你不在我身边。"她说话的时候甚至没有抬头看我，"现在你也不需要在这里。"

就在那一刻，我的心坠下悬崖，狠狠地砸在谷底。

42

我走出莉萨的病房，JG 在走廊上等我。他露出一个大大的笑容，想要拍打我。"你有儿子了！普卢默，我的兄弟，我们得庆祝一下。"

我笑不出来。我很受伤，也很迷惑。莉萨和我怎么吵架还没吵完？我们的儿子都已经出生了。我们应该放弃争吵、齐心协力才对。但刚才的情况截然相反。她把我推开了，我很痛苦。我只想让这种痛苦停止。

在陶格鲁学院，我养成了一个仪式般的习惯。每到期末考试全部考完，我就买五分之一瓶烈酒来浇愁。我不太喜欢喝酒，但在陶格鲁学院没能取得好成绩让我感到羞愧，我需要减轻成绩太差导致的痛苦。然而，莉萨把我从她和我儿子的生活中赶出去的那个晚上，我感到的痛苦如此深沉强烈，以至于喝再多的酒也麻痹不了。

"去我爸家吧。"我对 JG 说。

去新奥尔良的车程为两小时。我一路一言不发，而 JG 则竭力为我打气。"普卢默，伙计，我知道你说她一直在吸毒。但现在你们都有一个儿子了，她不可能再那样了。看着吧。她会醒悟的。"

我茫然地望着汽车头灯前方的暗夜。

"小婴儿能改变一个人，"JG 声称，"该死的，就连种族主义者有了黑白混血的孙子都会慈悲起来。哈哈！"我还是不笑。"妈的，普卢默！我从来没有见过你这副样子。她到底跟你说了什么？"

"她甩了我，伙计。"

"哦，天哪，不！没办法了？你没懂她的意思。"

"她的意思很清楚。她说：我需要你的时候你不在，所以现在我不需要你。"

"该死！要是我们现在有大麻就好了，普卢默。我知道你现在应该抽一根。要不我停车去买上几根，路上抽？"

"不，伙计。接着开。我知道我需要什么。"

我们的车开到爸爸家门口的时候，差不多已经午夜了。爸爸穿着一件白色无袖 T 恤、戴着一顶白色宽边帽来开门。

"嘿，你！"他大声说着，往前走了一步来拥抱我。"快进来。JG，你怎么样？"他问 JG 的时候拍打了他一下。

"嘿，普卢默先生。你当爷爷了！詹姆斯的儿子今天生出来了！"

"真的？"他看看我，"太好了。这是你的第一个孩子吧？"

"是，先生。"我阴着脸说。

"进来坐。喝啤酒吗？你们想抽大麻吗？"

"想，"我回答，"但是我更想吸可卡因。"

爸爸原本愉快的表情一下子严肃起来。"真的？你现在吸可卡因了？"

"我这狗屎运。我只想感觉舒服点，什么都感觉不到也行。"

爸爸让我们在桌边坐下，递给我们每人一瓶百威啤酒。"告诉我出了什么事。"

我报告了近况。他点点头。"我明白了，"爸爸说，"混拳击圈的人说，击倒你的那一拳总是冷拳。"

然后他转头问 JG："你们想要些什么货？"

"两包堕天使多少钱？"JG 问。

"你们出二百五十到三百五十美元，我能弄到。"爸爸回答。

"行。"JG 说。

"好。我去打个电话。"

二十分钟后，门铃响了。JG 和我在餐厅饭桌旁等着，爸爸去起居室交易。过了一会儿，他回到餐厅，把两个鼓鼓囊囊装着白色块状物和粉末的塑料袋放在桌上。

"妈的！装得好满呀！"JG 说。

"尝尝。"爸爸说。

JG 用手指挖了一点，吸了一条粉末。

爸爸看我。"你要尝尝吗？"

"不用，先生。"我需要比可卡因粉末更烈的东西。"我等着吸晶体可卡因。"

"那我马上加工。"爸爸在炉子上放了一锅水，拿着一瓶外用酒精和一个雪茄盒回到桌边。雪茄盒里有一根玻璃管、几把单面剃刀、一截从衣架上取下来的钢丝、一些酒精棉球、一支蜡烛，还有一个打火机。

爸爸动手在厨房炉灶上提纯出可卡因，他把晶体放在一面小镜子上，用剃刀切下一片。"你准备好了吗？"他问我。

"嗯。"我回答。

爸爸把那一小片晶体压进玻璃管里递给我。

"给，小詹姆斯·普卢默……慢一点，稳一点。"

可卡因穿过我的血脑屏障，我身体里的每一个细胞都一下子醒了过来。我的思维跳出了我的躯壳。我突然意识到自己的呼吸。我深深地吸一口气，然后叹出一口气。

"哇！"我发出跟 JG 第一次吸食可卡因晶体时一模一样的感叹。

爸爸慢慢地点头，好似在说，对，你懂了。接着，他切下有我刚才那片两倍大小的晶体，用酒精灯点燃，然后把蒸汽吸进他自己的肺里。再接着，他为 JG 如法炮制。

接下来的六个小时，我们仨一直坐在餐桌旁边吸可卡因。

JG 和我在吸食的间隙一路侃大山，全是废话。我感觉身体里如同注入了航空燃油，正在三万英尺的高空巡航——只要我一口又一口地吸那根玻璃管。

在某个时刻，我意识到自己咬紧了牙关，而爸爸的嘴则在奇怪地抽搐。他的眼眶里几乎只看得见黑瞳，蓝灰色虹膜只剩下薄薄一圈。每隔十分钟，他就会站起来透过百叶窗向外面的暗夜看一眼，然后回来继续吸。

黎明前后，爸爸的年轻妻子斯蒂芬妮下楼来了。她已经怀孕九个月，大腹便便。

"詹姆斯，"她说着拽爸爸的背心，"我快要生了。你得送我去医院。"

43

两周后，布里奇特打电话到学校找我，告诉我马特尔有问题。"你得赶快回来。"她说。

我的胸口猛然抽紧。这是一种我在做爸爸前从未有过的感觉。

"他们说马特尔是脑瘫儿。"

"什么意思？"我问。

"他们说他有一部分大脑死掉了。"

那个周末，我回海德堡，到莉萨家看马特尔。马特尔一直在朝天翻白眼。

"听着，我很难过，"我对莉萨说，"马特尔需要双亲的照顾。

如果你现在答应我，我们就结婚，三个人一起过。"她冷冰冰地毫无反应。

我不愿意放弃。每个周末我都去莉萨家陪她和马特尔。莉萨还是不肯同我讲话，但至少她允许我每周六晚上带马特尔去布里奇特和德温的拖车过夜。

几个月后，布里奇特告诉我，莉萨搬去休斯敦亲戚那里了，把马特尔留在海德堡她妈妈家。

那年春季学期，我经常回海德堡去看马特尔。杰茜卡和我同行。作为一名护理专业学生，她比我更了解脑瘫。她说，这通常是由产伤或胎儿在子宫内中风造成的。医院的工作人员坚持认为他们没有做错什么。我们是去免费医院看病生孩子的穷黑人。对我们来说，质疑耶稣的存在比质疑医生对我儿子出生时可能发生的问题的解释更容易。

杰茜卡是一名勇士。我们着手争取获得马特尔的抚养权。但我们的母系社区在大多数情况下默认孩子归母亲。向法官或社会福利局寻求帮助意味着将白人带入家庭纠纷——这是万万不能的。

马特尔三个月大的时候，莉萨从休斯敦回来，终于打破沉默——不过只是为了告诉我，她已经有新男友了。挫败和绝望的阴云笼罩着我。我不可能同莉萨和马特尔组成一个家庭了。我没法承担为人父的全部责任了。我感到羞愧和悲哀。我用我知道的唯一方式——自我毁灭——来应对。

那个学期，我在校内有一份辅导数学的工作。我将所有的收入都用来购买可卡因。每逢周末，JG 和我都会拿着我们的钱到杰克逊街头购买毒品，然后夜以继日地狂欢，直到吸光我们所有的藏货。从狂欢给我的身体带来的打击中恢复过来，需要一整天的时间。与此同时，我的性格从一贯的乐观转向无比悲伤。我的学习成绩也下降了。杰茜卡看到了我的变化。但是，因为我向她隐瞒了吸毒狂欢，她以为我是在为马特尔忧心。我几乎成天把马特尔挂在嘴边。

暑假即将来临，我不知道该去哪里、该做什么。我只知道，五月份课程结束后我不会回家。我不想成为家人的负担，再说那里除了悲伤的时光和失业，什么都没有。

我在陶格鲁学院附近能找到的唯一工作是去温迪快餐店打工。当年，密西西比州的年轻黑人男子不在商店前台工作，即使在快餐店也是如此。我操作油炸锅，把一袋二十磅重的冷冻薯条倒进油花四溅的大锅里，还要双面煎炙汉堡里的方形牛肉饼。后者是温迪快餐厅的标志，他们的广告词声称："在温迪快餐厅，我们从不偷工减料。"他们支付最低工资，也就是每小时 3.35 美元。温迪快餐厅每班给我们提供一份免费餐，所以这是我每天有保障的一餐。

每周拿到少得可怜的工资，我都会给莉萨寄去三十五美元，余下的钱不够租房。我从在校园里打暑期工的 JG 那里听说，伦纳女生宿舍楼因为暑假里要翻修，所以空调没关。我想办法溜进那里，找到了一个有床垫的房间睡觉。

八月的一天，在重新包装肉类时，我的手被一卷工业尺寸的保鲜膜的锯齿状边缘割伤，当即被感染。因为我没钱，也没买保险，所以我没去医院。三天后，我的手像气球一样鼓了起来，全身的淋巴结也都肿了，我感到极度疼痛。终于，我去了杰克逊的慈善医院——这是我人生中第一次去医院看病。他们把我手上的脓液排出来，给我注射了大量抗生素。他们告诉我，不知道能否保住我所有的手指。

几天后，肿胀开始消退。然而，温迪快餐厅已经找了别人顶替我操作油炸锅。

44

我好不容易熬过暑假，开始了在陶格鲁学院的大二生涯。回望五月，我一度认为秋季学期与 JG 同住会是个好主意。开学第一天，他就在我们的宿舍里等我，兴致勃勃地介绍他制订的我俩共同致富的计划。我当时身无分文。但 JG 攒下了一千多美元的暑期工资，那些钱在他的口袋里和脑袋里烧得慌。

"普卢默，"他一边说话，一边在我们的双人宿舍里踱圈圈，"如果我们买可卡因粉来提纯，再转手卖出去，我敢打赌我们的钱能翻三倍。我的钱够买几盎司的。你爸爸，普卢默先生，能弄到正点的货——所以我知道我们会很快卖光。"

"话是这么说，但万一我们很快就吸光了呢？你觉得我们手里有那么多货能忍住不来点？"

"我没说我们一点都不吸。但我们绝对不会全部吸光。你想想，做一次我们的钱能翻三倍，多做几次的话，我们就能一次进一公斤的货了。到年底我们就开上凯迪拉克了。"

我对凯迪拉克车或者其他任何四个轮子的东西都没兴趣。然而，对我这个向来只赚得到最低工资的人来说，用这种方法把我们的钱翻三倍似乎是最可行的方法。但我知道，可卡因晶体的客户群跟买大麻的人完全不同，而且更危险。买大麻的人是为了放松。买提纯可卡因的人是魔鬼。一方面，我对买提纯可卡因的魔鬼有一种原始恐惧；另一方面，我迫切希望挣一笔像样的钱寄给莉萨和马特尔。

"妈的，我干。"我回答。

JG 大笑。"我就喜欢你这一点，普卢默。只要我开个头，说'咱们一起……'，话都不用说完，你就他妈的答应了。"

就在我们为了这门新生意你拍我打的同时，我内心尚存的理智明白，我们这是自欺欺人。JG 和我之所以此前从未吸过以盎司为计量单位的可卡因晶体，唯一原因是我们从来没有一次拿到过一盎司以上的货。可卡因晶体法则就像物理定律一样不可改变。它们决定了必定会发生的事情。可卡因晶体法则一：一旦你吸上了，你就停不下来，直到全部吸光。

进货这一步最容易。爸爸和我们合资买来半磅可卡因粉末，总价为两千五百美元。爸爸出了一千二百五十美元，留下四分之一磅，JG 的暑期收入也换得四分之一磅。爸爸带我们一起去取货，作为他的后援。他给了 JG 一把手枪，让他塞在腰里，自己则把另一把手枪塞在后背。他检查我的枪，就是妈妈给我的那把。他笑着说："我记得我把这个小东西送给莱尼的那天。我们那时候一起在古斯住，你还没有出生。"

爸爸不说，我们也懂，枪不能放在明处。拔枪不射，只会让局势恶化。一旦拔枪，就不能走空。不到万不得已不能开枪。

JG 和我站在车旁，爸爸到街对面的一个车库去见卖家。我们目睹了整个交易过程。那个人也不用包装，直接把一块砖形可卡因递给爸爸。它看起来就像一大块泡沫塑料。

我们回到爸爸家，切开它，我用手指拿起一块揉搓，它像黄油一样光滑，不像我以前经手过的那种下等货，像白垩一般。JG往自己的牙龈上抹了一些试试味道，然后大呼过瘾。

爸爸提纯了一点晶体，我们各吸了几口。果然纯正。然后，他称出属于我们的四盎司，包好，告诉我们应该藏在车上的哪里，以防警察在公路上拦车检查。我们拿了几颗小晶体和一根玻璃管，以便在开回陶格鲁学院的路上享用。可卡因晶体就有这股魔力。

途经杰克逊时，我们在贫民窟这边停车买必需品：外用酒精、棉球、刮胡刀、打火机、玻璃管和丝网，还有一大堆小苏打。回到学校后，我去化学实验室里顺了一些试管、烧杯和一个电子秤——我绝对有意归还。黄昏时分，我们的寝室已经改造成了提纯实验室。几分钟后，我们的第一块晶体从烧杯里滚到桌子上。

"该死的，普卢默！"JG 说。"这玩意看上去很正点！"他把晶体一切为二，把一半装进玻璃管，吸了起来。

我们从黄昏一直吸到日出，这才收手上床。中午时分醒来，我们感觉自己像路毙的动物。洗完澡，刮完胡子，换上干净的衣服，我们觉得自己就像毛发被剃得精光的路毙动物。在食堂吃午饭时，我们相互约定，以后只在晚餐后吸。为了安全起见，我们还约定只在星期四、星期五和星期六晚上吸。从下个周末开始。因为那天是星期天，我们刚刚进到货。

出于谨慎，我们决定把四分之一盎司的贷批发给 JG 的一个朋友，而不是全部自己卖。这样做的利润肯定比直销低，但我们可以降低自行在杰克逊危机四伏的街头卖货、同魔鬼般的提纯可卡因铁杆粉丝发生不愉快的风险。如果 JG 的朋友没钱向我们买货，我们可以委托他代销。

那天下午，我们按计划把四分之一盎司的货委托给 JG 的朋友。搞定。接着我们像往常一样去食堂吃晚饭。JG 同他的朋友们一道，我和卡帕兄弟会的兄弟们同行。晚饭后，我们径直回到寝室，再次开吸。

我们这一吸就是三天三夜。我们并没有计划这样做，只是不由自主。到了第三天的黎明，我们可以闻到从自己毛孔里分泌出来的可卡因气味。我们变得极其多疑，凌晨四点的时候到寝室门后面去听外面的动静，四点零七分和四点十二分又去听了两次门。我们像吸血鬼一样生活，对日光感到恐惧。我们撒开脚丫子疯跑过走廊去卫生间接提纯用的水，但只有在夜深人静、人人都进入梦乡的时候才去。我们卷起一条毛巾堵住门下的缝隙，以防止气味泄漏出去。我们用纸巾做了一条管子，管子内壁弄上织物柔顺剂，用于向窗外吐蒸汽。每隔几个小时，我们就会休息一下，免得心脏不堪重负。我们会在地板上躺几分钟，试图让狂乱的心跳放缓。然后我们继续吸。

就这样，我们藏身于寝室，一待就是好几天，完全脱离了校园生活。原本我们只打算在周末吸，结果周末成了我们唯一不吸的时间——因为周末我们必须去维护和女朋友的关系。杰茜卡已经搬到杰克逊去上护理学校，住在密西西比大学医疗中心的宿舍里。她白天学习，晚上大部分时间都在医疗中心工作。对我来说，向她隐瞒我的吸可卡因习惯比较容易，因为我们只在周末见面。我们在一起的时候，要么狂热做爱，要么激烈争吵。

我跟兄弟会的兄弟们见面的机会更多。吃饭的时候，我们在食堂有卡帕兄弟会专用席位。我在大多数晚餐时间都会到场，告诉他们，我晚上专心学习，周末跟杰茜卡在一起。

学业根本不可能跟得上。吸了一个晚上的可卡因，我神思倦怠，没力气去听上午的课。我会读教材。至少在晚饭前会读那么一小会儿。但我那已经很糟糕的学习习惯无法与魅惑无穷的玻璃管匹敌。JG 和我在学业上都落后了。那时我刚上大三，JG 刚上大四。期中考试季，我们回顾败绩。

情况大大不妙。我们原先寄予厚望的毒品生意差点连本都没赚回来。吸完自留的可卡因之后，我们开始以零售价从那些此前向我们批发的人那里回购。与此同时，我们所有课程的成绩都是 D 档或 F 档。到学期末，我想必一门课都及格不了。我估计我最好还是赶快退学，这样成绩单上就不会有 F 了。至少哪天我回来读书，还有资格申请助学金。

休学申请需要通过官方渠道。这意味着我们需要拿到每门课的教授的签名，然后请教务长贝蒂·帕克 - 史密斯博士签字批准。为了通过这个考验，我们只好用了一个上午的时间打理外表，让自己看起来不像吸血鬼，下午则乔装行走在人类当中。

JG 先见到教务长。帕克 - 史密斯博士试图劝阻他退学，因为他已经大四了。为什么在离毕业只有一个半学期的时候放弃？她的观点符合逻辑。JG 固执己见。

轮到我去见教务长的时候，帕克－史密斯博士把我的成绩单当作犯罪前科档案来读。她挑出一则大二时的记录——我和新生班长罗杰·霍顿打架，用我的卡帕手杖猛击他的头部，询问究竟。我解释说，罗杰·霍顿先用一根金属管打了我的兄弟。她挑了挑眉毛，在我的成绩单上写了几个字。显然，我那天早上洗澡没把吸血鬼的邪性洗干净，因为我听到自己用越来越大的嗓门教训教务长：按照卡帕兄弟会荣誉准则，我应当把任何对我的兄弟下手的人的头打开花。

"我明白了，"她说着把我的成绩单放到一边，直视我的眼睛，"我认为你申请退学是对的。大学目前显然不适合你。也许过一段时间，经过一番个人反思，你会成熟一些，然后继续求学——回陶格鲁或者去其他学校。"

我觉得受了冒犯。教务长似乎不明白我其实才华出众。如果有什么地方最适合我，那就是大学！我认为教务长的工作是说服我留在学校，发挥我的无限潜力。事与愿违，她在我的申请文件上签了字，然后把它沿桌面推到我面前。

"祝你好运，普卢默先生，"她说，"请把学生证和就餐卡交给注册主任，明天下午前搬离寝室。"

45

我和 JG 在格罗夫公寓楼找了一个不带家具的房间。该公寓楼位于陶格鲁和杰克逊之间，房租非常便宜，连押金都不需要。JG 听说 55 号州际公路旁边的高级酒店华美达万丽正在招聘宴会侍应生，我们直奔该处。

　　酒店客房服务主管乔莉小姐向我解释说，如果我选择去客房服务部而非宴会部上班，我的工作会很稳定，时薪为四美元。我因为优先考虑可靠的现金流，所以情愿捧更稳的饭碗，当了勤杂工——跟清洁工的意思差不多。JG 做了宴会侍应生。

　　乔莉小姐和助理经理是白人。所有客房服务部员工都是黑人。乔莉小姐符合你对南方大宅白人女管家的想象。她把所有工作人员统称为"男孩们"和"女孩们"，尽管我们的年龄从二十岁到五十岁不等。

　　像往常一样，在我必须屈从权威的场合，我心不甘情不愿。黑人女客房服务员们经常就各种事实问题进行友好辩论。要是争不出结果，她们会请乔莉小姐来拍板。有一次，我无意中听到她答错了，忍不住出言纠正她。其中一个女客房服务员说："詹姆斯上过陶格鲁学院，所以他一定是对的。"

　　乔莉小姐笑了笑不说话。她知道报复的法子多的是。没过多久，她就让我明白，我已经不再是个大学生了。几天后，陶格鲁学院的行政部门在酒店宴会厅举办一个校友活动。就在招待会之前，乔莉小姐把我叫到她的办公室。

　　"詹姆斯，我注意到宴会厅踢脚板上的蜡打得太厚了，恐怕需要用手刷一刷。"她递给我一把刷子，大小跟清洁指甲的那种刷子差不多。

　　"乔莉小姐，招待会一结束，我就去刷。"

　　"不，我希望马上就刷。"

　　这就是她的企图——在陶格鲁学院的教师和校友们啜饮鸡尾

酒、品尝开胃小菜的时候，让我趴在地上，让大家都看见我穿着灰色喇叭裤制服，制服袖子缝和裤缝上都镶着紫色的绲边。一整个晚上，我都不敢抬头，生怕某个教授会认出我。但那晚我学到了重要一课：没有人会注意到一个匍匐在地、用力刷踢脚板的黑人男孩。他跟踢脚线差不多。

晚上下班后，JG 和我就去殖民地高地、华盛顿外扩区和贝利大道转悠。槐树街特别危险，但总能找到货。在那些糟糕的夜晚——而且这样的夜晚日渐占到了大多数，我觉得自己就像某种害虫，去最肮脏的地方寻找可以享用的肮脏东西。得手后，我们回到格罗夫公寓，吸光所有可卡因，然后夜里两点回到街上。四点钟再去。有些晚上，我们一直吸，吸到第二天去酒店上班前。

卖货给我们的人大多自己也吸毒，卖毒品是为了有钱买毒品用。他们身上不放毒品。同意卖货给你之后，他们会到附近的隐秘之处取货，或者邀请你尾随他们到某个阴暗的地方去交易。如果你没拿到货就付钱，即使他们答应马上去拿货给你，他们往往也一走了之，你的钱也白白打了水漂。我们必须时刻保持警惕。通常情况下，JG 跟人交易、讨价还价，而我则站在他身后，一只手握住上衣口袋里的枪。

我们和那些彻头彻尾的瘾君子打的交道越多，就越像他们——冷酷无情，为了拿到货在所不惜。最丑陋的行为当数 JG 从他女朋友多萝西那里偷钱。那天晚上，JG 得知她刚刚兑现了她的学生贷款支票。到了夜里三点，我们既没货，也没钱。JG 偷偷溜进她的房间，从她的梳妆台上偷走了现金。我试图说服他打消这个念头。可等他得手后买来了可卡因，我和他一起照样吸得欢。

　　断货那一刻的感受是可卡因瘾君子生活中最残酷并反复出现的感受。有一天晚上，断了货的我们开着我从杰茜卡那里借来的车——她爸爸的雪佛兰运动型多功能车，保险杠贴纸上写着"耶稣拯救世人"——出去兜风，寻找货源。一个形销骨立的人站在他的车旁边向我们招手。

　　"你们要什么？"等我们摇下车窗，他问道。

　　"两份二十美元的货，你有吗？"已经吸了大半夜，我们只剩下四十美元，而且我们如坐针毡。

　　"有啊……等等。"他把手伸进自己车里，掏出来两块大大的晶体。

　　JG 接过来递给我。"你验货，普卢默。"

　　一看到可卡因，我的脑袋里就轰然一响。我闻了闻，气味很奇怪。我用指甲刮了刮其中一块，没有碎屑掉下来，表面多了一条压痕。我又刮了刮另一块。果然，它们是两团蜡。

　　"混账东西，这是蜡！"我惊叫。我原以为马上就能吸上可卡因，垂涎欲滴，可这家伙却让我欲求不得。我怒火中烧，下了车，把假可卡因狠狠地砸到他胸口。我伸手进口袋，抓住枪，死死盯住那个瘦得没人样的家伙的眼睛。那一刻我知道，如果我拔枪，那它一定会喷射出子弹。我希望那家伙的反应激烈点——一句"去你妈的！"足矣，这样我就可以杀了他。我刚刚把他的假货砸到他胸口，所以他肯定要跟我斗嘴，说我是骗子。但不知何故，他没有斗嘴。他的眼神里有恐惧。而我心中仅存的一丝人性制止了我拔枪。只有他来挑衅我，我才能杀了他。

　　"混账东西，想骗我？嗯？"

"不，哥们儿。我拿错了。不小心。我没打算骗你。"

"你就是想骗人。混账。"

JG看出了我的心思。他跳下车，站到我们两人中间。

"JG，别他妈的挡路。我要教训这个混账。"

"别，普卢默。别这样。咱们走吧。没事了。没事了。"

"不行！要教训这混账！"我说着把握枪的手从口袋里拿出来，指着那个骨瘦如柴的人的脸，"他想骗我们。"

我的眼睛眨也不眨地盯着那人。JG低声沉稳地说："普卢默，你不是这样的人。来，哥们儿。咱们走吧。"

我终于放下了手。那个骨瘦如柴的人跳进车里，溜之大吉。

"你他妈的怎么了，JG？"我大声叫嚷，手捶汽车引擎盖。"我们应该杀了那个混账东西！该死的！"

JG看我的眼神里有一种从未流露过的情绪——恐惧。

"普卢默，你变了，哥们儿。为了四十美元就要朝一个吸毒吸得身体都毁了的人开枪？行了啊。那是恶魔行径。你不是恶魔，哥们儿。"

我知道他说得没错。我变成什么样的人了？瘾君子杀人狂魔？那不是我。真的不是吗？

我觉得我在杰克逊街头活不了多久了。这里看起来越来越像一个僵尸世界。我无论去哪里都随身带枪。这里是烽火地带。

我累了。为了保持漂浮、让我的头高于水面，我已经独自挣扎了许久。我在一个没有月亮的夜晚迷失在海面，黝黑的浪潮即将把我吞没。

46

我在华美达万丽酒店挣的钱不够兼顾付房租、买可卡因和好好吃饭。我开始从客人留在酒店走廊里的送餐服务车上捡吃剩下的食物。

我和门童交好。他帮住客搬行李进房间，小费丰厚。他的制服剪裁得体，颜色与酒店的主题色一致。他就是酒店内饰的一部分。我俩正好穿同一个尺码的衣服。每逢周末，他赚满一百美元小费之后就想带他的女朋友出去玩。他会说："詹姆斯，你来接手。我走了。"等到午夜帮他顶完他那一班，我通常能赚到二十或三十美元。足够我的深夜娱乐花销了。

这个门童后来辞职去了比洛克西新开的赌场上班，我申请接手。酒店经理福图内·乔伯特先生拍板决定所有与公众打交道的员工的聘用事宜。他是一个温文儒雅的南方白人，已经对我有好感——可能是因为我们有很多共同点。我们都来自新奥尔良，都在海军服过役，而且都吹过大号。

在我提交申请几天后，乔伯特先生把我叫进他的办公室，示意我坐他办公桌对面的椅子上。"詹姆斯，"他说，"我想让你知道，我已经注意到你工作非常努力。我想让你当门童。不幸的是"——说到这里，他低头看了看桌上的一张打印纸——"乔莉小姐给了你差评。"

我没有作答。我能说啥呢？

"我想你明白酒店前台和后台之间的利益纷争，"乔伯特先生说，"我爱莫能助了。希望你能理解。"

"是的，乔伯特先生，"我说，"我想我懂。"

他知道我上过陶格鲁学院。他也一定看到了我脸上流露的痛苦，因为他身体前倾，靠近我，直视着我的眼睛。"我知道你现在的感受，"他说，"我的起点和你差不多，经过不断努力坐到了现在这个位置。我可以告诉你：如果没有那些令我感到卑微的经历，我不可能成长为一名绅士。"

我很感激他对我的安慰。他告诉我，他相信我也有一天能成为一名绅士。然而，当我离开他的办公室走回客房服务部的时候，我心想，我不能从清洁工升到门童？这就到顶了？在这之前，我对回去上大学并没有一个清晰的计划。但我知道我不可能一辈子都当清洁工。乔伯特先生可以从客房服务员一路做到经理，但我永远做不到。只要乔莉小姐还在发号施令就不行。

该做出改变了。

十一月初，我带杰茜卡外出庆祝她的生日。我刚和 JG 一起吸了两天毒，所以身体状况很差。我唯一能负担得起的约会就是请她看电影和吃快餐。我甚至没有给她准备礼物。

我们去看了《南瓜恶灵》(*Pumpkinhead*)，这是一个怪物惊悚电影，讲的是一个冤魂怪兽大开杀戒的故事。片中主人公——试图杀死怪物的好人——最终意识到他自己就是南瓜恶灵，而杀死怪物的唯一方法就是杀死他自己。

看完电影，我们坐在电影院外面的长椅上，从包里拿出麦当劳巨无霸汉堡来吃。我试图不去想《南瓜恶灵》里的情节。它触到了我的痛处。逃避我目前噩梦般生活状况的唯一方法是不是自杀？

大多数时间，我吸毒太多太猛。我要么会被人杀死，要么会因为吸毒过量而死。我不想变成终日流落街头的瘾君子。然而，深夜外出向他们买可卡因的时候，他们眼瞳里映射出来的我越来越像他们。

如果我想活下去并且远离牢狱之灾，我就不能流落街头，从午夜到早上六点的杀戮时间里尤其不能，因为坏事全都发生在这个时段。我希望自己的未来有经济保障，为此我必须重新注册上大学并取得好成绩。我的心灵也需要治愈。我觉得自己被恶魔附了身。无论梦里还是醒着，我都能听到可卡因的呼唤。我知道，回应这个呼唤和活下去无法两全。

与此同时，杰茜卡正面临被护理学校劝退的危险。上个学期，她在密西西比医疗中心的各科成绩全都处于不及格线左近。她上纳奇兹高中期间成绩排在前二十名以内，在陶格鲁学院的成绩也不错，但现在她去了黑人社区以外的学校，那里的学术要求更高，她意识到自己的基础太弱。有一次我看到她写的一篇论文，大吃一惊。在我看来，这是六年级学生的写作水平。

杰茜卡和我默默地坐在长椅上，拿手指拨弄软趴趴的炸薯条，思考我们的未来。

我转头看她，说："嘿，你想不想结婚？"

"什么？"

"你想不想结婚？"

"说真的？"

"真的。"

我知道我不是理想的结婚对象——一个从大学辍学当清洁工、没有职业前景的人，此外还有不为她所知的重度毒瘾。我不敢告诉她我和 JG 的黑暗生活。承认这一点太可耻了。

杰茜卡说她不确定是否真的爱我。我对她实话实说，我也不确定自己是否爱她。我俩走到一起是为了性欲。但我们一起经历了过山车般的一年，包括马特尔的脑瘫。我们因而对彼此有了此前不存在的另一个层次的爱和尊重。我告诉她，我搞砸了，现在想改好。我告诉她，我想回去上学，和她结婚，一起过稳定的生活。

她告诉我，她能看出我是真心实意的，她能看出我想改好。"你尽最大努力对马特尔好，"她伸手捏了捏我的手，"我想和你这样的男人在一起。我想和你这样的男人结婚。"

两周后，我们在杰克逊的法院结婚。只有我们两个人。杰茜卡每个星期天都上教堂，但她不想要一个教堂婚礼。我们俩当时的情况不允许。

我见过她的父母一次，我们相互看不对眼。她的父亲非常虔诚，基本上认为我就是撒旦。我退学后，她的姐妹会的姐妹们对我的评价也不高。

因此，我们的婚礼并不是一个幸福快乐的时刻。我们没有说"嘿，大家都来。让我们一起庆祝，花钱值得"。我们做不到。我们都是落魄的人，不觉得有什么值得庆祝的。我们只想活下去，要么一起完蛋。

47

　　杰茜卡在杰克逊一个安全的商业区找到了一套一居室的公寓，每月租金二百美元。我们很快就习惯了一套日常模式。她在医疗中心的护理学校学习，在医院里用轮椅推送病人，每小时挣五美元。我白天在陶格鲁学院上课，每周三天从下午三点到晚上十一点在华美达酒店做清洁工，周末也有一天班。我把剩下的时间用来补学校的功课。

　　我一心一意要在陶格鲁学院取得好成绩。因为听课学习对我来说仍然很难，所以我决心在课外多学习。我知道，如果没有强大的数学能力，我永远无法在科学领域取得成功。所以我在微积分课上找到了一个同样有决心的学习伙伴。我们一起在黑板上演算书上的每一道例题和每一道章末题。那个学期，我的微积分得了 A。更重要的是，我不只学会了做题，还领悟到和伙伴一起讨论问题的价值——这成为我后续学习困难材料和解决任何学科问题的最佳策略。

　　我一回陶格鲁学院上学就选定了物理学专业——辅修数学，这是为了确保我在毕业前尽可能多上几门数学课。物理学是我在知识上的初恋，可以追溯到我读《世界百科全书》的岁月。上个学期，尽管我经常连续几天狂吸可卡因，但每次物理考试还能得满分。我的物理学教授戴夫·蒂尔博士开玩笑说，他不用另花时间写试卷答案，拿我的答题纸即可。

　　蒂尔博士是陶格鲁学院唯一的物理学教授，而我的年级里只有另外一名物理学专业的学生。在蒂尔博士一九六五年来陶格鲁之前，学院甚至没有物理系。他从加州理工学院毕业，拿到哈佛大学物理学博士学位之后就来了陶格鲁。当时，法院刚刚命令密西西比州的大学取消种族隔离。蒂尔博士同杰克逊的教会合作，深入参与民权斗争。起初，一些学生质疑他的动机，以为他是某种传教士，来学校教上一个学期的书，帮帮南方黑人穷孩子，然后就打道回府，靠写书出名。但是，蒂尔博士跟陶格鲁学院的许多其他白人理科教授一样，本来只打算在南方待上几年，结果整个职业生涯都没有挪窝。

他花了很多时间教授物理学入门课程，但当有积极性或天赋的学生出现时，蒂尔博士一定会倾囊相授。陶格鲁学院没有开设我想学习的量子力学课程，附近的米尔萨普斯学院倒是开了，可惜跟我的日程安排冲突太多。因此，蒂尔博士专门为我设计了一套课程，对我进行一对一辅导。

蒂尔博士一心一意要让他的学生完成学业——特别是像我这样还在上夜班的学生，帮他们申请奖学金，指导他们考研。如果我缺勤，他会查我的踪迹，找到我的人，让我去上课。

冬季学期刚开学，也就是我重返校园后不久，他有一天在午餐时间来食堂找我。

"詹姆斯，你今天下午会准时到图书馆，对吧？"

"肯定会，蒂尔博士，"我口头应付，但其实想不起来下午在图书馆有什么事，"跟您确认一下，几点来着？"

"麻省理工学院来的人三点钟准时开讲哟。"

我三点零五分赶到图书馆。蒂尔博士和另外五名陶格鲁学院的物理学专业学生坐在会议桌的一侧。三个我不认识的人——一位年轻妇女和两名青年男子——坐在另一侧。

"既然詹姆斯来了，"蒂尔博士说着严厉地看了我一眼，"我们可以开始了。今天有三位麻省理工学院物理学研究生到访。他们想向你们介绍一个很棒的职业机会。所以请你们专心听讲。"

我一看就知道，这些北方人是理科书呆子，不过跟我见过的书呆子不一样。他们是城里的黑人，但不是城里街头的黑人，当然也不穿黑人贫民窟风格的花哨服饰。他们的外形更接近我们的白人理科教授，而非学生。此外，他们坐姿笔直。那位年轻女子穿着一件西装外套，硕大的眼镜带着一分时尚感、两分书呆子气。我注意到她的双手修长优雅，每根手指上都戴着戒指。

"感谢各位的光临，"她说着目光扫过会议桌，同我们每个人进行视线交流，"我叫辛西娅·麦金太尔，这是我的同事福阿德·穆罕默德和克劳德·普斯。"她的嗓音低沉迷人，我猜想北方理科女书呆子都是这么说话的。"刚到麻省理工学院学习物理学的时候，我不知道校内还有其他黑人研究生。在麻省理工学院的历史上，只有一位黑人女性获得过物理学博士学位。我将是第二位。而且我可以告诉你们，在全国范围内，我们的人不多。

"后来我遇到了福阿德，发现我不是孤家寡人。他把我介绍给克劳德。我们三个联合起来，想办法增加黑人物理学研究生的数量。我们找了麻省理工学院理工科各系的主任，请他们协助我们，下个月邀请一批本科生去麻省理工学院参加一个黑人物理学学生和黑人物理学家的会议。我们今天来，就是邀请你们参会。"

她顿了顿，环视会议桌，希望有人能对她的提议做出回应。在一阵尴尬的沉默之后，我开口了："所以你们想让我们去麻省理工学院开会？我甚至都不知道它在什么地方！而且我肯定没钱去。”

同桌的陶格鲁女生们朝我瞪眼，似乎我让她们难堪了。

“或许我刚才没说清楚，”辛西娅说，“我们将会支付你们前来麻省理工学院的所有费用——麻省理工学院就在波士顿郊区。我们会帮你们买机票、订酒店，并且负担你们的所有膳食。”

我周围的人都深吸了一口气。从来没有人给我们提供过任何地方的免费机票或酒店客房。我们都愿意去。

48

我们在洛根机场下了飞机，我第一次感受到波士顿冬天的滋味。在密西西比州，我们把勉强算得上冬日寒风的冷风叫作“老鹰”。行李领取处外面的双层玻璃门一打开，扑面而来的朔风感觉就像一只翼龙一边拿电锯锯我的胸口，一边啃我的整个脸。我以迅雷不及掩耳的速度冲上机场专线车。

到了酒店，我们被打散，跟其他学校的学生同住。我的室友来自林肯大学，这是一所位于宾夕法尼亚州的传统黑人大学，我之前从来没有听说过。与会学生来自全国各地，其中大约一半来自小型传统黑人大学，另一半来自莫尔豪斯学院之类的高端传统黑人大学以及密歇根大学这样的大型州立学校。

冰雪覆盖的麻省理工学院校园想必令人印象深刻，但我想到的却是超人位于北极的孤独堡垒（Fortress of Solitude）[1]。辛西

---

[1] DC 漫画中超人在北极的建筑。

娅·麦金太尔在会议中心向我们发表欢迎辞。她还是穿着西装外套，戴着超大的眼镜，身姿挺拔，举止庄严。她解释说，此次会议的目的是在黑人物理学界建立一个学生支持网络，提高黑人物理学学生对读研和职业发展机会的认识，并让未来的研究生们了解物理学的最新进展。

"我鼓励大家在吃午餐时互相认识、展开讨论。稍后，我们将去报告厅，听取一些著名黑人物理学家的科学讲座。"

天气寒冷，冰天雪地，北方人的口音，陌生的食物，这一切都让我迷惘。我用勺子拨弄新英格兰蛤蜊汤里的食材，扫视着一桌又一桌眼神明亮的未来物理学家们。无意中，我听到身后的一个学生在吹嘘他以第一作者的身份投稿了一篇论文，另一个学生则问，在《自然》和《科学》杂志上发表论文，哪份影响力更大。我把注意力转回到我的汤碗里，试图数一数里面有几粒蛤蜊肉，但它们似乎都被切成了丁。

午餐后，他们把我们领到一个礼堂听一连串黑人物理学教授的讲座。教授们介绍了他们在弦理论（string theory）、非线性动力学（nonlinear dynamics）和数学建模（mathematical modeling）等方面的研究。我本来希望贝尔实验室来的量子物理学家能谈谈相对论。但他发言时用的数学公式我见都没见过，也听不懂。

这是我第一次接触到真正的学院派物理学。但我差点觉得它不是真的。我听不懂会上99%的内容。我们陶格鲁学院来的学生都听不懂。台上那些穿三件套西装的科学家是黑人，但他们似乎来自另一个星球。我无法想象他们中的任何一个人曾经卖过大麻、拔过鸡毛，或者在角落里掷过骰子。辛西娅·麦金太尔和她的团队也一样。我在他们身上觉察不到任何深南部黑人的气息。我想，我有黑人贫民窟气息，是不是不适合做物理学家？

随后的小组讨论则更为实际。尽管我是物理专业本科生，但我从来没有想过考研的细节问题，更不用说未来从事物理学相关职业。听说物理学博士生不仅不用交学费，而且因为做研究和给本科生上课，还能拿到一点工资，我很高兴。但首先你必须被录取，这意味着你要在物理和数学课程中取得良好的绩点分、在 GRE 综合和专业考试中获得高分、拿到推荐信、有科研经验。

到那时为止，我几乎没有做过任何能让我具备读研资格的事情。我的成绩很差。我没有暑期科研的经验。我心想，进研究生院要花这么多心血，进好的研究生院更是要下苦功夫，值得吗？

会议的最后一项活动是宇航员弗雷德·格雷戈里的演讲。我以前从未见过宇航员真人，更不用说黑人宇航员了。我可不能错过这个机会。

我到达演讲厅时，里面已经挤满了人，只能站着听讲。格雷戈里首先展示了他在航天飞机飞行期间拍摄的惊艳照片。但真正激励我的是他的演讲。格雷戈里告诉我们，一九七八年加入宇航员队伍时，他是三名黑人宇航员之一。罗恩·麦克奈尔、盖恩·"盖伊"·布卢福德和他是最早进入外层空间的三名黑人。布卢福德于一九八三年首飞，麦克奈尔于一九八四年紧随其后，一九八五年弗雷德·格雷戈里执飞的航天飞机将太空实验室三号送上轨道。

"我们三人入选后，彼此相约，在另外三名新黑人宇航员加盟并飞向太空之前，我们谁都不退休。一九八一年，查理·博尔登成为第四名黑人宇航员。但后来，因为一九八六年'挑战者'失事，我们悲伤地失去了罗恩。他是一个伟大的人，我们非常想念他。罗恩拥有物理学博士学位——你们当中许多人有朝一日也会获得物理学博士学位，而且他就是在麻省理工学院拿到这个学位的。

"美国国家航空航天局刚刚选定了第一位黑人女宇航员。她叫梅·杰米森。她在斯坦福大学读本科，从康奈尔大学获得医学博士学位。记住我的话：你们将来会听到更多关于她的消息。所以，我们有了查理和梅，还需要再多一位黑人宇航员——然后我就可以退休了。"

他停顿了一下，慢慢扫视一屋子年轻的黑人物理学学生。

"不要在这个时刻退缩，历史在等待你们。拿到博士学位，申请加入宇航员计划。看在上帝的分上，继续前行。我们需要你。美国需要你。黑人社区需要你。"

每个人都站起来了，我的掌声和叫好声比任何人的都要大。

当晚我们乘飞机回家。他们调暗客舱灯光后，我把前额贴在窗户上，望着外面的夜空。我试着想象从航天飞机窗口看出去的外太空。天空一定非常黑暗，星星一定非常明亮。我想象自己穿好宇航服，出舱进行太空行走，环绕地球自由落体，速度之快，以至于我永远不会碰到地球表面。对我来说，那里似乎是一个非常合适的地方。为什么不以宇航员计划为目标？为什么不飞向星星？

第二天下午，我重返地球，在华美达万丽酒店为走廊地毯吸尘。一位清洁女工告诉我，JG 过去一周都没来上班，还问我是否知道他的近况。自从我和杰茜卡结婚并搬到一起住之后，我就有意避开 JG。可卡因仍然在召唤我，特别是在晚上，我知道我抵制不住可卡因和 JG 的双重诱惑。他每隔一周左右就会给我打电话，问我要不要聚聚。一听到他在电话中有气无力的声音，我就想起来为什么晚上下班后要直接回家。

可听说 JG 不来上班了，我很担心。我决定去看看他，确保他没事——或者至少还在吃饭。也许我可以说服他回海德堡的老家，离开这里的纷乱生活，休息一段时间。

我顺道去了格罗夫公寓，他还住在那里的一个带家具的房间里。JG 来应门，一脸飘飘欲仙。他非常兴奋地告诉我，他刚刚卖掉了床，拿了五十美元，要不要一起去买货，开个派对？

我心想：该死的，他走得太远了，拉不回来了。把床卖掉换可卡因？吓死人了。我窥探了一眼他那个原本带家具的房间，发现里面没有电视机，当然也没有床。地板上只有一堆床单和几条破烂的毯子。

我告诉 JG，我有个学习小组要碰头，我快迟到了。然后我就离开了。

49

如果真心想考研，我知道我必须积累一些科研经验。会议期间会议组织者分发了一份美国国家航空航天局、美国能源部国家实验室以及各研究中心和大学的暑期研究项目清单。我向每一个项目都递交了申请，但全部被拒。我的总绩点分只有 2.56，未能满足入选要求。

我对我的暑期以及将来的工作前景感到非常沮丧。然后，期末考试期间的一个早晨，有人从陶格鲁学院的行政办公室打电话来把我叫醒。"佐治亚大学说他们需要你的社会安全号码，否则不能签发你的第一张支票。"

我感到莫名其妙。但既然电话那头的人提到了"支票"，我赶快穿好衣服去了行政办公室。原来，我被佐治亚大学的暑期化学研究项目录取了，该项目是由国家科学基金会资助的。问题是，我从来没有申请过这个项目。我找到了我的化学教授理查德·麦金尼斯博士——就是之前找我担任普通化学助教的那位教授。

"您知情吗？"我问。

"他们录取你了！"他那惊喜的笑容通常只向那些能够成功绘制复杂分子图的学生绽开。"我认识的一位教授打电话给我，问我有没有人可以推荐。我告诉他，你是我最有前途的化学系学生，也是一位很好的助教。你被录取了，那真是太棒了！"

"谢谢您，"我说，"但我估计没戏。我没车，也没钱，去不了佐治亚州阿森斯。"

一年前的某个晚上，JG 和我为了彻夜吸可卡因，去杰克逊买货。途中我的车没油了，于是我们就把它停放在一个臭名昭著的街区过夜。第二天我回去取车，发现它已经被剥得只剩底盘。从那时起，我就只好乘坐公共交通工具或者借用杰茜卡的车。

"我问你，"麦金尼斯教授说，"如果我替你买一张去佐治亚州阿森斯的灰狗车票，你会还我钱吗？"

"绝对会还！拿到我的第一张工资支票就还！"

我不敢相信麦金尼斯教授竟然会这么帮我。从小到大，我周围的人都不相信白人，而这个白人不单单为我安排了一个正经的研究工作，还自掏腰包为我垫付交通费。麦金尼斯博士同蒂尔博士和许多理科系的教师一样，作为自由乘车运动的参与者来到陶格鲁，然后决定留在这里。为什么有这么多从加州理工学院和哈佛大学毕业的白人愿意终其职业生涯在一所名不见经传的小型黑人传统大学里教黑人孩子？

去佐治亚州阿森斯的灰狗大巴在路上整整开了一天，我有很多时间思考上述疑问。我不知道我的去处是个什么情况，也不知道抵达后会发生什么。我以前从未在实验室做过科研。我只知道，这一定比在炎炎夏日里修剪草坪或者在某个快餐店操作油炸锅更容易、更有趣。

到佐治亚大学的第一天早晨，我的暑期导师，一位名叫迈克尔·邓肯的化学教授接待了我。他带我参观他的实验室，里面最显眼的莫过于一台巨大的激光器。一群来自全国各地的白人青年研究人员正围着它忙活。他解释说，他的小组正在研究超冷小分子团簇，而我的暑期项目就是协助他们的研究。我对超冷小分子团簇毫无概念，但他向我保证，随着暑假时光的流逝，我慢慢地就会懂。"麦金尼斯教授告诉我，你学得很快。"

然后他打开一个信封，掏出一串钥匙。"你需要自行进入大楼，所以这里有一把楼下前门的钥匙。这是实验室的钥匙。而且你有时需要进我的办公室，所以这里有一把我办公室的钥匙。"

我觉得自己进了《阴阳魔界》(The Twilight Zone)。一个白人男子刚刚给了我他的办公室、实验室和整个大楼的钥匙！实验室里塞满了昂贵的设备。除了激光器，还有各种高科技的测量设备。从来没有人对我表示过这种程度的信任。即使我竭力让对方相信我，也从未成功过。我总是被当作一个可疑的罪犯——多数手里有点权的白人都这样看我。然而，这个人信任我。而且我们才刚认识！

第二天早上，我八点就到实验室上班了，其他人直到十点才现身。他们先喝一杯咖啡，上一会儿班——然后就到了午餐时间。这里没有打卡机，甚至没有签到表。大家上下班似乎很随意。这样过了几天后，我问一个研究生："我应该几点上班？每次我早上来，这里都没人。"

"听着，伙计，"他解释说，"重点不在于你几点来，而是把工作做完。懂吗？你是一人团队，所以你想工作的时候就工作，但务必做完，此外每周组会不能缺席。就这么简单。"

那一刻，一盏绚丽的霓虹灯在我这个偏爱独来独往的人的大脑中闪亮，上面写着：科研适合你！

这种信任和自主程度让我备受震动。在我还是青少年时，我时常被指责为小偷，人们对待我的态度也像对待小偷。他们认为我会撒谎和偷东西。于是我真的撒谎、偷东西。你认为我是一个凶神恶煞般的暴徒？那我就凶给你看。你认为我让你提心吊胆、不值得信任？那我就如你所愿。

但那个暑假截然不同。从我踏入实验室的那一刻开始，他们就认为我很聪明，否则我就不会出现在那里。毕竟，我在陶格鲁学院的化学教授为我做了担保。他们期望我做好我的工作。在项目结束时，对我的评判将取决于我的实际贡献。这是一个令人振奋的新概念。它给了我思考的空间，让我有生以来第一次细细琢磨：我想成为什么样的科学家？在那一刻之前，我思考的问题局限于日常生存，比如今天我吃什么？今晚能去哪个有块屋顶的地方睡觉？可现在，我开始问自己：我真正擅长的是什么？如果我把注意力集中在真正擅长的事上面，我能有什么样的成就？

邓肯博士的团队所进行的研究非常高深，超乎我在陶格鲁学院的见识和想象。我们用激光器把原子从目标分子团簇中释放出来。然后我们通过超声气流膨胀将原子和分子冷却到接近绝对零度，直到它们聚集成非典型结构。我的工作是用一个叫作 MM2 的分子力学代码来计算这些纳米团簇。然后我将 MM2 代码的输出结果与经过验证的团簇测量结果进行比较，以判断模拟的准确性。为了找到这些测量结果，我不得不大量阅读科学期刊——我发现我在文献检索方面很有天赋！我可以连续几个小时专心致志地进行烦琐的期刊论文梳理工作。诚如邓肯博士所言，不到两个星期，我就弄懂了这些高深的东西！

我发现，此前我一直试图克服的强迫症特质——强迫性计数、一定要让物品有条不紊地排成整齐的一排——在科研实验室里能派上大用场。我可以连续数小时聚精会神地执行细致入微的任务。出于我不完全理解的原因，复杂的系列运算会浮现在我的脑海里，往往扩展计算刚开了一个头我就能展望到结果。

为了赢得邓肯博士的尊重，以及他的研究生和博士后们的尊重，我整个夏天都拼命工作。暑假结束时，他们都鼓励我，说我具有成为成功的研究人员的潜质。

在那个除了我全是白人的实验室里，没有人跟我相像。操作那些昂贵的激光器的人不曾有过像我那样的童年，也不曾像我这样彻底搞砸过自己的生活。然而，他们接受了我，我在那里非常自在。在实验室以外，在阿森斯街头，过往车辆里的人也许会冲我大喊"黑鬼！"，要么朝我的脑袋扔东西。但在邓肯博士的实验室里，没有人让我难堪。我没有感到被轻视或自惭形秽。我觉得很安全。

八月底坐大巴回家就像被友善的外星人绑架后回归地球。几个月前，我被传送到遥远的异域，那里的科学和技术充满未来主义色彩——在那里，我有终于找到家的感觉，我不再被肤色和阶级的社会记号所左右。既然已经尝到了甜头，我就渴望得到更多——不只是顶尖研究和实验室团队的友情。我想要更多地品尝那些新鲜的、不熟悉的感觉：毫不费力地沉浸在我擅长的任务中；雄心勃勃地拓展自我；最重要的是，努力工作，成为第一个找到科学问题答案的人。

然后，大巴驶入灰狗车站。我回到了陶格鲁学院。我的绩点分烂到只有 2.56。

50

回到杰克逊，杰茜卡和我小别胜新婚。她上了夏校，学习成绩也比以前好很多。这么多年来，我们第一次对未来有了更多憧憬。

那年秋季学期，我许久以来第一次对重回课堂感到兴奋。我决心提高成绩，而且我终于有了一个强大的教师支持团队。除了蒂尔博士和麦金尼斯博士，我还找到了另一位导师杰拉尔德·布鲁诺博士，他教陶格鲁学院化学课程里最难的一门——物理化学。

布鲁诺博士招募我和他一起做一个研究项目，编写积分方程程序，为电子自旋共振建模。他鼓励我学习用 FORTAN 编程，这是一种比 BASIC 更强大的编程语言。完成这个项目后，他邀请我和他一起去北亚利桑那大学的一个会议上展示我们的研究成果。

开车去弗拉格斯塔夫需要两天。我们有很多时间交谈。布鲁诺博士告诉我，我在解决问题和研究方面有特殊天赋。我告诉他，我有意考研，但只怕被拒，因为我大学前一年半的学习成绩不好。

"听着，"他说，"你有这个能力。你的其他教授都对你的智力和主动性予以高度评价。根据我到目前为止的所见，我同意他们的评价。现在对你来说，扭转局面还不算太晚。如果你接下来三个学期表现出色，你还可以进入一个顶级的研究生项目。你只需要继续做好科研，在学术会议上多发言，就像这次我们在北亚利桑那大学的发言一样，或许甚至还可以在期刊上发论文。"

"您刚才说顶级的研究生项目？"我问。

"是啊。真正重要的是你的高年级课程成绩。本科前两年得C，后两年得A，这给人的印象好得多。说明你在进步，学习劲头足。研究生院真正关心的是研究能力，而你天生适合做研究。"

听他这么说，我感到非常振奋。布鲁诺博士鼓励我去参加即将举行的全国黑人物理专业学生会议，尽可能多地同我想申请的学校的招生人员见面。"只要让他们了解你就可以了。和他们谈谈你的目标和抱负。"

北亚利桑那大学既没有东海岸学校的呆板，也没有南方僵化的种族隔阂。卡帕－阿尔法－珀西兄弟会北亚利桑那大学分会的一位成员邀请我去观看付费电视上播出的冠军拳击赛。我到他家才发现这根本就不是一个兄弟会的聚会。他家来了四五十个人，都很快活。黑人、白人、墨西哥裔美国人、亚洲人和纳瓦霍人都坐在一起享受派对。对像我这样一直憎恶南方的种族隔阂的人来说，这个多文化的人群太美妙了。

这在密西西比州不可能，我心想。

51

大四那年秋季学期，我参加了在弗吉尼亚州汉普顿水道举行的全国黑人物理专业学生会议。会议由当地的传统黑人大学汉普顿大学主办。那时我所有高年级课程都得了A，所以我听从布鲁诺博士的建议，集中精力去见顶级研究生项目的招生人员。会场上有很多来自全国最好的物理学项目的招生人员和研究生。我逐一和他们面谈。最终，我向十个不同的项目发出申请，希望能有一个入选。

四所学校录取了我，包括斯坦福大学的物理学研究生院。我听说获得斯坦福大学物理学博士学位的黑人比任何其他学校的物理学专业的都多。随斯坦福录取通知书一道寄来的，还有一张写在挺括的淡黄色纸张上的请柬：

"诚挚邀请阁下于四月十九日至二十一日出席由理科各系研究生院主办的斯坦福大学少数族裔录取学生周末活动。"

请柬底部写着："请联系我们的旅行办公室，安排机票预订事宜，费用全免。"看到这行字，我意识到主动权已经交到我手里。斯坦福大学想要我去上学，想让我对他们说"好的"。

他们的追求技巧毫不含蓄。在斯坦福校园迎接我的是霍默·尼尔，斯坦福大学物理学研究生项目当时唯一的黑人学生。霍默很快就告诉我，我是他们今年录取的唯一一名黑人研一学生。他是一个典型的理科书呆子，竭力模仿白人，堪称已经洗白的黑人。如果你闭上眼睛跟他相处，你根本不可能意识到他是自己人。我们见面才一个小时，他就向我坦白，他仍然是个处男——他已经研五了！哪个黑人哥们儿会承认这一点？

他带我参观校园。它看起来更像一个乡村俱乐部，跟我见过的任何大学都不一样。这里甚至有一个十八洞的高尔夫球场。校园里到处都是我不认识的有异国情调的树木，成群的松鼠在树枝上窜来跑去。我不明白为什么这里的人不打猎、不吃掉这些松鼠，但我想如果我拿这个问题去问霍默，他可能会把我当作从蛮荒之地来的乡巴佬。

真正让我震惊的是那些仿佛身处海滩似的躺在大浴巾上晒日光浴的女生。那是一个阳光明媚的春日，每块草坪上都躺满了穿着比基尼上衣和破洞牛仔裤的白人女孩，连内裤都露出来了。说实话，我都不好意思看她们。在南方，黑人女孩绝不会在公共场合裸露这么多皮肤。这是不可能的。

霍默对粒子物理学（particle physics）[1]特别感兴趣，他为之痴迷。校园参观的压轴戏是斯坦福林肯直线加速器中心。霍默说它简称 SLAC[2]。藏身地下的它有两英里长，是世界上最长的直线加速器，以百分之九十九点九九的光速撞击电子。从外面看，它并不惊艳，但霍默告诉我，斯坦福大学的研究人员因为在 SLAC 内进行的实验获得了四个诺贝尔奖。

霍默和我坐在俯瞰加速器的草坪上，就一个只有两个物理学书呆子才会关心的问题进行辩论——质子会衰变吗？最新的宇宙学模型以质子衰变（proton decay）[3]为必要条件，但霍默坚持认为它们不会衰变。跟一个斯坦福大学粒子物理学五年级研究生争论是很难的，但我有一张王牌可以打。

"我参加今年的全国黑人物理学家协会会议的时候，"我告诉他，"有一位著名的粒子物理学家发表过讲话，他说质子应该

---

[1] 研究比原子核更深层次的粒子的组成和性质以及相互间作用的学科。

[2] 成立于一九六二年，原名"斯坦福直线加速器中心"，二〇〇八年十月正式更名为"SLAC 国家加速器实验室"，已由主要从事粒子物理研究的实验室逐步发展成为一个从事天体物理学、光子科学、粒子加速器和粒子物理等多学科研究的综合实验室。

[3] 在粒子物理学上，是一个假设的放射性衰变。

衰变。"

"那位粒子物理学家应该是我父亲,"霍默说,"他不会说那样的话。"

"你父亲是粒子物理学家?"我问话的时候竭力不让自己流露出倾倒之情。

"是的。老霍默·尼尔。他是密歇根大学物理系主任,也是试图观察到顶夸克(top quark)[1]的费米实验室(Fermilab)[2] DZero 实验小组成员。"

这话我不知道怎么回应。我试着改变话题。"原来,"我说,"你的名字和你爸爸的名字一样? 我也是! 我是小詹姆斯·爱德华·普卢默。"

"酷,"霍默彬彬有礼地说,"老詹姆斯·普卢默从事什么职业?"

"啊,他在铝厂上班,"我说,"已经退休了。"鉴于斯坦福乡村俱乐部招我入会,我可不想透露我或者我爸的街头奋斗史。

我们的下一站是为新录取的理科学生举办的"欢迎"烧烤宴会。这不是一次真正的烧烤聚餐——按密西西比州的标准,肯定不算。没有辣酱,甚至没有一块肋排骨。只不过是一群精致的"少数族裔学生"在一起吃汉堡和热狗,他们的兰花指几乎翘到了天上。没过多久我就发现,我是寥寥可数的几个"来自黑人贫民窟的境遇困窘"的人之一,而且是物理系研究生中唯一的一个。

根据日程安排,我第二天要同物理系的每一位教授单独会面。

---

[1] 基本粒子之一,属于费米子中的第三代夸克。
[2] 始建于一九六七年,是美国最重要的物理学研究中心之一。

我请霍默向我介绍他们的情况。不出我的预料，这些白人要么来自常春藤盟校，要么来自欧洲的大学，他们似乎都在为获得诺贝尔奖而努力。

系里唯一一位有色人种教授是世界著名的太阳物理学家阿特·沃克。

阿特·沃克于二十世纪八十年代初受聘担任斯坦福大学物理系教授。此前，他因设计 X 射线望远镜一举成名。他把这些望远镜发射到太空中，研究太阳以及恒星之间被称为星际介质（interstellar medium）[1] 的空间物质。"沃克博士的望远镜捕捉到的太阳日冕（corona）[2] 光谱彻底改变了我们对我们所在的太阳系中心的恒星的认识。"这是随同我的录取信一起寄来的物理系宣传手册上的话。

沃克是独生子，父母分别是黑人和巴贝多人。他父亲是一名律师，他母亲是一名社会工作者。他在纽约哈莱姆长大。在他妈妈的努力下，他接受高质量教育，上过纽约市最好的以理科见长的高中。

在凯斯西储大学获得物理学学士学位并在伊利诺伊大学获得天体物理学硕士和博士学位后，沃克到空军武器实验室工作。在那里，他设计把卫星和照相机发射到太空的火箭。来斯坦福大学之前，他在航空航天公司工作了十年，研究太阳和地球的高层大气

---

[1] 星系内恒星与恒星之间的物质。

[2] 太阳大气的最外层，可延伸到几个太阳半径甚至更远处。温度达百万开氏度。

（upper atmosphere）[1]。他最近的重大项目是设计并向太空发射多层反射镜，对太阳的极紫外光（extreme ultraviolet light）[2]和软 X 射线（soft x-rays）[3]进行成像。他是太阳物理学界的超级明星。

在拜访沃克之前，我和其他物理学系教授匆匆一对一会面，感觉就像极速相亲。他们都乐意在无人打断的情况下介绍自己的研究工作。我努力听讲，点头，好像我真的听懂了一样。他们没有问我任何问题。这就像一场糟糕的相亲，完事后我们都如释重负。

到了沃克教授的办公室门前，我差点找不到他，因为里面所有的水平表面上都堆满了文字资料，包括地板在内。我站在门口，盯着他从科学期刊堡垒后面露出的头顶。他正在用某种量角器专心测量铺在木制绘图桌上的一张大大的蓝图。

我敲敲门框，提醒他注意有访客。

"什么事？"他眼都不抬，继续专心测量。大约二十秒钟后，他终于扬起头，看到了我。他眉心的结舒展开来，弯了弯嘴角。

"你好！请进。呃……找个地方坐吧。随便搬开哪一摞资料都行。"

我小心翼翼地把一摞四英尺高的资料从椅子上搬到地板上。我可不想让它们散落一地。

"欢迎来斯坦福，"他说，"介绍一下你自己。"

---

[1] 距地面 85km 以上的大气层。

[2] 又称极端紫外线辐射，是指电磁波谱中波长从 121 纳米到 10 纳米的电磁辐射。

[3] X 光线波长介于紫外线和 γ 射线间的电磁辐射。

　　我讲了一遍我那简陋的学术简历，跳过大部分个人背景，强调了我对空间研究的兴趣。我告诉他，我在加州大学伯克利分校的一个研究小组找了一个暑期研究项目，该小组正在建造一个实验性的暗物质（dark matter）[1]探测器。

　　"很好！"沃克教授热情地回应，"我主持一个实验天体物理学项目，用探空火箭为太阳日冕成像。今年春天，我们将发射十四个望远镜，组成阵列，研究太阳大气层。实验有效载荷（payload）[2]完全由我们自行设计、校准和发射，所以每个人都能得到实践经验。"

　　辛西娅·麦金太尔指点过我，我应当向任何有可能带我一起做科研的教授提出两个问题："在您看来，您的研究生毕业后学有所用重要吗？"以及"您以前的学生目前都在做什么？"今天早些时候，当我向斯坦福大学的其他教授提出这些问题时，他们都斜眼看我，好像我想得太远了。但沃克教授不是这样的人，他坦率回答我的提问。

　　"确保我的学生得到好的职位对我来说非常重要，"他说，"我的第一个博士生是萨莉·赖德，她很优秀。"不用他说明，我也知道她是第一位进入太空的女宇航员。接着，他列举了几位他指导过的黑人学生，他们目前都在学术界或产业界工作。

　　空间研究、火箭发射的有效载荷、望远镜。我被打动了。

---

[1] 由天文观测推断存在于宇宙中的不发光物质。
[2] 航天器上装载的为直接实现航天器在轨运行要完成的特定任务的仪器、设备、人员、试验生物及试件等。

"我想加入您的小组，沃克教授！"

他咯咯笑："走着瞧。"

在决定去哪所研究生院之前，我需要了解他们分别提供多少资助。杰茜卡从信箱里取来助学金通知书交给我，我都不敢拆信封。我不知道自己能否适应斯坦福大学及其乡村俱乐部氛围。阿特·沃克很不错，但如果我去斯坦福大学，我会不会充其量只是个一流的代码转换员？杰茜卡能不能适应那里？

信封的背面印有学校的德文格言：Die Luft der Freiheit weht. 下面一行英译文我看懂了："自由之风永远吹拂。"这似乎是一个好兆头。我拆了信。

通知书上写着，斯坦福大学为我提供每年一万五千美元的津贴——比其他三所学校高出四千美元。杰茜卡和我兴奋得直跳脚，直到我们的州街小公寓的地板都开始摇晃了才停下来。

52

在杰茜卡和我西行去加利福尼亚之前，我想去跟爸爸道别。他没来参加我的大学毕业典礼，我已经有一段时间没有见到他了。我的哥哥拜伦给了我他现在居住的公寓的地址。它在东新奥尔良的一个贫民区，完全不符合爸爸的一贯水准。此前他住在一个体面的中产阶级住宅区的一栋漂亮的房子里。拜伦警告我，不要把我的车留在街上自己看不到的地方太久。我把车停在了公寓楼旁边的停车场，座位上没有留任何东西。

　　我敲爸爸公寓的门，有人隔着紧闭的门大声问我是谁、来干什么。终于，这人让我进了门。我震惊地发现，他是皮内伍兹的博比·凯利——我的堂哥，把 B&M 俱乐部转卖给爸爸的人！他似乎没有认出我，也不记得我。说实话，他已经不成人样，我差点没认出他来。我看到有人在他身后的地毯上爬行，仔细审视每一个线头，希望能找到一些掉到地上的可卡因碎屑。原来这是他的兄弟哈斯克尔·凯利。我不知道凯利兄弟在爸爸的公寓里做什么，但我听说在皮内伍兹，可卡因毒瘾已经像在杰克逊和东新奥尔良一样横行。爸爸坐在沙发上，眼球紧贴着玻璃管的一端，希望能发现还可以再吸一口的残渣。当时是早晨，彻夜吸毒后的阴沉饥渴时刻。

　　"小詹姆斯……"爸爸喃喃道。他的视线几乎没有离开过玻璃管。"很高兴见到你。"他的 T 恤上有污渍。他胡子拉碴，眼神迷迷瞪瞪。

　　"我也很高兴见到你，爸爸。"我没说实话。看到他十足瘾君子的模样，我的心都快碎了。爸爸和凯利兄弟一直混得不错。他们时髦、世故，开好车，穿漂亮衣服。我小的时候，他们就是风格和形象的标杆。他们总能挣到钱。现在他们看起来像……像奴隶，我的脑海里闪过这个念头。我真想赶快跑出去，回到我的车上。

　　"想抽根大麻烟吗？"爸爸边问边扫视房间。这时我注意到公寓里几乎没有家具，而且在我记忆中第一次没有看到大麻。

　　"斯蒂芬妮！"他叫了一声。他的年轻妻子从卧室里探出头来。"给小詹姆斯找点吃的。"说着，他重新回到对玻璃管的一心一意的审视中去。

斯蒂芬妮把我领到厨房，瞄了一眼冰箱内里。"看看这个空荡荡的冰箱，"她叹了口气，"这就是我过的日子。如果我没能抢在他前面拿到他的养老金支票，这里根本就不会有吃的。"

爸爸退休后，每个月的月初和月底都会收到一张养老金支票。斯蒂芬妮告诉我，他三天前收到了一张支票，当天早上就吸毒花光了。出于礼貌，我坐在厨房桌子旁，吃了一块涂了果酱的面包。斯蒂芬妮则解释了困顿的家境。她仍然在医院当夜班护士，但她不敢把她三岁的女儿贾拉留在家里，和他身边的那些混混在一起。

"他当着自己孩子的面吸毒，"她说，"他已经没有羞耻心了。"她告诉我，他已经卖掉或当掉了家里所有值钱的东西，甚至连他的旧渔具和猎具都卖掉了。家里一把长枪或猎枪都没有。斯蒂芬妮正试图说服他跟她和贾拉一起去亚特兰大。她在那里有亲戚。也许他们可以重新开始。

"小詹姆斯。"爸爸用嘶哑的嗓音低声说。我转身看到他站在厨房门口，双手搂着他那把大大的点44口径麦林手枪。"你去克里格典当行帮我把这个当了。要一百一十美元，他们上次就给了我这个数。当票别弄丢。"那把枪蕴含着他的骄傲和快乐，把它交给我让他很痛苦。

"然后，你帮我去一趟这里，"他递给我一张写有地址的纸片，"给我买些可卡因。除了吉米，不要向其他任何人买。要告诉他，你是给詹姆斯·普卢默买的，听到了吗？"

"我听到了，爸爸。"

但我真正听到的是我儿时的偶像从神坛上坠落的声音。

一小时后我返回时，爸爸已经在门口等我了。他拿到可卡因就直奔卫生间去吸食。但他并没有关上卫生间的门。我等着他出来，因为我带了我的陶格鲁学院毕业文凭来给他看。虽然妈妈和布里奇特后来都拿到了高中同等学力证书，但我是我们直系家庭中第一个从大学甚至高中毕业的人。我想，看到我的毕业文凭，听到斯坦福大学的消息，他会感到自豪的。

隔着卫生间门看他吸了大约十分钟之后，我明白过来，如果我想和他说话，就得进去说。我的脚刚踏进门里，斯蒂芬妮就拉着贾拉的手从走廊那边走过来，在我身后一脚把门踢关了。

里面空间很小，白色的蒸汽让我的鼻子和大脑发痒。在爸爸吸毒的同时，我解释说，有四所学校录取了我，我选择了斯坦福大学，因为他们给我的钱最多。他慢慢地点头，但我不知道他是否在听。

"为什么不去路易斯安那州立大学？"他在吸食间隙问道。"那是所好学校。你不用横跨整个美国去上学。"他的嗓音发抖，他的牙齿上下打架。

"路易斯安那州立大学是很好，但斯坦福是最好的。那里毕业的黑人物理学博士最多——所以它是我最好的选择。再说，我上学还有钱拿。"

"那就好，"他说着深吸一口，"你现在是大人了。哦哦。"等他睁开眼睛，我发现他的瞳孔完全放大了。他在看我，但他看不到我。

"你想来一口吗？"他问道。

"不，我不用。"

他又吸了起来。

"天黑下来了，爸爸。我的车就停在外面街上。"

他点点头："我想你最好还是走吧。"

"好的，爸爸。再见。"

我回到车上，握紧方向盘，直到我的双手不再颤抖。我意识到，我还没给爸爸看过文凭。

第四部分

在斯坦福望星空

STANFORD STARMAN

如果科学家的目标是追求真理，那么他必须与他自己所读的一切为敌。他也应该怀疑自己，以避免有偏见或放宽标准。

——伊本·海赛姆（Ibn Al-Haytham），
"科学方法"（Scientific Method）的创建者

53

我没过多久就想明白了，到了斯坦福，我将从最底层做起。

开学第一天，二十名新来的研究生聚集在物理学大楼的大堂里。有人传过来一张表格，上面列出了我们所有人的名字和我们的本科院校。它就像一份美国和世界各地科学中心的前十名榜单：哈佛大学、麻省理工学院、加州理工学院、普林斯顿大学、剑桥大学、牛津大学、慕尼黑工业大学、莫斯科物理技术学院。

学生们看起来很友好，但我能感觉到他们的矫情扑面而来，不得不站到大堂最里面的角落。我礼貌地同几个学生打了招呼，但大部分时间都只是在后面观察。

主持集会的教员重复了我们在参观校园期间听说过的内容。斯坦福大学之所以选择了我们，是因为我们是来自世界各地的申请人当中的佼佼者。我可以看出，其他学生都对自己的能力相当有信心。我也一样。我刚刚在暑期完成了我的第一个严肃的物理学研究项目。我在加州大学伯克利分校的粒子天体物理学中心实习，帮助一个研究小组建造低温暗物质探测器。我只用了两个星期就完成了我的项目——设计电子抗混叠滤波器（antialiasing filter）[1]，远远提前于计划。上一学年，这个任务一度被分配给一名伯克利本科生，但他没能造出滤波器来。因此我相当自负。

在场的研究生们仔细阅读表格上的人名和对应的本科院校。终于，他们对一个前所未闻的学校产生了好奇：陶格鲁学院。

"詹姆斯·普卢默是谁？"有人大声说出了心里的疑问。

"他一定是个天才。"另一个学生开玩笑说。

没过多久他们就推断出，那个腼腆的、不和别人搭话的黑人学生一定就是陶格鲁学院毕业生。旋即，一小群学生围住我，纷纷向我发问——这是我第一次遭遇言必称"嗯，其实"的人。这种物理学书呆子总是情不自禁地纠正他人陈述中的错误，小错和无关紧要的错误统统不放过。

"你做什么类型的研究？"其中一人问。

"今年暑假我在伯克利参加一个低温暗物质探测器项目。"我说。

他们露出赞许的表情。我本应就此打住，但当然，我没有。

"我们用一个锗探测器直接探测暗物质。"我解释说。

"用什么方法？"另一个学生问，"暗物质就像 WIMP[2]，也就是大质量弱相互作用粒子，直接测量有问题啊。"

"我们计划探测同锗原子碰撞的暗物质粒子。"我回答的时候就知道糟了。

"嗯，其实，"第三个人插话，"锗是一种半导体，所以任何

---

[1] 一种放在信号采样器之前的滤波器，用来在一个重点波段上限制信号的带宽，以求大致或完全地满足采样定理。

[2] 大质量弱相互作用粒子，暗物质模型。

WIMP 碰撞都会产生电子空穴对和声子，可以分别用 SQUID[1] 和 FET[2] 读出。"

我连声子、SQUID、FET 是什么都不知道，但我佯装镇静。

"你为什么选择斯坦福？"又有一个人问我。

"因为他们录取我了呀！"我半开玩笑地回答。没有人笑，所以我赶紧试图挽回颜面。"我想来西海岸，这里只有两所顶级物理学校，斯坦福和伯克利。两所学校都录取我了。"这话有水分。伯克利大学最初拒绝了我，但在我做完暑期研究后，他们的研究生项目给了我一个名额。

"嗯，其实，西海岸有很多学校的物理专业不错。"一个学生反驳道，其他几个人点头赞同。"除了加州理工学院，还有华盛顿大学、加州大学圣塔芭芭拉分校、加州大学洛杉矶分校、加州大学圣迭戈分校……"

"哦，我不知道那些学校。"我的回答招来了各个方向的饱含不满的蔑视。当这群爱说"嗯，其实"的人对我失去兴趣、撇下我相互聊天时，我感到如释重负。

很明显，我是同期研究生中的异类。每年，斯坦福大学物理系都会招收一个像我这样的学生——他们的学术基础落后于同年级其他学生，之所以被录取是为了表明校方的多元化努力。他们不一定都是黑人，也可以是拉丁裔，或者女性，甚至是来自美国贫困地区的白人。我是同年级未来物理学家中的外来和濒危物种。

---

[1] 超导量子干涉器件。
[2] 场效应晶体管。

我的学术导师沃尔特·迈耶霍夫教授解释说，他们有计划帮助我弥补常年在所谓的"未得到充分服务的社区"里的学校就读的缺憾。他建议我先读一年本科高年级的物理学课程，不要直接学习研究生课程。我看得出来，他担心我听了这个建议会觉得受了侮辱。但我并不傻。暑假里跟加州大学伯克利分校的物理学研究生共事的经历告诉我，我得迎头追赶才行。我要补的不只是课业。其他人貌似都去过欧洲，学习过第二或第三语言，还会看着日语菜单点菜。因此，我一点都不反对迈耶霍夫的建议，自愿学习两年的本科生课程。我算过，等我拿到博士学位，我已经三十出头。但只要他们付钱让我学习和做研究，这份工作我要定了。

得知我愿意放下自尊、为在斯坦福大学取得成功而努力，迈耶霍夫表示赞赏。"我跟你说实话吧，"他说，"系里的情况正在发生变化。我相信你知道，在过去十年里，斯坦福大学培养了三十名非裔美国人物理学博士——比其他任何学校都多。不幸的是，我们的一些年轻教师并不支持这个项目。其中一位是现任系主任。他反对录取你，但投你赞成票的教授占了多数。所以，你一定要在研究生物理课程里表现良好。如果你大部分研究生课程都能得A，而且能通过博士资格考试，你就证明了自己。缓和我们那些同事——不支持未得到充分服务的学生——态度的最好方法就是通过资格考试。"

提到资格考试，我想起了乔莉小姐对我的评价，她说我不具备从清洁工晋升为门童的资格。我想到了系主任，一位很有可能赢得下一个诺贝尔奖的原子物理学家，想知道我该怎么做才能说服他接受我。

我知道我必须超负荷工作，否则没法同这群常春藤名校毕业生竞争。然而我并不担心。我或许是研究生项目里学术基础最差的人，但我知道我可以比任何人都勤奋。我曾经扛着大号度过闷热的密西西比州夏季，挺过了海军新兵训练营的煎熬和卡帕－阿尔法－珀西兄弟会的欺凌。就苦差事而言，我知道我能应对这所乡村俱乐部学校可能加诸我的任何东西。

不过，我那时不知道自己还有哪些东西不知道。

54

为了保险起见，我决定首先重修已经在陶格鲁学院上过的三门课程。没想到，这三门课跟本科时大相径庭。它们的名称一样，涵盖的材料一样，至少在最初的几周一样。然而，斯坦福大学的教授们以更高的水平来教这些课程，对学生的期望也更高。他们的进度更快，课上实际教授的内容少得多。他们绝对以业界大佬自居，而我们的任务就是奋力在思维上与他们平起平坐。在我看来，他们认为自己的工作是给你一个机会，让你近距离观摩他们的才华——而不是真正教你学习材料。

此外，我从未见识过他们布置的那种问题集。每本物理学和数学教科书在每一章的末尾都留有待解习题，通常就是家庭作业。最具挑战性的习题都标有星号或感叹号。在陶格鲁学院，教授们从不布置最难的习题。在斯坦福，他们只布置这类习题。如果章末没有足够的打星号习题，不足以复习全章内容，教授们会自行编写更难的题目让我们做。

每门课程的第一次课上，教授们都发出了同样的警告："我强烈鼓励你们参加学习小组，合作完成习题集。不参加学习小组的人不可能获得出色成绩。"

我此前已经听说，物理学本科学生们一到晚上都在瓦里安物理大楼的四楼非正式聚会，一起攻克习题集。于是，晚饭后，我也去了瓦里安大楼，找了一张空桌子安营扎寨。

事实证明，我在量子力学课上领先于许多学生。之前在陶格鲁学院，我从蒂尔博士的一对一辅导中学会了狄拉克"左右矢"符号和狄拉克德尔塔函数。其他学生看到我唰唰地解题解得飞快，有几个人就过来问我该怎么用德尔塔函数。能帮助他们，我很高兴。

然而，下一周的习题集是关于量子隧穿的，解题在很大程度上依赖线性代数，把我给难住了。既然上一周我帮过这么多其他学生，我觉得这下可以找他们投桃报李。我找了一个学生求助。他告诉我他帮不了我。于是我又找了另一个学生，得到了同样的答复。我以为他们都和我一样做不出来。埋头孤军奋战了几个小时后，我站起来活动一下身体。这时我注意到有一群同学围坐在一起解题。从放在桌子上的纸张看，他们已经解出了大部分习题。看来他们能教我了，我松了一口气，走上前去问他们是不是有头绪了，能不能帮帮我。

"抱歉，"除了答话的学生，其他人都一声不吭地看着我，"我没法帮你。"

"你们都没解出来吗？"我问，"我刚才以为看到你们的答题纸了。"

"我们有点头绪。但还没到可以分享的地步。抱歉。"

我走向围坐在另一张桌子旁边的同学。他们发觉了，翻动书页，盖住已经解完的题目，露出待解习题。

"嘿，"我跟他们打招呼，"这个习题集我觉得好难啊。你们会解了吗？"

"会，"其中一人回答说，"我们把大部分题目都解出来了。里面有窍门。你再试试，多解一会儿就会明白过来的。"

我感到很困惑。之前的习题集，他们想我怎么帮我都来者不拒。现在他们却一口回绝我？班上的一个学生在图书馆靠门的桌子旁边做题。不找这些人了，我心想。我就去问问他。

"嘿，"我说，"我觉得这周的习题集很难。他们说解题有个诀窍。我能写出六个方程式、设出六个未知数——接下来的代数运算我就晕了。我试着把可能的数值代入方程式，然后反复试算，实在太繁复了。"

这家伙故意提高嗓门。"是有一个诀窍，"他成功地让每个人都听到了这番话，"但你必须靠自己把它找出来。没有人替你做这件事。你要为自己的功课负责，不是我们。"我转身走开，他在后面大声教训我："我们这里有些人在向别人求助之前读过书。"

我万分震惊地停下脚步。我好想抓住他的脑袋，踢他的屁股，至少呵斥他几句。但我可不能做出让他们如愿的反应。我收拾好自己的东西，在做出一些会让我后悔的事或者说出一些会让我后悔的话之前离开了大楼。我被侮辱了。

去他们的，我心想。如果事情是这样的，就让它去。我会加倍努力，胜过这帮浑蛋。

我把自己这具人肉暗物质探测器开到最高挡。从那一刻开始，我决心在学业上自力更生。

55

我继续拼命学习。我的研一同学们很快就开始开玩笑，说我住在物理图书馆里，因为我几乎每天晚上都在那里度过。我只在其他两个地方定期见到研究生们。一个是每周一次的物理学座谈会，来自世界各地的顶级物理学家应邀前来介绍他们的研究成果。还有一个是我第一学期选修的一门研究生物理学课程：斯坦福大学研究活动。

大部分内容都令我极度厌烦。我无法想象自己的整个职业生涯都在室内度过，埋首实验室工作台或者电脑键盘，研究凝聚态物质（condensed matter）[1] 或者光学（optics）[2]。我想做一些恢宏的天体物理学实验——类似爱丁顿（Eddington）于一九一九年组织考察队远赴非洲和巴西观测日全食（total eclipse）[3]，测量没有质量的光是否会像爱因斯坦的广义相对论所预测的那样受到重力的影响。或者我打算建造一些可以发射到太空中的东西，去窥见银河系的遥远角落。宇宙中奇特的异常现象——虫洞和扭翘的时空连续统——让我兴奋不已。在我看来，唯有相对论、量子物理学和

---

[1] 物质固态与液态的总称。

[2] 物理学分支。

[3] 日食的一种，即在地球上的部分地点，太阳光被月亮全部遮住的天文现象。

天体物理学才能激发我的想象力。

一九九一年，斯坦福大学并没有进行多少实验性太空研究。感谢上帝，阿特·沃克带着他的太阳软 X 射线照片出现了。

他的发言开头跟其他物理学教授的一样呆板。他谈到了"日冕加热问题"和"太阳风（solar wind）[1] 问题"等几个世纪以来科学家们试图观察和了解我们太阳系中心这颗恒星时所遇到的问题。

幻灯片放映开始了，沃克教授如同老父亲般骄傲地展示起他孩子的照片。只不过他的孩子是由火箭发射的望远镜阵列和他的半打研究生。

灯光暗下去，屏幕上出现了一个黑色太阳图像。我觉得这就是一个巨大的黑色圆盘，从边缘处散发出缕缕光线。"这是一九八八年三月十八日的日全食图像，"沃克解释说，"这张图片中心的太阳表面之所以是黑色的，是因为月球挡住了我们的视线。与此同时，我们看到了更暗淡的白光日冕。"

他解释说，直到最近为止，我们只能在日食期间观察和拍摄太阳温度高达百万开氏度的外层大气，即日冕，而且我们只能观察到日冕露出月球边缘以外的部分。但由于在日全食期间，月亮看起来比太阳略大，所以我们无法观察到太阳表面的日冕源头。

"为了同步捕捉太阳全盘日冕的高分辨率胶片图像，我们需要开发和部署一种新的望远镜技术：极紫外光和软 X 射线多层光学系统。我和我的学生设计并测试了这些极紫外反射镜和

---

[1] 日冕因高温膨胀而不断向行星际空间抛出的粒子流。

滤波器，把它们加载在十四个独立的望远镜上，然后把望远镜发射到地球大气层上方的太空，否则地球大气层会吸收掉我们希望在胶片上捕捉到的光线。今年五月十三日，我们的团队从新墨西哥州的白沙导弹试验场发射了多光谱太阳望远镜阵列，简称 MSSTA。"

接下来的一系列幻灯片显示了沃克的研究生们在他的斯坦福大学实验室测试光学器件和研究 MSSTA 有效载荷。然后是团队在白沙导弹试验场为 MSSTA 的发射做准备。看到沃克的学生们将有效载荷安装在由奈克导弹助推的黑色布兰特火箭上并准备发射，我可以感受到会场里的兴奋之情。继火箭升空的画面之后放映的图片里，沃克团队着手回收在太空飞行五分钟之后返回地面的望远镜和相机。

"现在，你们将成为除了我的研究小组以外第一批看到 MSSTA 首次飞行拍摄成果的人。"

他放映的第一个图像看起来像一个被白色火焰覆盖的黑色球体。"这是太阳气温为一百五十万开氏度时的图像，它在放射十二价铁——十一倍的电离铁。"

坐在灯光全暗的礼堂后排的我忍不住举起手大声提问："对不起，先生。您刚才说这是我们的太阳？"

"没错，"沃克回应道，"你们看到的位于太阳中纬度地区的白色环形结构、两极部位的羽流，以及分布在圆盘上的紧凑亮点都是日冕结构。这是迄今为止人类获得的太阳极紫外光冕的最高分辨率图像。"

这是一个荡气回肠的景象。一幅又一幅炽烈的图像颠覆了我们对太阳外观的认识，惊异的吸气声和赞叹声此起彼伏。我的大脑飞速运转，试图理解这些图像的含义：这就是太阳日冕的真实面貌？哇！这对我们银河系中数以千亿计的恒星和数以万亿计的银河系以外的恒星意味着什么？它们都像这样"燃烧"吗？我把宇宙想象成一个由恒星体组成的矩阵，每个恒星体都是一个巨大的超热物质球，表面覆盖着一个巨大的甚至更热的等离子体磁场森林，在风、羽流和黑子的狂风暴雨中剧烈抖动。我对太阳或恒星的认知焕然一新。

因为这些照片，礼堂里喧闹不已。沃克和我们一样，为他和他的团队所捕捉到的神奇图像开心微笑。这就好像他把 3D 眼镜递给我们大家，让我们第一次看到了多维世界。没错，沃克博士如我前面所述，已经"洗白"。没错，他是太阳物理学精英阶层的一分子。但他流露出的对他所探索的恒星世界的挚爱里有一些纯粹的、几乎称得上童真的东西。

站在礼堂后面的我意识到，我现在是少数几个看到过太阳不为人知的面孔的地球人之一了。数万年来人类只能对太阳系中心那个明亮的球体眯眼观察、妄加猜测，现在我们终于看到了太阳的真实面目。

我那时候还不明白这些图像的重大意义，也不懂为什么它们对于我们了解其他星系的其他恒星非常重要。但我觉得这些照片好像掀开了我的头盖骨顶部，自上而下搅动了大脑里的一切。彼时彼刻，头几个月在校园里经历的种族迫害、预科生们的势利眼和羞辱都被我抛在脑后。我一心想着，我要加入阿特·沃克的研究小组。

56

第一个学期期末，加入阿特·沃克的研究小组或其他任何研究小组的机会都被我搞砸了。我竭尽全力地学习，但我孤军作战，怎么学也学不好。我在陶格鲁学院得过 A 和 B 的课程，到斯坦福再上一遍，只能得 B 和 C。这感觉就像不及格。以往，如果别无选择，我就会下狠劲，然后我就会成功，然后就可以大大地舒缓一下情绪。这一次，我比以往任何时候都刻苦，可还是跌了一个大大的跟头。

第二个学期一开学，我在下坡路上滑落得更快了。我选修了完全不熟悉的数学和物理课程，而且依然孤军作战。期中考试时，每门课的最低分数都是我得的。

地板上有个洞，我掉进洞里，下面没有人接住我。如果我退出，我将一无所有。我不能回皮内伍兹去，可我也不知道怎样在斯坦福大学坚持下去。一天晚上，我哭着给布里奇特打电话。自从我十岁以来，我还没有在她面前哭过。

"你干吗哭哭啼啼地给我打电话？"她问，"我又不是你妈妈。"我不知道妈妈的确切地址——她那时再次居无定所，而且我不愿意向她承认，我在一棵老橡树上爬得太高，不敢爬下来。再说了，布里奇特很忙，她要抚养自己的孩子，不想我这个大男人一脸苦相去找她。

我决定去见我的学术导师迈耶霍夫教授。也许他能告诉我如何安然度过第一年。他不在办公室，于是我席地而坐，背靠他办公室前面的墙，等他回来。

半小时后，道格拉斯·奥谢罗夫教授从走廊对面的实验室走出来。几个月前，作为研究生轮岗的一部分，我在他的超流体（superfluid）[1] 物理实验室待过很短一段时间，没出成果，此后就再也没有见过他。当时他分派给我的任务远超我的能力，与测量氦 –3 的超流动性有关——这是他发现的氦的一个相，几年后他也因此获得了诺贝尔奖。因为指定任务没完成，我不好意思继续参加他实验室的组会，从那以后一直巧妙地躲避他。

我蜷缩在迈耶霍夫办公室外面的地板上，想象着能有一件隐身衣盖住我的可耻之态就好了。

"嘿，詹姆斯，"他高高兴兴地叫我，"你坐在地上干什么？"

"我在等着见迈耶霍夫博士。"

"哦，是吗？为什么？"

我嘟哝了几句，大意是学业太难，我可能要退学。

"你为什么不进来和我谈谈呢？"他说着示意我跟他进他的办公室。他一字不提我没有完成的任务，也不提他借给我而我一直没还的那本关于超流体氦的书。

"你为什么想到退学？"他问我。

"我觉得我不够聪明。"

"怎么会有这种感觉？当年录取你的时候，我们觉得你挺聪明的。"

"期中考试成绩刚出来。我每门课的分数都是班上最低分。"我说。

---

[1] 一种物质状态，特点是完全缺乏黏性。如果将超流体放置于环状的容器中，由于没有摩擦力，它可以永无止境地流动。

"我明白了，"奥谢罗夫回了一句，"你在上哪些课？"

"电和磁、量子力学、偏微分方程。"我答道。

"好吧，"他说，"量子力学考了什么？"

"我们考了一维谐振子（harmonic oscillator）[1]和氢原子。"我回答。

"很好。那么，"他递给我一支粉笔，示意我用他的黑板，"你能用一维谐振子的量子力学汉密尔顿函数写出时间无关本征值方程吗？"

"能。"我说着把方程式写在黑板上。

"好的。现在，你能用升算符和降算符以及它们之间的对易关系推导出能量本征值吗？"

"我觉得能。"我答完话就开始解题，很快就推导出了他要求的能量本征值。

"很好，"奥谢罗夫说，"你们的偏微分方程课期中考试考了什么？"

"我们算了三维热传导方程。"

"那好，用传导性和温度梯度写出热流密度。"

我再次独立完成了他的指令。

"不赖啊，"奥谢罗夫说，"你能用散度定理推导热传导方程吗？"

"能。"我在黑板上写出了数学运算。

"再来一题怎么样？"奥谢罗夫问。

"行。"

"我告诉你一个几何形状和边界条件，你来计算热传导方程的

---

[1] 亦称"简谐振子"，能进行一维线性谐振动的物质系统。

分离求解。"

"好。"我第三次按他的要求完成了任务。

"我搞不懂了，詹姆斯，"奥谢罗夫说，"这几个问题都挺难的，但你轻轻松松就做出来了。我觉得你的确挺聪明的。"

"也许吧。可是人人的成绩都比我的好。"

"考试成绩和对知识的掌握是两回事。一个学期的成绩不理想不会毁掉你的职业生涯。记住，你正在努力掌握物理学和数学知识，这需要很长的时间。现在才是你的第二个学期，而且你在跟那些从幼儿园起就坐享各种学业优势的学生竞争。但你有聪明才智和学习热情，一定会成功。你能不能答应我，坚持读完这一学年？之后，我们可以再讨论一次。"

我答应奥谢罗夫，我会继续上学。事后，我没有再等迈耶霍夫回来同他谈话，因为我希望听到的东西，奥谢罗夫已经告诉我了。他提醒我，是我的聪明才智和勤奋让我走到今天。我现在需要的是坚韧和毅力。对我来说，这意味着要忍受同学们不上台面的羞辱、保持谦卑、从下游迎头赶上。

57

我在学业道路上磕磕绊绊地前行，杰茜卡则回到杰克逊去上护理学校最后一个学期的课。她离开的前一天晚上，我听到她一边收拾行李一边哼唱格拉迪丝·奈特（Gladys Knight）的《开往佐治亚州的午夜火车》（"Midnight Train to Georgia"），有的歌词是她自己现编的："她要回去寻找……她离开的世界……一个更简单的地方和时代。"

自从我们在八月底来到斯坦福大学，杰茜卡就一直找不到归属感。起初，研究生院给我们的感觉就像某个电视综艺节目的赠品。斯坦福大学不仅每年付给我一万四千七百五十美元的学习和科研费用，还向我们提供了位于埃斯孔迪多村研究生宿舍区的一套带家具的公寓。我们搬进去后的第二周，杰茜卡在校园里的一家三明治店找到了一份工作。雇用她的女人为只能付给杰茜卡每小时七美元而道歉。我们笑死了。一小时七美元对我们来说是大钱。

可是，杰茜卡一直没有找到家的感觉。在埃斯孔迪多村找不到。在校园里找不到。在帕洛阿尔托也找不到。当我们第一次把车开进国王大道上的高级购物中心"城乡购物村"，把我们那辆破旧的尼桑山特拉轿车停在一排闪闪发光的新款宝马车和奔驰车旁边时，杰茜卡的额头耷拉到仪表板上。"我们跟这里格格不入。"她呻吟道。在校园里，每当我们走过修剪完美的绿色草坪，看到那些乡村俱乐部成员般的男女学生掷飞盘、躺在浴巾上晒日光浴的时候，她也有同样的感受。她想念南方口音和南方食物。我也一样。

我们要是厌倦了整天和白人混在一起，就开车向东穿过加州湾区铁路的轨道去东帕洛阿尔托——该市的黑人区。东帕洛阿尔托是帕洛阿尔托藏在阴影里的另一面。它距离斯坦福大学三英里，就在101号公路以东，是当年全国人均凶杀率最高的地方。可卡因毒瘾在社区里肆虐，那里的毒品团伙甚至比康普顿和奥克兰贫民区的毒品团伙更爱大开杀戒。我们光顾的位于大学路和海湾路交界处的麦当劳餐厅装有防弹玻璃，上面有飞车射击留下的凹痕。

那个街角是东帕洛阿尔托的历史缩影。它以前是一个小型商业区，有美国银行的网点和超市。街对面是一个非洲文化至上的黑人社区，叫作内罗毕村，因为其间居民都学过斯瓦希里语（Swahili）[1]。在那里，黑人名人的身影并不罕见。拳王阿里（Muhammad Ali）、政治家雪莉·奇泽姆（Shirley Chisholm）和节奏布鲁斯组合"耳语者"（Whispers）经常到访这里。然而，现在的东帕洛阿尔托没有银行网点，也没有超市。对名人而言，来这里实在太危险。

不过，相比在斯坦福大学校园里同言必称"嗯，其实"的学生共处，我在东帕洛阿尔托觉得更自在、更放松。在斯坦福，我得记住要像一个体面的理科书呆子那样说话，永远不可以省略辅音。东帕洛阿尔托的街道让我想起了杰克逊、休斯敦和洛杉矶中南部的黑人街区。我的黑暗视觉可以捕捉到东帕洛阿尔托每个角落的污垢，不要太脏哟。然而，东帕洛阿尔托的社区也有一种家的味道。洛基烧烤店供应肋排、焗豆和玉米面包，味道跟皮内伍兹的一模一样。街对面是"西部声音"唱片店，我可以在那里买些熏香和艾斯·库伯（Ice Cube）以及"BDP"说唱组合（Boogie Down Productions）的说唱乐磁带。我可以到"潮范"买一些都市风格的衣服。"切特家"出售各种各样的黑人杂志以及品种齐全的吸烟用具。在东帕洛阿尔托另一头的花园购物中心，我可以去"沃克和普赖斯的理发店"剪个新发型，在"水晶餐厅"吃点鸡肉和华夫饼。回家的路上，我们可以在东帕洛阿尔托边缘的"市场风

---

[1] 属尼日尔－科尔多凡语系尼日尔－刚果语族贝努埃－刚果语支。非洲东部和中部的通用语言。

格"书店买到非洲文化至上主义书籍。

旋即我们又回到了"城乡购物村",那里有"橄榄树地中海美食广场",广播系统里循环播放没有灵魂的背景音乐。

斯坦福大学有一个可取之处,那就是黑人学生们形成了强烈的社群感。我们有所谓的安全场所。校园里有一个黑人社区服务中心(又称"黑人之家"),我们课余时间在那里聚会。校园里甚至还有一个"非洲裔美国人主题"宿舍,叫作"乌贾马之家",晚间在那里消磨时光的大多数是本科生。本科生和研究生也有各自的组织:黑人学生会和黑人研究生协会。

斯坦福大学真正的黑人本科生精英是那些希望从事职业橄榄球或篮球运动的第一级别运动员和其他一心希望入选奥运代表队的体育明星。鉴于当第一级别运动员是一项全职工作,他们中的大多数人不会在外面喝酒或抽大麻,对参加派对也不太热心。泰格·伍兹(Tiger Woods)[1]是我在斯坦福大学读到第三年的时候才入学的,他的路数跟上述运动员如出一辙。高尔夫是他人生路上的重中之重,他大二之后就成为职业选手,参加美国职业高尔夫巡回赛(PGA Tour)。

斯坦福社区的黑人女性同我所居住过的每个黑人社区的妇女一样,严肃认真,承担重任。本科女性又酷又风趣,研究生女性则一心扑在事业上。后者也很酷,不过是那种因为认真才酷的酷,让你明白她们打算成为各自领域的领导者。黑人男生在这个方面

---

[1] 美国著名高尔夫球手。

落后于女生。众所周知，黑人本科男生的流失率很高，尽管他们中的许多人曾经就读于著名的预科学校，如新罕布什尔州的菲利普斯·埃克塞特学院和田纳西州查塔努加的麦科利中学。此外，有一小部分黑人学生"被白人蒙蔽了双眼"，他们的行为举止表明，他们只想融入斯坦福大学的白人预科生天堂。他们加入白人兄弟会和姐妹会，只和其他族裔的人约会，根本不想与黑人学生社群有任何关系。

幸运的是，斯坦福有一个卡帕-阿尔法-珀西兄弟会的分会，虽然它不像校园里的白人兄弟会那样有专门的住宅楼。上课第一周，我碰到一个身穿卡帕衬衫的兄弟。我向他打了我们兄弟会的暗号，他邀请我那个周末与当地的分会成员见面。后者跟南方的卡帕兄弟们截然不同——他们觉得我很怪，我也觉得他们怪。这里的大多数兄弟都没有黑人贫民窟生活经历，而且没有一个南方人。他们口中的"南方"是指洛杉矶。

特洛伊是为数不多的有黑人贫民窟生活经历的卡帕兄弟之一。他在奥克兰的街头长大，然后去东部的达特茅斯大学读书。大学毕业后，他回到湾区，在门洛帕克找到一份信息技术领域的工作，然后在斯坦福大学的邮件服务部承担管理职责。他和其他几位往届卡帕兄弟合住在校外的一套房子里。特洛伊很有个人魅力。他有一副金嗓子，女人们认为他是一个真正的"漂亮男孩"，而他的确漂亮。特洛伊对容貌和着装的讲究远超旁人。他是我认识的第一个请人修脚的黑人男子。和我一样，特洛伊喜欢抽大麻。

杰茜卡回杰克逊去上春季学期的课程了。我几乎每天晚上图书馆关门后都会去特洛伊家。我们在他的厨房里聊天和抽大麻。他喝起冰箱里的红牌伏特加酒都是一口闷的。

我很高兴能和特洛伊一起消磨时光，他跟我项目里的一本正经的白人书呆子不一样。和他在一起，我觉得很放松，就连可卡因第一次亮相时也如此。

<h1 style="text-align:center">58</h1>

我发现特洛伊喜欢在周末鼻吸可卡因粉末，或者把它掺在大麻烟里作为"加餐"。他是土生土长的奥克兰人，对东帕洛阿尔托了如指掌，还认识一个毒品上家——他的一个旧女友，名叫贝蒂。她是密西西比人，跟特洛伊和我一样在贫民区长大。从斯坦福大学毕业后，她在斯坦福医疗中心的行政部门找到了一份好工作。

我们每次去贝蒂那里买一两克的可卡因，然后就在她家泡着，一边打牌一边鼻吸可卡因或者抽掺了可卡因的大麻烟。我跟贝蒂很快就熟了。她那朴实的口音，充满活力、爱发号施令的个性，再加上一副敦实的身材，让我觉得很自在。我在妈妈身边长大，熟悉并尊重她和贝蒂等南方女人所体现的坚强、聪明和自信。

我从来没有喜欢过鼻吸可卡因。一天晚上，特洛伊在厨房台面上排出一条条可卡因粉末——在我看来这是白白浪费上等可卡因，我对他说："嘿，哥们儿，你有没有想过提纯？"

"什么意思？"

我说："我做给你看。"

我把他带回我在埃斯孔迪多村的公寓，将可卡因粉末提纯成晶体。

特洛伊以前从未吸食过可卡因晶体。我出于自私的目的——这也是可卡因瘾君子的唯一目的——希望他能喜欢。果然，他的瞳孔放大了，眼神呆滞。

你会认为我的脑子里会有警钟响起，警告我远离可卡因晶体，甚至远离可卡因粉末。我已经亲眼见过可卡因怎样夺走瘾君子的意志和灵魂。它让我的父亲和 JG 倒下，也几乎使我倒下。然而，彼时彼刻的我却在埃斯孔迪多村——离物理学图书馆几百码[1]的地方——给特洛伊展示怎样提纯和吸食可卡因。第二天，我走进东帕洛阿尔托的切特家烟草行，买了一根玻璃管。我感觉这是世界上最自然不过的举动。它证实了我身上一直存在黑暗一面。

从在我公寓里提纯可卡因的那一刻开始，特洛伊和我就商定，我们必须保密——不能让校园里的任何人知道，绝对不能让贝蒂知道。这听起来可能很滑稽，因为她是我们的主要上家。然而，贝蒂是个不折不扣的严肃小妞，类似于养育我们俩成人的动辄踢我们屁股的女家长。她知道我们的人生路还很长。我们认为，如果她听说我们吸上了可卡因晶体，必定会叱骂我们。

没过多久，我们向贝蒂买的货就从一两克变成了一两盎司。而且我们不再跟她一起消磨时光、开派对。有一天晚上，我们几次三番去她在东帕洛阿尔托的公寓买货。贝蒂有一份朝九晚五的工作，早上一定要按时起床。因此，当我们第三次出现在她家门口时，她

---

[1] 英美制长度单位。1 码合 0.9144 米。

暴躁不已。"你们不可能吸掉这么多粉，"她说，"你们是在提纯吗？"

我们很紧张。当时，我们一副毒瘾难忍的样子，根本没法让人相信我们没有提纯。所以我们觉得大事不妙。没想到，贝蒂露出了大大的笑容。她说："好吧，该死的。我们现在就一起来提纯。"

贝蒂一上车，派对的列车就驶出了车站。贝蒂还引荐了一位朋友加入。特里萨是一个非常漂亮的浅色皮肤女孩，有着一头浓密的头发——她是那种穿低腰牛仔裤、露出里面的丁字内裤的小妞。特里萨上过帕洛阿尔托高中。它跟电视剧《飞跃比弗利》（Beverly Hills, 90210）里的学校差不多。特里萨是一个乖乖女，仍然和她妈妈一起住。但无论贝蒂去哪里，特里萨肯定都会跟着去。特洛伊、贝蒂和我都有职业抱负，在追求专业理想之余喜欢派对。特里萨只喜欢派对。

在经济上，我们都不宽裕。因此我们只负担得起一周几晚的派对。鉴于我们中的大多数人白天都得正常露面，所以我并不真的担心这次会坠入深渊。毕竟，特洛伊不是 JG。

不过，也有很多次我们遭遇险境。每当吸到深夜、贝蒂的上家断货的时候，我们只好去特洛伊知道的拿货"地点"。你在那些地方一停车，半打粗人就围过来。大多数是卖货的，但你必须注意那些玩阴的的人。他们会把袋子从你车窗上方的缝隙里塞进来，以此为借口让你打开车门——这时他们就会把你拽出车，用枪指着你的脸，然后抢劫你。诀窍是千万不要把车窗摇得太低，千万不要打开车门，而且绝对不能表现出恐惧。如果那些人在你身上闻到了恐惧的味道，你还不如直接奉上现金和车钥匙。

春季学期一天天过去，我的毒瘾越来越大。特洛伊受不了了。在一次特别邪恶的连续三十六小时狂欢中，我们吸光了特洛伊的退税款，三次在街头买货时被人用枪顶住。特洛伊决定自保，于是在洛杉矶找了一份工作。

特里萨是我们这一伙人里面最脆弱的一个。特里萨一陷进去就无法自拔，每况愈下。我对把特洛伊拉进这种生活感到内疚，对特里萨更感到内疚。贝蒂让她染上了毒品，不是我。但我知道，我们这些从街头走出来的贫民窟孩子比上过帕洛阿尔托高中的混血美女更扛得住。

59

有那么一段时间，我在街头和校园双面生活中游刃有余。我的一重身份是一个名叫詹姆斯的可卡因吸食者，他和他的伙伴们偷偷溜进东帕洛阿尔托，一整个周末不停地买货开抽。我的另一重身份是一个有抱负的火箭科学家詹姆斯，他的学习成绩实际上在那个春季学期有所提高。我逐渐适应斯坦福大学更高的学业标准，熟练掌握最高和最纯粹形式的物理学语言。我不再介意自己的初学者身份，一有听不懂的内容就打断别人："对不起，那个词我不懂。"我学得很快。一旦有人向我解释过一个词或术语，我就能像专家一样跟人交流。

期末，我受邀加入阿特·沃克的研究小组。我搬进了电子研究实验室（ERL）大楼的一个研究生共享办公室，还定期参加斯坦福同步辐射实验室（SSRL）的光束线实验。

在阿特的研究小组中获得一个名额并非易事。首先，我第一年的学习成绩必须良好。我没有得到 A，但我的年终成绩还算体面。其次，得阿特本人想要我才行。他要求我为 MSSTA 与太阳日冕光的相互作用建模，我顺利完成了任务。这项研究也为我发表第一篇论文奠定了基础。

签约前，他的研究小组先对我进行契合性审查。阿特的研究小组盛名在外，是一帮超酷的物理学家。诚然，他们都是聪明绝顶的书呆子，但他们的学生办公室是校园里唯一配备了高档音响的办公室。克雷格·德福雷斯特是一个天才的长发嬉皮士，开摩托车，从不穿鞋。有两个人跟他共用办公室。一个是雷·奥尼尔，电视剧《百战天龙》（MacGyver）主人公风格的解决问题达人。另一个是查尔斯·康克伯格，重生的基督徒，聪明而勤奋，以撬锁为爱好。对他们来说，在他们的团队中增加一个来自黑人贫民窟的酷酷书呆子讲得通——所以我入选了。

六月，杰茜卡放假回家，我的双重身份有暴露的危险。我不得不掩饰自己的夜间行踪，托词说我要在实验室工作到很晚——有时我真的在工作，有时我不在。

七月，杰茜卡怀孕了。

你可能以为，一想到第二次将为人父，我就会放慢脚步。但事实上，所有同莉萨和马特尔相关的伤心事再次袭来，我掉进了深沉黑暗的兔子洞。

马特尔的情况没有好转。莉萨搬到休斯敦，把他留在韦斯利查普尔的班尼小姐家。我支付孩子的抚养费，治疗费用由社保出。

但是，班尼小姐没有带马特尔去杰克逊治疗。之前在陶格鲁学院上学的时候，我会开车去韦斯利查普尔，到班尼小姐家接马特尔，把他送到杰克逊接受治疗，然后再把他送回韦斯利查普尔。但我不能定期接送马特尔，因为我还在上学。杰克逊的治疗师向杰茜卡和我解释说，如果马特尔能在七岁前习得某些能力，例如走路和说话，他就会终身具备这些能力。然而，由于他没有定期接受治疗，他的表现越来越差。杰茜卡和我试图把他带到杰克逊和我们一起生活，但没能成功。我觉得自己是个失败的父亲。

　　一到帕洛阿尔托，杰茜卡就去斯坦福医学中心询问有没有儿科护理方面的工作，因为这是她的专业。她发现那里有一个脑瘫治疗中心，似乎很适合马特尔。于是，我们又一次试图把他带到我们这里来住。班尼小姐告诉我："那是莉萨的事。"我想和莉萨商量，但她不睬我。

　　"到底是为什么？"读研的第一个秋季学期结束后，我回韦斯利查普尔过圣诞节，当面问她。她不回答。"是不是你不想让另一个女人抚养你的孩子？"莉萨双手叉腰，一言不发地盯着我。这个女人是石头做的。我心碎了。

　　我可耻的秘密街头生活——一个去而复返的秘密——让我很难为我和杰茜卡即将为人父母感到高兴。这个秘密似乎正在吞噬我们所有的幸福，而我不知道该怎样向她坦白：我们在陶格鲁学院约会期间，我曾经在杰克逊街头买可卡因；现在，可卡因又缠上了我，在铁路那边的东帕洛阿尔托呼唤我，诱惑我离开我们的家。

那个暑假，我没有任何课业。再说，特洛伊走了，没有人踩刹车踏板。贝蒂、特里萨和我尽情狂欢。

秋季学期一开始，我的时间安排就非常紧张。我开始担任阿特的本科天文学课的助教，而我自己也有满满的课业负担。此外，我还在 SSRL 与阿特的研究小组一起工作，我绝对不想搞砸了。

但可卡因一直在呼唤我，来吧，来找我。每天晚上，这个邀请如同歌声般在我脑海里响起。到了半夜，它就成了一条命令。

60

十月三十日，晚上十一点，斯坦福大学天文台

尽管我的脑袋快要像超新星一样爆炸了，但《观测员手册》上的土星坐标铭刻在我心中，好似已经文到了我的视网膜上。"赤经：20 度 59 分 6.4 秒，"我念叨道，"赤纬：18 度 20 分 33.2 秒。"我拨动旋钮设定坐标值，听到波勒西文望远镜的齿轮磨合到位的声音。然而，当我通过目镜窥视时，一朵随机飘过的云挡住了我的视线。

我的心思在别的地方。我早就计划好了，午夜要去吸可卡因。我的脑海里在放映电影里那种时钟特写镜头，秒针嘀嗒嘀嗒行走的声音还特意放大了。我一心两用，一边倒计时一边计算我在接下来的三千五百八十三个一秒时间里需要完成多少项任务。每到夜间毒瘾上来的时候，我就陷入这种状态。我的大脑就像一枚患上强迫症的计时器，在没有餍足之前，秒针不会慢下来。

这是我第一次担任阿特·沃克的本科生观测天文学课程的助

教。众所周知，"迷糊人"——这是我们给那些不得不选修一个学期的理科课程、以满足毕业要求的人文专业学生起的绰号——选修物理五十课比较容易得 A。我很幸运地得到了这份助教工作，一直到学期结束都有稳定收入。但我胸中似乎有一个紧握的拳头，似乎栖居着某种受伤的动物，它抑制不住的低沉呻吟穿透我脑袋里的一条狭长通道，不停向我呼唤。

云朵终于飘走了，土星的光环映入我的眼帘，我得救了。如果裸眼在几百万英里外看土星，它只是天空中一个暗淡的黄色光点。然而，在十四英寸施密特·卡塞格林望远镜的放大下，土星光环总能让我惊艳。仿佛是第一次，我向往地凝视着三大光环——冻结在土星周围的直径达十七万英里的冰和岩石。它们终于让我的大脑平静下来。现在，视野非常清晰，我不想离开目镜。

然后，我想起了我的午夜聚会，还想到学生们正在等着观测土星光环。只要他们没看完，我就不能收工。我不情不愿地让出望远镜，示意第一个学生上前。他们接二连三地发出惊叹声，绽开第一次看见土星光环时人人都会流露的灿烂笑容。

十一点二十八分，我跳上自行车，使劲踩踏板下山，来到 SSRL。我们的研究小组正在用直线加速器测量我们的望远镜反射镜对 X 射线和极紫外光的反射率及其同波长的函数关系。如果这些反射镜测试合格，我们将把它们安装在 MSSTA 二期的十九个望远镜上。这个阵列将于次年秋天搭载火箭发射。

我指望着溜进实验室，查看一下真空室，试运行一番，然后在十一点五十五分之前跑开。我祈祷阿特在家里陪伴妻子，没有前来查夜班学生的岗。想用光束线机器的人很多，大家必须竞争才能分配到宝贵的使用时间，所以实验是全天候进行的。阿特的研究小组采用十二小时和六小时轮班制。我的班次早上六点才开始，但我想检查一下氦气低温泵。几天前的晚上，它发生故障停机，我们花了差不多一整天的时间才让它运转起来。

我进去的时候，丹尼斯·马丁内斯正往一排真空吸附泵的杜瓦瓶里加注液氮。他手不稳，液氮泼得到处都是，所以我绕开他，往低温泵那里走。

"我这里快弄完了，"丹尼斯说着从他的真空装置上抬起头来，"抽真空需要花点时间。要不要喝啤酒？"

我和丹尼斯相处得很好，他来自厄瓜多尔，是我们组里的研三学生。然而，随着我脑海中那个钟面上的每一次秒针移动，我的午夜变身时间越来越近。

"好是好。"我说。看到低温泵上的电离压力计稳定在10-7托，我松了一口气。"可我答应杰茜卡在午夜前回家。她已经进入孕中期了，老是喊饿。她正等着和我一起吃第二顿晚饭呢。明天你下班、我来上班，咱们再聊。"

十一点五十六分，我又回到了凉爽的夜风中。我的自行车在下坡路上滑行，经过修剪整齐的草坪和被灯光照亮的喷泉。一对装扮成吸血鬼参加万圣节彩排的学生嬉笑打闹着穿过我面前的道路。

离午夜还有两分钟，我骑进埃斯孔迪多村，把自行车锁在入口通道外面。但我并没有进村。相反，我左转出了院子，沿着斜坡而下，快速走到国王大道。

　　贝蒂的车就停在路边，引擎没有熄火。我的精神顿时一振，释然中夹杂着兴奋和愧疚。一上车，我就迫不及待地想吸个痛快。和往常一样，贝蒂把特里萨也带来了。我们的计划是先去东帕洛阿尔托进货，然后回到贝蒂家开派对。不过，这只是一个大致的计划。特里萨声称，她知道哪些"地点"能买到货。

　　"该死的，不！我才不去你说的'地点'！"汽车音响里在放"戈托男孩"（Geto Boys）的歌。我必须大声说话才能盖过它。"去那里的话，你的屁股会吃子弹的！"

　　"别担心，孩子，"贝蒂柔声哄我，"我知道一个室内地点，每次都不会走空。一天二十四小时都能买到可卡因晶体。"

　　"别去街头买就行，贝蒂。我是认真的！"我说话的时候，特里萨在后排大笑。

　　经验告诉我，"每次都不会走空"的地点不存在。第一，带着两个漂亮姑娘去黑人贫民窟跟人接头本身就很危险，而贝蒂和特里萨那晚是精心打扮过的。第二，我看得出来，这两位女士已经吸过什么东西了，所以我们在起飞前就已经是雪盲了。第三，几个月前我的枪被偷了，故而除了上帝赐予我们的街头智慧——其实也没多少，我们没有任何保护措施。就这样，我们莽莽撞撞地开进了东帕洛阿尔托。

　　"我跟你们说，"我说，"我早上六点钟得回实验室。"

　　特里萨从后座俯身趴到前座靠背上，揉揉我的头，发出傻瓜般的笑声。"别担心，火箭超人。我们今晚会治好你的。"她点燃了一支掺了可卡因的大麻烟递给我。

　　穿过101号公路的时候，我暗暗发誓，我们一定要一次买够，这样几个小时之后我们就不会再来黑人贫民窟、在街头巷尾饥渴地寻找货源。我们一定要快点买好货，回到贝蒂家，安心开派对。

　　一点十五分，"二十四小时都能买到可卡因晶体"的地方名不副实。我们寻摸到这个地点，进屋上楼坐等上家，时间已经过去一个小时了。我已经数了两遍脏污墙纸上的蓝色矢车菊图案——四十三行，每行十六朵，总共六百八十八朵蓝色矢车菊，呈格子状排列，就像半导体里整整齐齐的原子。

　　一点四十分，一个穿着污渍牛仔裤和破旧 T 恤的、显然自己也飘飘欲仙的家伙带着货来了。特里萨在一个角落里跟某个不怀好意的假皮条客扯淡。我怀疑我们得扔下她自己跑路。我想拿了可卡因就走，但贝蒂坚持说我们要验货。"我们"是指我。贝蒂总想把屎盆子扣到我头上。

　　我往直玻璃管的一端塞了一颗晶体，嘴唇含住另一端。我点火，先柔和而稳定地吸吮，然后用力吸。这是发射前的最后倒计时。

　　仅仅用了几秒钟时间，蒸汽就溢出，穿过我的喉管，进入我的肺部。烟雾在我的肺部毛细血管里蔓延，同我的血液结合在一起，冲进我的心脏，然后搭上特快列车抵达血脑屏障，焦躁地等待回报。

　　我们点火了。我们起飞了。

　　计时器在我脑海里响起，告诉我该离开了。可那时特里萨已经和那个假皮条客去了街对面，后者大概答应给她一些更大、更好的可卡因。贝蒂出去找特里萨，我和一个我不认识的女人单独在一起。她掏出一根玻璃管给我。符合理智的事情——回家和杰茜卡在一起——是当时最难做到的事情。

一小时后，我们把货都吸光了。那个女人说："我们去 7-11 便利店里的自动取款机上取钱，继续吸。"我无法自拔，没有拒绝。

我从自动取款机里取出账户里仅剩的一百美元，走回她的车。一辆改装过的别克车在我们身边停下，四个小混混跳了出来。他们看起来大概才十四岁，但眼神凶狠。她对他们喊道："你们要钱，这个浑蛋有！"

一道银光闪过，我以为是一把刀，但等它递到我眼前，我才发现这是一把镀铬的短管转轮枪。有人把我狠狠地推到铁丝网围栏上，我后脑勺被枪顶着的地方冰冰凉。

我赶紧摘下手表胡乱挥舞。他们中的一个人夺过手表，另一个人则在我的口袋里翻找现金。

"射他的屁股！"那女人在我背后高喊。

我晕头转向，喊也喊不出来。我既跑不动也打不动。我的好运到头了。我知道有很多人都这样那样地掉进陷阱死掉了。现在轮到我了。我会死在这条人行道上。我再也见不到杰茜卡了。我永远见不到我们的孩子。

我双手紧紧抓住铁丝网，束手待毙。我听到他们扣动扳机，然后一声巨响。他们疯狂大笑，而我则双膝着地，纳闷为什么我没有感觉到子弹穿透身体。我听到他们跳进汽车扬长而去，这才意识到他们朝天开了枪。

他们走了。我要过一会儿才会后怕，才会流泪。彼时彼刻，我什么感觉都没有。我是死魂灵。

61

黎明时分，我徒步上山，艰难地朝 SSRL 走去。我满身痛楚，就好比斯坦福大学橄榄球队的进攻组整晚都把我当作擒抱训练假人在摔打。

因为身上没现金，我只好步行 3.5 英里回到校园。因为手表被抢了，我不知道时间。但我可以从猎户座在西南天空的位置看出，已经快到早上六点了，我在实验室的班次即将开始。

穿过加州湾区铁路的轨道之后，我的麻木感退去，情绪汹涌再现。而且全是不良情绪。我想吐、心痛。我恨我自己，因为我给自己挖了一个坑，然后跳了进去。我为把我的朋友们带入同样的坑里而感到羞耻。我为让阿特和我的研究小组、杰茜卡和我们未出生的孩子失望而感到羞耻。

我又累又害怕。害怕死亡。害怕那些为了不死我不得不做的事情。但我不能再这样下去了。有些事情必须他妈的改变。我必须找人谈谈。但找谁呢？我不能向杰茜卡坦白。她被蒙在鼓里，完全不知道我变成了这个样子，我不想让她看到。

我进了实验室。丹尼斯·马丁内斯坐在我们用来控制光束线的计算机面前，登出系统，等待下班。我看上去一定很狼狈，因为他上下打量我，然后问："你去了哪家酒馆喝酒，伙计？"

丹尼斯是年纪比较大的研究生之一，来读物理学博士学位之前在洛克希德公司当工程师。他比我早几年进校，和我一样，之所以被录取，是校方为了证明他们的多元化努力。所以我猜这就是我向他坦白的原因。或许，无论那天早上我遇到的第一个人是谁，我都会跟对方推心置腹。

"听着，"我说，"我接下来要告诉你一个秘密。答应我，你绝不会告诉其他人。"

丹尼斯似乎对当我的知己不太热衷。他耸耸肩说："好吧……"

于是我坦白了。我没有全盘托出，但透露的信息已经足够。我告诉他，我坠入了深渊。毒品之类的东西。我用沮丧的不带起伏的语调说话，一开口就停不下来。我告诉他，我已经无数次被人用枪指着，我以为我会死。但我不知道该怎样叫停。我也不知道该做些什么。

终于，我说不动了。他似乎茫然失措，不知道该跟我说什么。最后，他吐出这样一句话："你得跟阿特谈谈。"

和阿特谈话是我当时最不想做的事。我告诉丹尼斯，是的，我也许应该和阿特谈谈。然后我让他再次许诺为我保密。

我还有六个小时的班要上。我不能睡觉，没人安慰我，陪伴我的只有无情的荧光灯和像苟延残喘的老家伙那样喘着粗气的真空泵。这是一个可怕的前景。

到了中午，我的班次结束了。我无事可干，也没地方去。该面对我的导师了。

62

我终于鼓起勇气敲开阿特办公室的门，大胆往里面走了几步。文件堆积如山。我从他里间办公室的门口望去，发现他正在伏案工作，几摞高高的文件遮住了他的部分身形。

我敲了敲门框，但他忙着在文件上画重点、做标记，没有抬头。一分钟后，我更用力地敲了敲门框。他头也不抬地从眼镜上方瞥了我一眼。

"阿特，我能跟你谈谈吗？"

"行啊，"说着，他慢慢地摘下眼镜，坐直身体，"请坐。"

没有地方可坐，所以我只好搬开他办公桌前椅子上的一堆文件。从实验室走过来的路上，我试图打个腹稿，但没有成功。这是我自入校之后第一次与他在办公室里单独相处。在过去的十八个月里，我一直在寻找一个契机与他面对面交流、搞好关系。每个研究生都希望和导师搞好关系。现在，我终于在他的办公室里和他在一起了，可我却必须告诉他，我让他失望了。

我知道阿特可能会把我踢出他的办公室，踢出这个项目，但我孤注一掷。我只知道，我背负着双面生活的沉重负担，已经累得不行了，我需要卸下重负。

但我不知道该怎么开口，从哪里说起。

阿特一定看出来我出了问题，因为我的情绪非常低落。在他的实验室里，我通常是一个精力充沛、风风火火的人。但他什么都没说。他只是平静地等待着，两只手指尖相抵，搭成一个帐篷。

"事情是从陶格鲁学院开始的。"我说出了第一句话。然后我和盘托出。我讲了马特尔和我父亲的事情，讲了我怎么学会提纯和吸食可卡因，怎么辍学同 JG 一起在街头厮混，还有我当时做的所有其他肮脏的事情。然后我告诉他，去年寒假我毒瘾复发了——尽管我非常非常希望能在斯坦福大学取得成功，为他的团队做出贡献，加入他的下一次火箭发射项目。最后，我告诉他，昨晚在枪口下的遭遇让我明白，我不能再堕落下去了。还有，如果我想戒毒，我必须向他坦白。

在我倾诉的整个过程中，阿特静静地坐在那里听，脸上没有任何表情。等我说完了，他还是一言不发。

"嗯，"终于，他说，"这些事情你都不会再碰了，对吗？"

我想我一定漏听了什么。我拼命开动脑筋，想弄明白他的意思。他那么容易就原谅我了，可能吗？我能对阿特做出承诺并说到做到吗？在我刚刚告诉他一切之后，他真的会相信我吗？

"不会，"我说，"我再也不会碰这些事情了。"

"好。你结婚了，对吗？"

"是的。"我点点头。

"你妻子知情吗？"

"不知情，先生。"

"那你需要跟她谈谈。"

"是的……我会的。"

我知道他这是在暗示我可以起身离开了。但我似乎动都动不了。他一定是感觉到了我的迟疑，因为他把自己坐的椅子往后推了推，叹了口气。"你知道，你不是第一个在上升道路上遇到减速带的黑人。我在哈林区长大，我妈妈竭尽全力把我送进了晨边高地的一所学费昂贵的犹太学校，然后又送我进了布朗克斯科学高中。但这并不意味着老师们认为我可以在科学领域有一番作为。我的化学老师告诉我，如果我决心成为一名科学家，我应该考虑搬回是我父亲籍贯的那座岛屿，或者搬到古巴去。我妈妈差点把他的头拧下来。"这段回忆让他微笑起来。

"那不是第一次也不是最后一次有人告诉我'你不能'。你认为现在的斯坦福是白人大学？你能想象二十世纪五十年代伊利诺伊大学天体物理学专业有多少黑人博士生吗？空军很高兴让我在他们的武器实验室做研究，但他们才不会把领导职位交给像我这样的人。我只能努力地工作再工作，这才打开了上升的通道。所以不要以为这一切很快就会变得轻而易举。物理学一开始就很难。而且你可能很难、甚至不可能说服一些教师，让他们认为你属于这里。但你是个聪明人。所以我们才希望你加入我们的项目。我相信你。我相信你能把这件事抛在身后，渡过难关。"

我不记得自己当时有没有说过"谢谢你"，还是仅仅默默感激而已。我只记得，他的话让我心里某些长期空荡荡的地方充实了起来。

63

我洗了个澡，打算在杰茜卡从圣何塞的区域医疗中心下班回家前睡上一觉。这是她完成学业并通过考试后的第一份护理工作。然而，我躺在床上，怎么也睡不着，满心想着该怎么告诉杰茜卡，我一直过着双面生活，一直向她隐瞒我和 JG 一起深陷可卡因毒瘾、从此不能自拔的黑暗秘密。

我们向来视晚餐时间为无忧无虑时间，所以我等到饭后才说出我必须要说的话。我的阴郁情绪对她来说并不少见。她经常半开玩笑地说我一定是躁郁症患者，因为我通常很快乐、精力充沛，但在困难时期会陷入深度惊恐。

　　我站在那里慢吞吞地洗碗，尽量推迟坦白时间。我担心她会对我深感不满，担心我会伤她的心，担心她会嘲笑和贬低我。我们俩一直吵架。我们的关系大起大落，但我们都对彼此一心一意。她只想要和一个有朝九晚五稳定工作的男人一起过正常生活。她要一个能和她敬畏上帝的家人和睦相处的男人，而且这个男人想住到纳奇兹——或者类似纳奇兹的地方——的一栋体面房子里。她知道我不会是那样的男人，但至少她认为我是一个脾气古怪的、相对天真的书呆子。我就要打破这个形象了。说实话，我很害怕她。我历来招架不住女性的愤怒。

　　"嘿，我有话要跟你说。"我终于开了口。

　　"好啊，什么事？"她回应道，自从怀孕以来，她经常流露出温暖而美丽的笑容。她乐观的情绪让我更加内疚。我必须在自己失去勇气之前坦白。

　　"我昨晚没在实验室。"我说出了第一个真相。

　　她的表情迅速变阴沉。"嗯，那么……你在哪儿？"她的嗓音低到近似耳语。

　　"我在东帕洛阿尔托。吸毒。"

　　她似乎放松了一点——也就是说，她刚才一定以为我有了别的女人。"什么毒品？"

　　"最糟糕的那种……可卡因晶体。"

　　"你已经吸了多长时间？"

　　"从陶格鲁学院开始。我们一结婚我就戒了，可是一年之后，我又开始吸了，已经有一段时间了。"

　　她没有反应，于是我继续坦白。

"你二月份回杰克逊的时候，我又开始吸。我那时候想着等你回来就戒。然后你怀孕了，我又想戒。但我都没做到。戒毒比我原来想的难。"

"这么说来，你说出去学习的晚上，其实都在吸毒？"

"不是每一个晚上。但要是我真出去吸毒的话，那就一连吸好几个晚上。"

"有时候，我知道你在撒谎。我怕你偷腥了。"她说，我看到她泪水盈眶。"你有没有别人？"

我握着她的双手，看着她的眼睛。"我向你发誓，我没有出轨。我是在吸毒。这是我的大秘密。我唯一的秘密。现在我想戒。我不知道该怎么戒，因为它每天都在诱惑我。但我向你保证，我一定会想办法戒掉。我没有偷情。"

她靠过来抱住我，我能感觉到她的泪水打湿了我的衬衫。我们拥抱了几分钟，但我没有哭。我不想让她看到我更多的弱点。

杰茜卡放开我，把手放在我的脸颊上，用她甜美而严肃的声音说："我支持你。我知道你能做到你认为你能做到的任何事情。我们会一起渡过这个难关的。"

"昨天晚上，"我说，"一个十四岁小孩用枪顶住我的后脑勺，我以为我要死了。我真怕看不到我们的宝宝。"

就在那时，我在很长一段时间里第一次感觉到恐惧穿透了我，然后像一个燃料耗尽的火箭助推器一样坠落。我打开泪水闸门，像个小男孩一样地哭，而杰茜卡抱住我，轻轻摇晃我的身体。

64

那天晚上以及接下来的一周，杰茜卡和我讨论了我该怎样让自己远离街头和毒品。最大的问题是："要不要去戒毒所？"我很犹豫，因为我不希望"戒毒所"字样出现在我的档案里，从此在我的职业生涯中阴魂不散。我没有任何犯罪记录，而且我从未欠过债。我不希望戒毒所这把达摩克利斯之剑悬在我头顶。我知道太空研究跟联邦政府和军方关系密切，如果我有对可卡因上瘾的记录，我根本不可能通过他们的安全审查。

我抵制戒毒所的另一个原因是，我从小就养成了不去看医生或进医院的习惯，除非是紧急情况。他们实在他妈的太贵了。而戒毒所听起来甚至比普通医疗更贵。好消息是，我有生以来第一次有了健康保险。斯坦福大学要求所有的研究生都买健康保险，而且因为我有助教工作，学校给我买了保险。

我知道我需要外界的干预来驱逐可卡因恶魔。这就是一个严峻的紧急情况。我知道，可卡因的阴险召唤盘踞在我脑海里，甚至压倒了我的强迫性数数儿的习惯。它已经超出了我的控制范围。它正在控制我。

可卡因是个女人——不要问我为什么，但她肯定是。每天晚上我一睡下，她就占据我的整个头脑。她在我的梦中来到我身边，召唤我进入她的怀抱。她是不可抗拒的。在我的梦中，我总是屈服，把她拉到我的唇边。每一个夜晚都是如此。

到了早上，她退入阴暗之地。随着白天的流逝，她又开始诱惑我。我跟她讨价还价，找各种借口。我告诉自己，只有接触到毒品，我的毒瘾才会发作。只要我不去黑人贫民窟，我就没事。然而，每天晚上她都会呼唤我，每天晚上我都会在梦中与她再次产生交集，然后午夜梦回，汗流浃背，心生恐惧。我不知道自己是否有能力抵制她。但也许有可以不去戒毒所就能摆脱她的办法。

我犹豫了。杰茜卡毫不迟疑。她受训当上护士是有原因的。一涉及生理成瘾，她二话不说就拿出专业人士的派头。她拍板打电话给学生医疗中心，后者将我们转到斯坦福医院的精神健康科。她为我预约了时间，让我去那里看诊。

约好的那天，我骑自行车去了斯坦福医学中心。接诊的治疗师是一个瘦小的白人，他的头发很鬈，做爆炸头造型都没问题。他的举止非常平静，嗓音沙哑，语气舒缓。他向我保证，不会留下任何医疗记录表明我戒过毒。我告诉他，无论隔离戒毒需要三十天还是更长或更短的时间，我都做不到。他说他们有一个为期八周的门诊项目满足我的要求。

然后，他开始问我的感受。我对戒毒有什么感受？吸食可卡因让我感觉如何？这些问题对我来说很奇怪。在我的生活中还从来没有人问过我："你感觉如何？"

我似乎听不懂这个问题。因为我条件反射式的回答是："我想……"

他耐心地听我解释我认为自己为什么会深陷毒瘾，为什么我认为这是个问题。然后他又问："明白了，但这让你有什么感觉？"在接下来的两个月里，这个问题会被以十几种不同的形式提出来。几个星期后，我才有了一个真实的答案。

　　每周两晚，我必须参加小组治疗，当然这也是我的毒瘾最强烈的时候。小组里还有一个斯坦福大学的学生。这位印度裔女大学生自从进校后就不停地参加派对和喝酒。终于，她因为酒精中毒差点死掉，醒来时发现自己在医院。还有两个三十多岁的斯坦福大学员工，他们对酒精和安眠药上瘾。另一个五十岁出头的酒鬼是硅谷一家小型科技公司的首席执行官。他是爱尔兰人，当他得知我的非洲和克里奥尔血统里混有爱尔兰血统时，就决定罩着我。这群人中唯一的另一名可卡因瘾君子是一个长相普通的白人妇女。这是我在康复中心学到的第一课：并非只有黑人才吸毒成瘾。我的科学素养早已让我明白这一点，但此前我从不认识任何白人吸毒者。

　　我学到的第二课是，我无法靠自己的力量戒毒——这跟我不参加学习小组就完成不了物理课作业一样。戒毒很难——甚至比量子力学更难，因为这意味着要挖掘出我已经压抑了几十年的情感。我绝对需要队友给我指路，在我走偏的时候告诫我。

　　我们每个人都依赖小组里的其他成员来参加会议并坚持到底。项目中途，有一名酗酒者酒瘾复发了。他是一个瘦小的白人，曾经每晚喝掉五分之一瓶的烈酒。他复发后不再来开会，这让我们深感震惊。我们在这个康复旅程中携手同行。每当有人摔下悬崖、从此音信杳无，我们其余的人都会再次警醒，原来我们离深渊这么近。

　　几个星期过去了，我们已经就我们的成瘾问题以及成瘾带给我们的感受进行了数百次谈话。斯坦福大学的治疗师们都很较真，不能容忍任何不以最严肃的态度对待治疗过程的人。尽管他们看起来都很专业、很一本正经，但所有的治疗师一度都酗过酒、吸过毒。所以他们理解我们的历程，也能看穿我们试图欺骗自己和他人的所有方法。

所以他们对我了如指掌。然而一周又一周过去了，我觉得时间白白浪费了。我参加了那么多次谈话，但可卡因女魔头的声音一直在我的脑海中回荡，日日夜夜。我像以前一样想要她。

直到第六周，我才终于学会如何屏蔽这个声音。那天，我听了所有人的故事，突然意识到他们都在说同样的事情：

我的瘾头一上来，事情就要糟。

我的瘾头一上来，自尊就没了。

彼时彼刻，我幡然醒悟。我的恶魔情人承诺，如果我应召而去，就会飘飘欲仙。但她撒谎了。事实上，我会跌落尘埃。

刚一开始，我的确飘飘欲仙。但很快，我就会在黑暗肮脏的街道上徘徊、寻找货源。她会把我打落到尘埃里，让我做出我看到过的爸爸所做的那些事，不顾尊严地趴在地板上寻找地毯上掉落的可卡因碎屑，或者像 JG 那样卖掉我的床以换取五十美元的毒品。这不叫飘飘欲仙，这是堕落。

于是，这句话成了我的口头禅："如果我复吸，我不会飘飘欲仙——我会堕落。"

65

那年春季学期，我一边接受戒毒治疗，一边试图找出一个完成本科学业的制胜策略。每周数次的集体治疗让我相信，不参加学习小组，我不可能在物理学上取得优异成绩。然而，第一个学期被同学们嘲笑过之后，我害怕再次受辱。

保罗·埃斯特拉达——即使以物理学学生的标准来看，他也似乎是个怪人——在课后找到我，问我有没有兴趣和他一起学习。我疑虑重重。保罗是拉丁裔，可以冒充白人，浑身散发着物理学书呆子的尴尬气息。我婉拒了他的提议，抬脚走人。但出于某种原因，他追着我不放。在他第四次邀请我的时候，我决定和他干一架。我停下脚步，盯着他的眼睛说："听着，哥们儿，你他妈的到底是谁？"

保罗连眼睛都不眨一下，回嘴时带出一分黑人贫民窟调调来："我是你的救命恩人，傻子！所以你到底来不来？"

我觉得这话很搞笑，笑得前仰后合。这个沉默寡言、举止古怪的家伙有点幽默感，还有点个性。

"好吧，好吧，保罗。"我点点头。"我来。"我抬起右手想拍打他。显然，他的黑人贫民窟气质没有那么纯正。他一本正经地跟我握手。

那天晚上七点半，我去了保罗的宿舍，发现还有一个我们班上的名叫加文·波尔希默斯的金发小子。这个白人书呆子加文来自西北地区，是最优秀的物理学本科生之一。他和保罗是一对奇葩。我们三个人形成了一个更为奇特的三人组。

保罗和我一样，比大多数本科生大四岁。我们一起上物理和数学课，可我没看出我们还有什么共同点。但他看出来了——所以他先来找我。在斯坦福大学，他和我都是外人。

保罗的父母分别来自墨西哥和危地马拉，属于勤勤恳恳的工人阶级移民。保罗在湾区上的是体面的公立学校。但在父母离异后，他走上了邪路。高中时，他交友不慎，开始吸毒，经常逃课。他自豪地声称，他在高中三年级时总共逃过一百零七次课。他的父亲最终把他赶出家门，保罗不得不自学完成高中学业。

在接下来的四年里，保罗成了一名不法分子，在室内大肆种植大麻，收获后以磅为单位在东帕洛阿尔托销售。最终，他开始贩卖可卡因，触犯法律。他决心改邪归正，于是申请了山麓社区学院。在那里学习了两年并取得全 A 成绩后，保罗得以转学到斯坦福大学。我们第一次见面时，他才来斯坦福校园几个月。他已经选定天体物理学方向，还在附近山景城的美国国家航空航天局埃姆斯研究中心实习。

保罗、加文和我很快就成为一个强大的学习小组。每周有四个晚上，我们聚集在保罗的宿舍，攻克习题集。我的物理学习上升到一个新的层面。我还发现，当我们三人一起学习时，我和保罗、加文旗鼓相当。

我们仨学物理的方式各有特色。我们管埃斯特拉达叫"蛮力保罗"，因为他解题时不愿意使用那些可以节省数页计算的逻辑技巧。保罗喜欢写出完整的计算结果。加文是一个双重威胁：他的数学能力不亚于物理系的任何人，而且他也有很强的物理洞察力。虽然他还是个本科生，但他的思维却像一个经验丰富的物理学家。然后是我。在和保罗、加文一起学习的过程中，我发现我可以凭直觉在问题的迷宫中找到出路，就像有人在我耳边提示一样。尽管我在数学方面不如保罗和加文，但他们对我解题的天赋很敬畏。我就像超级英雄队伍中的小跟班，一开始还不了解自己的能力，在找到方向和学会飞行之前老是撞墙。

第一年我学得磕磕绊绊，好不容易才熬过来。第二年的春季学期，我一飞冲天，期末成绩得了三个 A。

然后，我的两个朋友毕业了，转到外校攻读物理学博士课程——保罗去康奈尔大学受教于卡尔·萨根，加文去芝加哥大学研究弦理论。我又成了一个学术孤儿。

66

与此同时，杰茜卡的预产期很快就到了。我们并没有计划怀孕，但我们为此欣喜若狂。现在，我已经完成了戒毒治疗，学业大有长进，我觉得我已经准备好做父亲了。

在经历了马特尔出生的灾难和我与莉萨的分手后，我决心尽我所能，为这一次的三人行开好局。我们每周有两个晚上一起参加分娩课程，还寻找新的方式来享受彼此的陪伴。在我向杰茜卡忏悔、参加戒毒治疗之前，我们一直身陷高压力的恶性循环。囿于明面上的研究生和暗地里的街头瘾君子身份，我时常脾气暴躁，要么就是闷闷不乐。为了报复我，她就唠叨和侮辱我。

可后来，她怀孕了。我戒毒成功了。我们更亲密了。

我们做了对未来充满憧憬的年轻夫妇都会做的事情，也是我在马特尔出生前从未有机会跟莉萨一起做的事情：为婴儿的房间添置物品，向包括伯克利粒子天体物理学中心的前同事们在内的朋友们炫耀她的孕肚。来斯坦福大学之前，我曾经在那里实习。他们为她举办了一个迎婴派对。

杰茜卡做了多年的护士，她不希望在医院生产。鉴于马特尔的经历，我同意了。杰茜卡想请一位助产士来家协助分娩。由于湾区是新时代各种生活和疗法的原点，所以我们有很多选择。我们选中了家住在离校园不太远的地方的一位备受好评的女助产士。

但我们的宝宝自有打算。五月二十九日晚上，杰茜卡的阵痛开始了。

第二天一早，助产士来到我们的公寓，为杰茜卡检查宫颈，发现只开了四厘米。在这一天里，助产士随着杰茜卡宫缩强度的增加数次去而复返。但是她的宫颈并没有开大多少。到了第二天晚上，我们只能去医院。

在急诊室，他们先监测胎心。几分钟后，主治医生说："孩子有危险。我们必须立即施行剖宫产手术。"一名护士迅速取代了我在杰茜卡身边的位置。他们把她推进一个外科产房。他们给了我一件手术袍，允许我跟随入内，但指示我只能靠墙站着。我想杰茜卡在那一刻一定感到很孤独。

他们切开杰茜卡的腹部，把我们的小女宝宝从她的子宫里取出来，放到旁边的手术桌上进行救治。我简直无法呼吸，直到孩子的哭声响起。过了一会儿，一名护士把用襁褓包好的小卡米拉放到我的臂弯里。我低头看了看她可爱的小脸，发现她既像杰茜卡又像我。她眨了一下眼睛，我发现她的眼珠子是灰蓝色的，跟我爸爸、布里奇特、我哥哥拜伦，还有我弟弟菲奥的一样。我低头吻了一下她的小额头。我流下了喜悦的泪水。我想把她送到杰茜卡身边，告诉她："卡米拉来了！"但杰茜卡躺在那里一动不动，还没有恢复意识。我知道这只是麻醉的缘故，但我急切地想看到她醒过来，言行如常。

终于，我被叫到杰茜卡的产后恢复室，卡米拉也被送过来了。我坐在那里抱着我们的宝贝小女儿等待杰茜卡醒来。在这期间，我爱意澎湃。杰茜卡总算睁开了眼睛，我把我们的小女儿抱给她看。她低头望着卡米拉，泪水开始流淌。我坐在她身边，一只手臂搂着她的肩膀。她解开襁褓，拉下前襟，把卡米拉放在胸前。

我们终于成为一家人了。

67

以优良成绩完成两年的数学和物理学本科课程之后，我终于做好了上研究生院的准备。我已经加入阿特·沃克的研究小组，同阿特和他的研究生们一起为下一次火箭发射做准备。我的家庭生活幸福，和妻子、我们的宝宝其乐融融。而且我已经戒掉了毒瘾。人生第一次，我为未来打下了良好的基础，也有了清晰的发展方向。

然而，为了在物理学研究生院高度讲求绩效的环境中取得成功，我需要为身体找一个发泄压力的出口。我还需要一个学术盟友，因为保罗和加文已经毕业了。

事实证明，打篮球让我一举两得。

一到斯坦福，我就发现埃斯孔迪多村的公寓旁边有一个篮球场。每天下午我都能找到足够的球友来打一场四对四比赛。打篮球让我暂时忘却情绪、专注体能，给我乐趣。

我十几岁时第一次打篮球。那是在皮内伍兹，我们没有篮球馆，甚至没有沥青场地。所以我们自己动手建了一个球场。我们只需要一块篮板，有没有篮网不重要。我们把篮圈钉在一块废旧的胶合板上，找来一棵枫香树，把它种到一个平坦的地方。之后，我们不断地打球，直到我们的脚步让地面变硬，直到枫香树枯萎成一根木杆。

当年在密西西比州打球的时候，我没有任何技巧——只是精力充沛。我起步很快，而且弹跳不错，所以我经常能抢断篮板球。我一直很好胜，大胆抢球，争取投篮机会。我在海军和陶格鲁学院打过很多次篮球，但在来斯坦福大学之前从未强化过技巧。

戒毒后，篮球起的作用远远大于让我出汗和消耗掉一些多余的精力。它是我康复的一个重要部分。打篮球的时候，那些我似乎无法从脑海里驱除殆尽的恶魔的声音会减弱。这些声音告诉我，我是个骗子。我和校园里那些受过精英教育的人根本不是一个圈子的。我只是一个来自黑人贫民窟的临时访客。投篮能降低这个恶魔合唱团的音量。

我每天下午都在球场上跑得筋疲力尽。到了夏天，我的身体状况达到人生巅峰。我可以跑赢任何球员，每次从头到尾跑上几个小时，一路运球。我的体力比任何人都强。我缺乏天赋，但我用对运动的爱好、强力推搡和骂架的天赋来弥补。除了意志最坚强的球员，其他所有人都受不了我滔滔不绝的骂架。不过这一切都只是游戏，而且总是很有趣。我在球场上唯一需要解决的物理问题是找到把球送进篮圈的正确轨迹。

从戴维德出现在埃斯孔迪多村的那天开始，打篮球对我来说就不再只是一种精力和情绪的宣泄。即兴来打篮球的人形形色色，而他立即脱颖而出。单看戴维德胖乎乎的外表，你根本想不到他竟然球艺精湛。他手臂长，出手快，在篮下使出五花八门的欺骗性动作，投出精彩的三分球。他说话带着浓重的波多黎各口音，还夹杂着我听都没听说过的西班牙俚语——这让我觉得他从小在街头打篮球。

我们第一次同场竞技是在一个八月的下午，那时我的研究生课程还没开始。我们殚精竭虑地相互考验对方的球技，力图取胜。我试图用那种会让菜鸟惊慌失措的骂架打击他。他丝毫不受影响。我想对他犯规，他转身变向，走内线过人，迅速上篮得分。我们玩得很开心，互相调侃。比赛从一开始的三对三变成了最后的一对一。我们一直打到天色太暗不宜继续为止。

事后，我们汗流浃背、精疲力竭地坐在球场边的草坪上。他这才告诉我，他要开始读研究生了——就在物理系！他说他刚从波多黎各搬来帕洛阿尔托。我问他，波多黎各岛上的种族分歧情况怎么样。他说没有美国大陆那么糟糕。"但你别误解我的意思，"他说，"有很多波多黎各人认为自己是白人，比别人优越。"

我看看他的白皮肤，问："你他妈的以为你是什么人种？"

"嘿，哥们儿，"他抗议道，"我不是白人。我是波多黎各土著人。"

"我觉得你挺白的，"我说，"不过我懂了。你是棕色人种。"

"对了。"他回答说。

68

开学后，其他一年级的研究生黏着戴维德不放，我不注意到都难。起初，我不明白为什么戴维德一开口他们全都洗耳恭听。

有一天，我们在球场边消磨时光。我问他有没有决定专攻哪一个研究领域，结果得知他已经在和罗伯特·瓦戈纳（Robert Wagoner）教授合作了。后者是一位理论粒子物理学家暨宇宙学家，其《宇宙视界》（*Cosmic Horizons*）一书以重新界定宇宙大爆炸前后的原始宇宙之化学构成著称。

瓦戈纳接受这个一年级新人加入研究小组这一事实告诉我，戴维德是一个重量级人物。因为在瓦里安大楼三楼工作，那些臭名昭著的学术精英分子被称为"三楼理论家"。有传言说，他们对招收美国学生或少数族裔学生不感兴趣——只有俄罗斯、欧洲和亚洲学生才有可能申请成功。然而，戴维德已经渗透进入他们的象牙塔。

这个学期余下的时间，我只有在篮球场上才能看到戴维德，因为他差不多什么课都不去上。这是他在本科时养成的习惯。戴维德出生于圣胡安的中产阶级家庭。他的父母都是药剂师，但他父亲情愿住在自己童年时住过的街区——卡塔尼亚，那是波多黎各首都最声名狼藉的街区。戴维德就是在那里学会了打街头篮球。直到九年级转学到圣胡安的美国学校，他才学会说英语。

他在波多黎各大学读大一的时候选修了罗纳德·塞尔斯比教授的物理课。塞尔斯比是一位来自纽约布朗克斯的犹太物理学家，之所以决定在波多黎各发展事业，是因为他喜欢喝朗姆酒和钓鱼。他发觉戴维德是一个超级聪明的孩子，有物理学方面的天赋——但不喜欢上课。因此，他主动提出担任戴维德的私教。在接下来的四年里，塞尔斯比教授向戴维德传授了他所知道的所有物理学知识，远远超出教科书中的内容。

戴维德把上私教课、寻求导师的习惯——以及对物理学令人印象深刻的理解——带到了斯坦福大学。我猜他为了报答塞尔斯比教授，决定同他人分享他对物理学的热爱和知识，有求必应。我一开始同戴维德谈论物理学问题时，就明白他的水准远在我之上。他最青睐的辅导教室是"安托尼奥的坚果屋"，一个位于国王大道的桌球酒吧。戴维德可以用啤酒杯、杯垫和盐瓶当教具来解释晦涩难懂的粒子或量子物理学理论，而这些理论我花了好几个小时看教科书都没看明白。

因为我晚上要陪伴杰茜卡和卡米拉，所以戴维德和我就形成了一套日间常规。我早上九点到他家，他在炉子上用他祖母从圣胡安寄来的咖啡煮波多黎各浓缩咖啡。我们会花一上午的时间学习和辩论物理学问题，然后去健身房举重。一起吃完简单的午餐后，我就去和我的研究小组一起工作或者去上课。下午晚些时候，我们会再次相约打篮球，直到晚饭时间。

戴维德和我都觉得自己是外人。他是他年级里唯一的拉丁裔，为了上学远离圣胡安。他想念波多黎各的一切——语言、食物、音乐和他的家人。他和我都不喜欢斯坦福大学的那些势利眼特权阶层学生。后者自认为比别人都聪明，因为他们的英语"更好"，或者因为他们从小就环游世界。他和我一样喜欢取笑那些一本正经的精英分子，尽管他的物理学天赋和智慧已经让他在智力上处于研究生项目的顶级水平。

也许这就是我向戴维德敞开心扉的原因。当我告诉他我在东帕洛阿尔托的不幸遭遇以及我与可卡因的危险恋情时，他并没有批判我。他在一个声名狼藉的街区长大，近距离地目击过各种不良行为。他告诉我，我说的任何话都不能让他震惊。而我相信他。阿特偶尔会询问我的戒毒康复情况，以确保我没有走上歪路。但他并不想当我的教练或知己。所以，能对戴维德直言不讳的感觉很好。

我和戴维德在一起的时间越长，在斯坦福大学就越自如——对自己掌握的物理学知识就越有信心。我很信任他，不耻于向他提问，因为我知道他绝不会看不起我。他发现，我看待科学的角度与我们项目中的其他学生不同。但他从来没有让我觉得我的语言或解决问题的方法不如同项目的、从幼儿园起就被层层优选出来的俄罗斯学生聪明。

戴维德总是告诉我："有一千种方法来理解一个物理问题，有一千条不同的路径来获得正确的解决方法。你只需要找到你的最佳路径。"我喜欢这个概念——有许多通往目的地的路径，只要你有足够的想象力和决心，即使在森林里迷路也仍然可以找到回家的路。在我漫长而孤独的旅程中，我已经走过了很多错误的弯路。找到一个同路人真是太好了。

69

我需要鼓起全部勇气才能在阿特的研究小组里开辟出一方天地。对小组里的研究生来说，要站稳脚跟，就必须承担太阳物理学中的某个重大问题的研究，或者专攻太阳表面的某类结构。我们都想在某个亚专业领域里做出成绩，从此在职业轨道上一飞冲天。

二十世纪九十年代中期，斯坦福大学的物理学教授连续四年获得诺贝尔奖。这个成绩就像芝加哥公牛队在同期两次获得NBA冠军一样骄人。这支队伍独步天下。队内高手竞争激烈。我必须表现出与之相衬的水平来才行。

进入阿特研究小组的研究生们在争夺重大物理学奖项的比赛中早已一骑绝尘。他们中有一半人是在大学校园里长大的，因为他们的父亲在那里教授物理学课程、掌管研究实验室。每天的早餐桌上，除了脆谷乐之类的物质食粮，他们还享用物理学讨论这种精神食粮。汤姆·威利斯的父亲比尔·威利斯是日内瓦欧洲核子研究中心（CERN）的粒子物理学家，也是帕诺夫斯基实验粒子物理学奖得主。马克斯·艾伦的父亲和祖父是加拿大著名物理学家。克雷格·德福雷斯特拥有最高贵的血统：他父亲是加州大学圣迭戈分校的物理学教授，他的曾祖父李·德福雷斯特因为在一九〇六年发明了真空三极管而被称为"无线电之父"和"电视之祖"。

在阿特的研究小组里，人人都认真对待团队合作——火箭发射的成功取决于每个人都能完成他们各自负责的任务。但这并不意味着所有团队成员都是平等的。资历是决定层级关系的主要因素。作为最新的小组成员，我处于等级制度的底层，而高年级研究生则处于顶层。只有当我的队友开始向我咨询对他们的研究想法的意见，并招募我帮助他们解决编程或编码问题时，我才开始感觉到被他们接纳。

因为我在图腾柱（totem pole）[1]上的地位卑微，所以当阿特邀请我在他的一个项目上直接同他合作时，我大吃一惊。他叫我去他办公室见面的那天，我还以为他要询问我的戒毒进展。见面后，他问我的第一个问题就是戒毒。

"现在你的情况怎么样？"我们在他那张异常凌乱的办公桌两边面对面落座后，他问我。"你的康复顺利吗？"阿特说话总是很得体、很有绅士风度。

我直视他的眼睛，告诉他我一直洁身自好。我没有告诉他，可卡因对我的诱惑随时可能抬头。我也没有告诉他，这么多年的肮脏生活过下来，我的黑暗视觉挥之不去。即使在帕洛阿尔托这么高档的地方，我也每天都能看到阴暗面。有人贩毒，有人吸毒。他们没有躲在街角兜售和吸食可卡因。但不管是哪一种毒品，不管是哪一种坑蒙拐骗，都是一样的污垢，我总能看到它。然而，我告诉阿特的是："我把注意力集中在 MSSTA 二期项目的发射上，晚上在家陪伴杰茜卡和卡米拉。"

"很好，"他说，"我很高兴你坚持下来了。我一直在关注你的

---

[1] 北美西部太平洋沿岸的印第安部落特有的文化形式，它由整根的巨柏树干制作而成，上面刻有动物、神兽和人形，代表着身份和社会地位。

实验室工作情况，你给我的印象不错。我正想写几篇论文，你可以帮我。"

我愣住了。他这是在向我提供我们所有人最想要的两样东西：直接与阿特合作、发表论文。阿特只在影响力最大的期刊上发表论文，所以跟他合著意味着信誉和权威唾手可得。

阿特让我帮忙这件事对我来说意味着一切。他不仅尊重我在实验室和研究小组里的工作质量，还相信我能够完成任务——虽然我一年前还在挣扎。此外，我认为，阿特对我这个团队中的后辈，也是他多年来试图说服他的同事们接受的唯一一类黑人研究生，有一种父爱。当时他的父亲正在同癌症做斗争，我们都注意到，一向矜持的阿特第一次真情流露。

阿特和他的工科同事们已经解决了观察太阳圆面日冕的根本性挑战之一：望远镜上搭载的反射镜无法反射日冕发射出的极紫外光和软 X 射线。天文学家们发现，如果他们把反射镜旋转九十度，他们就可以"漂过"镜面上的光线，获得图像，这跟只要入射角度小，石头就可以在水面上打水漂的原理一样。然而，这些图像的质量很差，产生的有意义的数据很少——除非你大幅扩张望远镜的表面，而这样做的成本非常高昂。阿特和他的团队发现，普通的反射镜面加上一种涂层后就能够反射极紫外光和 X 射线光谱，从而使望远镜获得高质量的图像，揭示出以前体现不出来的日冕环、射线和覆盖太阳表面的羽流等各种细节。

阿特向世人展示他利用新的多层镜技术拍摄的第一张全日面太阳图像后，他的一些同事为他的成就感到高兴，而另一些人则对图像的真实性提出质疑。阿特的发现是开创性的。从伽利略开始的太阳天文学的每一次大跃进都会在业内引发疑虑。如果取得突破的科学家是黑人，而且他从未在大名鼎鼎的学校接受过训练，那么要让国际上持怀疑态度的太阳物理学家相信此人的成就的难度就更大了。

阿特想发表两篇论文来应对对他的怀疑。一篇论文将介绍望远镜的镜面和滤波器的设计，另一篇将以太阳的辐射为主题。他希望我对波长数据进行定量分析，用于对持反对意见者进行有力的反驳。他的合作邀约让我非常激动。如果能和阿特联合署名发表论文，让我抄写《圣何塞水星报》（*San Jose Mercury News*）上的股市版面都行。

我们埋头撰写两篇论文。几个月后，阿特说，在即将到来的暑假里，他希望由我来负责协助 MSSTA 二期项目的发射。他还和我谈到了他的父亲。我得知在后者患病后，他们两人冰释前嫌。阿特父亲的病无可挽回，阿特把他接到自己家，亲自照顾他。还有些时候，阿特会和我谈起他的妻子和女儿，并询问我的家庭情况。我不想告诉他，我父亲还在吸毒。我也无法将马特尔的事宣之于口。但我很喜欢给他看卡米拉的照片，告诉他作为一个父亲，照顾一个无助的婴儿，我的心胸因之宽广。我以前从未体验过如此简单和充满爱的关系。它超越了父母给予和孩子接受的基本算术等式。它让我想起了开普勒的行星运动定律——行星围绕太阳运转的椭圆轨道由两者之间难解难分的重力场界定。我不想对阿特吐露心声，但我感觉到我与阿特之间存在这种轨道纽带，而我与爸爸之间已经失去了这种纽带。

70

刚放暑假不久，阿特在实验室找到我，示意我跟他走。"你来。我要给你看点东西。"

他带我穿过走廊，来到一个小房间。房间正当中的地板上放着几个大箱子。箱子里有几十个装满铝制零部件的粉红色袋子。阿特从桌子抽屉里拿出一个巨大的活页笔记本，放在桌面上，摊开。每一页都有一个零部件的精确机械图纸。我一眼就认出这些美丽的效果图。之前去阿特办公室的时候，我曾经打断过他的绘图大业。

"我需要你在今年暑假里把MSSTA的桁架（truss）[1]组装出来。"他告诉我。桁架是阿特设计的用来固定 MSSTA 的十九个望远镜有效载荷的骨架，届时它们将以每秒七英里的速度穿越高层大气。这些零件刚刚加工完毕运到这里，总数有几百个。大多数比我的手还小。然而没有装配图。只有几百个零件。我必须想办法把它们装配到一起。

并非所有的零部件都加工得当。因此，在将它们与图纸进行比较后，我不得不带着一些零部件去机械工厂自行再加工。把零部件固定在一起的螺母、螺钉或螺栓一概全无，所以我也不得不测量和订购所有这些东西。普通的螺母和螺栓是不行的。太空研究的一切都必须符合特定标准。如果有任何螺栓松动，当火箭发射后在平流层中轰然上行时，它们会像流弹一样射穿有效载荷。

---

[1] 由杆件所组成的，通常具有三角形单元的结构。用以跨越空间，承受载荷。

我还必须严格保持清洁。如果我手上的油脂或任何其他残留物弄脏了零部件，这些污渍化合物会在火箭进入太空真空时蒸发，然后在我们的镜面上凝结——而镜子只有几个原子厚，挡住我们试图在胶片上捕捉的极紫外光和 X 射线。

阿特愿意把发射中如此关键的部分交给我，对我来说意义重大。MSSTA 二期项目的有效载荷，即望远镜和新设计的反射镜，计划在秋季发射。我明白，我们任务的成败可能取决于我的表现，我的桁架组装工作与那些为电路板编程或研制光学器件的高年级研究生的工作一样重要。

阿特明确表示，他希望我那个暑假每天早上八点到实验室。在大多数情况下，研究小组成员想什么时候工作就什么时候工作，只要完成工作即可。所以这对我来说是一个重大调整。第一天和第二天，我八点就到了。然后，第三天，因为整晚在公寓里踱步兜圈子摇晃卡米拉入睡，我直到中午才去实验室——阿特狠剋了我一顿。如果我谨记当年克罗斯先生的箴言——"纪律是一种训练，有了它，惩罚就没了用武之地"，我就可以免于受到训斥。

阿特和我一起泡在桁架组装上。过了大约一个星期，他告诉我"你能行"，然后就让我自行完成余下的工作。自从我的第一个研究项目以来，我就很喜欢领受能够独自完成的任务。不过，之前的任务我几个星期就能完成。这个项目却花了我三个月的时间。我每天在小房间里工作很久，给供应商打电话订购零部件，去机械厂再加工不正确的零部件，或者自己制造缺少的零部件。

这是我迄今为止从事的最大型的研究测试。慢慢地，桁架开始成形了。这个精密的拼图让我得窥阿特的想象。桁架是他在纸上精心构思出来的东西，而我正在把它变成三维的生命体。

随着一周又一周、一月又一月的流逝，我的工作稳步进展，我开始领悟到阿特的设计思想，明了该怎样用碎片拼出完整的图画。晚上，我躺在床上，想象着半成品桁架，尚未组装的部件漂浮在我的脑海里。第二天早上，我迫不及待地从床上爬起来，回到我那只有一个房间的实验室，继续建造。

终于，每一个部件、每一个螺钉和每一个螺栓都就位了。阿特进来检查了桁架上的每一个支柱和紧固件。他花了整整一天的时间检查，直到确信我已经把他的计划执行到尽善尽美。他对桁架露出微笑，然后对我露出微笑。

"干得好，詹姆斯。"他只说了这么一句。

但这句话对我来说足矣。我经受住了考验。

71

如果你想用极紫外光拍摄太阳照片，你得把你的望远镜和相机发射到地球大气层之上。而要做到这一点，你需要一个速度足以挣脱地球引力并进入太空的火箭。如果你的有效载荷是十九个望远镜和若干相机，你需要一个能够产生足够推力、加速到每小时两万英里并冲出大气层的固体燃料火箭。如果你想在一九九四年利用美国国家航空航天局的资金发射一枚太阳能研究"探空火箭"，那你的最佳发射地点是美国国防部最大的露天试验场：白沙导弹试验场。

第二次世界大战接近尾声时，美国陆军部长圈定新墨西哥州南部五千平方英里的沙漠，建立白沙试验场。一九四五年七月二十六日，在"小男孩"被投掷到广岛上空之前不到两周，"三位一体"项目小组在白沙引爆了第一颗铀原子弹。不久之后，陆军部将数百枚缴获的德国 V-2 火箭和零部件转运到白沙进行测试。除 V-2 火箭之外，美国还引进了该型号火箭的纳粹德国设计师韦恩赫尔·冯·布劳恩（Wernher von Braun）和他手下的几位顶级火箭科学家。在接下来的十年里，冯·布劳恩和他的团队在白沙试射了几十枚 V-2 火箭，并开发了第一批美国弹道导弹和火箭，包括为一九六九年登月提供动力的土星五号的原型。

一九九四年九月底，阿特·沃克和团队的其他成员把我们的有效载荷，即望远镜和电路板运到了白沙。作为小组的新进成员，我留在斯坦福大学。他们在组装和测试有效载荷过程中如果需要新增零部件，都交给我来订购、加工和交付快递。为十九个望远镜上的定制反射镜和微米级滤波器进行对焦和校准是一项复杂的工作。到十月初，我们已经落后于计划数周。

十月下旬，在我们新定的发射日期前两周，我开车去白沙加入团队。接近导弹试验场时，沿途除了一英里又一英里的灌木丛沙漠，别的什么我都没有看见。在一个由全副武装的哨兵把守的入口处，我停车，登记，并出示我的出生证明以证明我的美国公民身份。他们给了我一张带有照片的身份证件，然后给我看了一张指定给我们使用的三十八号发射场的地图，并且明确告知我哪些地方可以去、哪些地方不得涉足。"那条路不许走，"哨兵指着一条通往我们旁边的发射场的道路告诉我，"否则我们会向你开枪。"

他给了我一个"我不是在开玩笑"的眼神，以确保我听明白了。

　　一进我们发射场里的机库，首先映入我眼帘的就是火箭本身——高达三十英尺，表面光滑，材质为钛和铝，水平悬挂在库房里的若干工位上方。机库的天花板很高，内部空间漆成白色，有嗡嗡的回声，跟我看过的所有科幻电影里的火箭发射机库一样。有别于我们校园实验室的轻松气氛，这里的每个人都全神贯注于自己负责的领域。马克斯·艾伦正在调整电路板。查尔斯·康克伯格在电脑终端前编写代码。克雷格·德弗雷斯特和理查德·胡佛正在用一个由太阳模拟器投射的美国空军分辨率测试图案为一台望远镜对焦。我很自豪地看到我建造的桁架，它上面已经装满了望远镜有效载荷。

　　新定的发射日期迫在眉睫，每个人都很紧张。这次发射已经计划并执行了三年之久。一个月来，团队一直在为望远镜对焦和再对焦，对有效载荷进行测试和再测试。

　　发射的成败对阿特的影响最大。太阳极紫外光照片是他的心血结晶，项目经费是他从美国国家航空航天局筹集来的。他所有的高年级研究生的博士论文都以发射的不同方面和我们所捕捉到的太阳数据为主题。想想看，所有这些搭载着精确校准过的反射镜和滤波器的望远镜将遭受火箭发射过程中的 G 力（g-force）[1] 和地球引力的双重影响，你可能会疯掉。很明显，阿特满脑子都是潜在故障场景，双肩上担负各种压力。他比平时更紧张。团队的其他成员也很紧张，为每一个细小的任务争论不休，小题大做。

----

[1] 原为航空专有名词，现在广泛作为高速移动时承受力道的单位。

我去那里的主要目的是见证我的第一次火箭发射，同时也试图让自己发挥作用，有什么要修的都揽下来，有什么要我做的我都做。无论谁需要多一双手或一双眼睛来对焦望远镜或验证计算机程序的代码，我都踊跃上前。

在我到达的那天下午，我们进行了第一次"晃动测试"，即剧烈晃动火箭和有效载荷，以模拟发射条件，看看哪些东西会散架、哪些零部件有松动。后续几天也排满了无尽的测试和任务。

随着发射日期的临近，我们差不多一天二十四小时连轴转。最后，我们在机库里架起行军床，挤挤挨挨地并排睡在一起。几个晚上下来，我们被迫了解了每个人的体味和睡觉时发出的声响。气氛越来越紧张，我们越来越坐立不安，就好像是一艘在深海里潜航了几个星期的潜艇上的船员，已经迫不及待地要和敌人交战。

72

发射前一天，我们对所有的系统进行了检查和再检查。丹尼斯·马丁内斯正在为地面支持设备重新编程，该设备将追踪有效载荷在飞行中的数据流。除了希望第二天有好天气和好运气之外，我们没有什么可做的了。

白沙试验场由美国陆军和海军部队管理，美国国家航空航天局的专家在现场协助监督遥测和其他技术领域。我和主管我们发射所用的火箭的海军工程师聊天。我告诉他我在海军服过役，他告诉我他在基地入口附近的一个体育馆打过一场即兴篮球赛。我随口说我也打篮球，他说："那就跟我去打吧。我现在就去那里。"

我非常怀念在校园时每天都打的篮球赛。再说了，即将到来的发射造成的气氛实在太紧张，我当时无比兴奋。于是我和那位工程师一起跳上吉普车，向体育馆驶去。

一个半小时后，我打完一场拼抢激烈的篮球赛，大汗淋漓地回到发射场。阿特向我发难。

"你去了什么该死的地方？"

"呃……"我低头看脚。"基地上的人打篮球缺个人。"

"明天发射，你却跑到试验场另一头去了？去打篮球？你让我怀疑你的脑袋长在哪里，因为它肯定没在它应该在的地方。你应该待在这里，和你的团队一起对有效载荷进行最后检查！"

我一直低着头，不敢同阿特或团队中听到他训斥我的人进行眼神交流。

"拿着，干活去，"阿特说着递给我一块小金属板，指指机工工作台，"在我标记的位置上钻三个 0.5 厘米的孔。我们正在制作望远镜垫片。那边有一台钻机给你用。"

我把金属板拿到机工工作台上，找到那台之前我从未用过、也没人教过我怎么用的钻机。我不想把事情搞砸，所以我研究了一会儿，还拿了一些锡板练习钻孔。我怎么也钻不出边缘整齐的孔来，也许因为我还在想之前阿特在大家面前让我难堪的那一幕。无论如何，我坚决不向阿特求助，机库里的其他人都有事在忙。就在我试图搞定那台该死的钻机的当口，阿特站到了我身后。

"怎么还没好？"

"我以前从来没用过这种钻机……"

他看我的神情跟我妈发现我在起居室里拆收音机的神情差不多。

"那你为什么不找人帮忙？你知不知道我们再过十八个小时就要发射了？"

他摇了摇头，好像不知道该拿我怎么办。阿特通常很温和、很有耐心。但此时的他变了。"我自己来吧。"他说着从我手里抢过钻机，用肩膀顶我，让我靠边站。在他检查孔的尺寸和钻头扭矩的时候，我恨不得地上有个洞可以钻进去。压力一大，我的一只脚就开始在地上一点一点。我环顾四周，寻找我的眼睛可以盯着数数儿的东西。我的手需要有事做，因为它们正在抽搐。我发现工作台边上有一堆气泡纸。我用两根手指按住一个气泡，用力按，直到气泡里的空气无处逃逸……啪！

阿特吓了一跳，猛转过身来面对我，手里仍然紧握钻机。"你他妈的为什么要这样做？就在我用危险设备的时候？"

我不敢转头，但我周边视野里的队友们都在盯着我看。就连那个海军工程师也放下手头的工作来旁观。我觉得有人在偷笑。

阿特不停地吼我，我站在那里一动不动。最后，他说："滚出我的视野。"

我背对他，整理一堆胶合板，让自己看起来有事可做。我满心羞愧，满脸尴尬，因为我被我最想得到其赞许的人呵斥了。

阿特钻完孔，把它们举到眼前，观察边缘是否整齐。我清了清嗓子，说："我想和你私下谈谈。"

阿特怒视我，仿佛在说，你是认真的吗？现在？机库里没有任何私密的地方，所以他大步走到外面刺目的阳光下。我跟着他走进灌木沙漠，直到他转过身来面对我。

我想要为自己辩护，告诉阿特不应该当着这么多人的面训斥我。但阿特有他自己的想法。他开始长篇大论，说我搞砸了很多事情，让他生气。为什么我的手总是不老实，要么乱挥要么乱挠？为什么我的眼神老是那么奇怪？我什么时候才能振作起来？为什么我不能学着组里的其他人，他们做什么我就做什么？

过了一会儿，我不再听他说话，眯眼看着白石膏沙地反射的刺眼阳光，试图听到除了他的声音之外的任何其他声音，试图看到除了他那张写满训斥和责备的脸之外的任何东西。我把双手紧握在背后，尽量不动，让猛烈的白光冲刷我的身体和周边。

然而，阿特的声音穿透了白光："詹姆斯·普卢默，要向我证明你是块料，你还有很长的路要走。"

73

发射的前一天晚上，阿特指派丹尼斯·马丁内斯和我待在机库里，守护火箭和有效载荷。后者已经组装完毕，水平悬挂在机库甲板上方。黎明时分，海军工程师们将会把它们转移到附近的发射台上安放好。发射时间定在中午。

我负责保证有效载荷的真空状态。阿特竟然还肯把这么重要的任务交给我，让我很惊讶。发射时，哪怕有一丝空气泄漏到有效载荷里，都会造成强大的压力波，从有效载荷的一端席卷到另一端，粉碎滤波器，破坏望远镜套筒。我的工作是防止一个可能毁掉整个任务的单点故障。极度焦虑之下，我整晚都醒着。

第二天早上，我们对真空密封和电子系统进行最后一次检查，包括丹尼斯编入地面支持设备中的"重置"序列。最后，海军人员将组装好的火箭和有效载荷拖到发射台上，并将其直立起来。在熠熠生辉的阳光下，它看起来就像一把闪亮的银色长矛。

发射前三十分钟，我们离开机库，进入发射台边上的一个混凝土掩体，观看火箭升空。掩体的顶盖也是混凝土的，浇制成玛雅人的阶梯金字塔形状。这样的话，万一火箭在发射时出现发动机故障，或者两级火箭的第一级助推器直接坠落在我们上方，我们不会被炸成碎片。

历时三年的研究、设计和执行以一个三十分钟的实验告终。有效载荷穿越大气层、收集太阳数据、重返地球的时间总共只有这么长。

火箭发射的成败取决于飞行速度。为了摆脱地球引力场并升入上层大气，从火箭底部排出的废气必须产生足够大的向上的反作用力，或称推力。你可能在电视上看到过巨大的阿特拉斯火箭将阿波罗飞船推向月球，但我们的发射不一样。我们的火箭屁股下面没有缓慢推动庞大机身离开地面、飞向天空的巨型烟云。我们的由奈克导弹助推的黑色布兰特火箭呼的一声就起飞了。

我们的火箭直线上升——直到我们看见第一级助推器熄火。"噗"的一声，小爆炸之下，奈克助推器同运载我们的有效载荷以及前锥体的黑色布兰特火箭分离。出于惯性，这两部分都继续向上飞行。然后，唰！黑色布兰特火箭点火成功，再次起飞，直上青云。奈克助推器转向跌回地球。

几分钟后，火箭在我们头顶上方数英里的天空中变成一个小圆火球，丹尼斯和查尔斯把目光投向掩体内的仪器，核查有效载荷是否在按规定路线升空、电子装置和相机是否正常开启。

他们一脸忧心忡忡，迅速交换了读数。我明白了，电子装置未能传输数据。"该复位了！"阿特朝丹尼斯和查尔斯大喊，"马上！"他们输入一个指令，向有效载荷发出复位信号。我们都绷紧肌肉，屏住呼吸。"成功了！"查尔斯说，"数据传过来了……"虽然击掌欢呼还为时过早，但至少我们可以呼气了。

发射约十五分钟后，仪器告诉我们，有效载荷正在按计划向地球坠落。前锥体刚再入大气层，降落伞就正常打开了。但是，风速已经大到足以将有效载荷吹到六十英里以外的地方。查尔斯在掩体内追踪它的回落路径，计算出它在沙漠中的预计落地点的坐标。

就在此时，两架大型军用直升机降落在发射台上。查尔斯、丹尼斯和我爬上其中一架，阿特、理查德和克雷格则爬上了另一架。我们系好安全带后戴上了耳机，这样就可以屏蔽发动机和螺旋桨的噪声、相互交谈。我们飞越导弹试验场，寻找我们的有效载荷。很明显，白沙的主要活动是军事武器测试。我们这些书呆子的科研只是穿插表演。

当我们飞过一个用胶合板搭建的模拟城镇时，我通过耳机对飞行员喊话："那个派什么用场？"

"机密。"他回答。

然后我们飞过一队以假乱真的诱饵坦克，我向它们挥手。"机密。"我们甚至可以看到画在沙漠地面上的一个直径约为一百码的巨大的美国空军分辨率测试靶。它附近有一连串深深的弹坑。飞行员解释说，这是数千英里外的夏威夷的一个反导弹炮台向诱饵开炮的结果。他喊道："精确到误差二十英尺以内！"

我们终于发现了我们的有效载荷，它的降落伞就摊在旁边地上。前锥体摸上去还是温热的。我们三个人赶快下了直升机，把有效载荷抬进机舱，然后我们再次升空。

我们一回到发射场，理查德·胡佛和克雷格就从望远镜相机中取出胶卷，躲进暗室。冲洗所有十九台相机的胶片需要几天的时间。当理查德和克雷格在发射场的温控暗室里冲洗头两卷胶卷时，我们都在外面紧张地等待。半小时后，他们带着灿烂的笑容、竖起大拇指出现在人前，我们终于可以发出一点欢呼声了。

阿特请我们大家去拉斯克鲁塞斯最好的餐厅吃饭。那是一个有啤酒和龙舌兰酒的庆祝会，阿特向我们所有人敬酒。在经历了几周的紧张之后，每个人都很轻松愉快。人人如此，除了我。我无法摆脱阿特在众人面前训斥我、告诉我我令他失望的记忆。

74

第二天下午，所有的胶卷都冲洗完毕，MSSTA 二期项目的有效载荷都装箱运回斯坦福大学，我们收拾好装备踏上归途。从白沙到帕洛阿尔托的车程为十七个小时，我独自开车。通常情况下，我会直接沿着 I-10 公路开过洛杉矶。但我并不急于回家。我想先弄明白在白沙发生的事情。我还没有准备好向杰茜卡或自己解释这一切。

我决定走双车道公路回斯坦福，先沿 210 号公路向北到弗拉格斯塔夫，然后沿 40 号公路向西穿过莫哈韦沙漠。日落之后，我驶过约书亚树国家公园，决定把车停在路边，用过去一周在机库过夜时用过的睡袋露天睡一觉。地面很硬，但没有什么带刺的植物或动物，至少我没看到。我爬进睡袋里，卷起运动衫当枕头。这是一个清冷的夜晚，没有月亮，许多晶莹剔透的星星在天空中闪烁。

通常，躺在星空下的我会感到……倒不是说像神，但绝对与某种广大宏伟的事物融为一体。那天晚上，我觉得自己很渺小、很无用。我成为天体物理学家的梦想似乎比以前更加遥不可及。

我没有在我的团队面前表现出专业态度。他们为这次发射倾注了多年的心血，而我却在关键时刻分心。最糟糕的是，我让阿特失望了。克罗斯先生的声音在我脑海中回荡：纪律是一种训练，有了它，惩罚就没了用武之地。在我看来，我就是那个一次又一次惩罚我自己的人。这种自我惩罚还需要多久？

我知道，只要向西开两个小时，我就能见到住在洛杉矶中南部的瘸帮成员表兄们。至少，我可以见到还没坐牢的表兄们。一个熟悉的声音在召唤我：你可以搞到货，到了午夜就能飘飘欲仙。这个声音在我的脑海中持续了好一会儿，以至于我的一只手在没有大脑指示的情况下就拉开了睡袋的拉链。在我跳起来前往洛杉矶之前，我又拉上了拉链，躺在那里一动都不敢动地望星空，直到那些恶魔的声音逐渐消失在头顶的寂静黑暗中。

然而，真正吓到我的并不是那个声音。我已经习惯于抵制它的召唤，至少忽略它。我知道我再也不会坠入那个深渊。让我害怕的是在我脑海中浮现的其他声音，那些问着残忍的、嘲弄的问题的声音。我是否会一直感到如此孤独和离群？有什么地方能给我真正的归属感？为什么我总是在逃避，我在逃避什么？

我在夜空中没有找到任何答案——只有漫天的问号。我闭上眼睛。当我睁开眼睛时，星星已经被黎明掩去。是时候重新上路回家了。

75

从白沙试验场返回斯坦福一周后，我桌上的电话响了。是阿特打来的。"詹姆斯，请到我的办公室来。"

我抓起我的实验室工作手册和一支铅笔，穿过走廊，进入他凌乱的办公室。"请坐。"他指着一张堆满文件的椅子说。

"博士资格考试委员会的决定下来了，"他说，"你没通过。"

博士资格考试是研究生在完成一到两年的研究生课程后参加的综合测试，以证明他们对其学科整体知识的掌握。只有通过资格考试，才能开始撰写博士论文。

我在九月底参加了资格考试，那时离火箭发射只有一个多月的时间。整个暑假我都在忙着组装桁架，没有花足够的时间备考。我的研究生课程成绩很好，所以我以为我对所有的材料都很了解，肯定可以过关。我想错了。很多研究生在第一次资格考试时都没能通过。不过，我还是很失望。最重要的是，我不想让阿特对我失去信心，特别是考虑到我们在 MSSTA 二期项目火箭发射前有过对峙。

阿特隔着办公桌，以他一贯的冷静神态看着我。他的脸和声音都没有透露出任何情绪。"委员会还让我转达一个口信。"

"是什么？"我问。我希望他们给了我某种鼓励。

"委员会想让你知道，你有三种选择。我直接转述他们的话。好吗？"阿特说。

"好的。"我答道。

"他们说，第一个选择，也许研究生院不适合你，所以你应该退学。第二种选择，也许研究生院适合你——但斯坦福研究生院不适合——所以你应该转学。第三种选择，你可以留下来，明年再考一次。委员会强烈建议你选择前两种选项之一。"

阿特顿了一顿，让我有时间消化这记重拳。我在学校的各方面都取得了很大的进步，而这就是教授们对我的看法？

阿特又发话了："你准备怎么做？"

我用微弱的声音回答："留下来，再考一次。"

阿特激动地站起身来。"太好了！去他们的！"他用拳头捶打办公桌。"让他们都去死吧！我就知道他们会使出这种招数来！"他停顿了一下，然后直视我的眼睛说，"我不相信他们中的任何一个。"

阿特是我见过的最"白"、最一本正经的黑人哥们儿。老天爷！他的墙上挂着一张他和罗纳德·里根（Ronald Reagan）握手的照片！如果说这世界上有一个建制派的黑人，那就是他了。而他刚刚大声说，他不相信他们中的任何一个人。

"他们还告诉我一件事，非常令人反感，而且公然违反规定。他们说，如果你第二次考试还是没通过，你不会有答辩机会，我也不能让你继续留在这里，而导师通常有这个权力。"

我吃了不止一惊，而是两惊。首先，系里竟然剥夺阿特对其指导的研究生的命运的自由裁量权。按照惯例，如果学生两次均未通过资格考试，学生的导师可以要求进行答辩，而且导师对学生可否留下有最终决定权。我知道阿特一直在努力寻求他的一些同事的接纳和尊重，但这是我第一次看到他与系里其他教授的紧张关系扰乱了他的平静举止。

其次，我个人很受伤，因为系里对我在这个项目中的存在表现出如此明显的蔑视。当然，我从迈耶霍夫教授和其他人那里听说过，现在担任系里各类委员会主席的年轻教授们希望博士资格考试能有一些"杀伤力"。同样，这些人也抵制系里每年出于多样化考虑招收一两个少数族裔学生的做法。不过，我还是不明白这种个人敌意是怎么来的。我在研究生院的经历与我的本科前两年完全不同。大家都喜欢我、敬佩我。为什么他们这样对待我？

阿特深吸一口气，恢复平静。"下一年考试，你一定要通过，不要让我去跟那些王八蛋斗。我不想。"

"我一定竭尽全力。"我回答。

"那好，"阿特说，"请你跟博士资格考试委员会主席瓦戈纳教授约谈一次。他会向你传达同样的信息。你只要把你告诉我的决定告诉他就行了。"

我和瓦戈纳约定了面谈时间。然后我找了几个同样没有通过资格考试的朋友，问他们是否见过瓦戈纳、见面时都谈些什么。他们的回答如出一辙：瓦戈纳让他们解释为什么考试没能通过，然后告诉他们要努力学习，以便来年能够通过。

我和瓦戈纳的谈话并非如此。

我坐在他对面的椅子上。他跟阿特一样，给了我三个选择。我回答说我要留下来再考一次。此后，他详细说明了教授们对我前景的看法。

"因为你上了两年的本科课程，所以你已经在校很久了。到你明年再次参加考试的时候，你已经上了四年学。通常情况下，成绩不够好的学生上完第一年或第二年就离开。委员会希望你能在今年完成硕士学位的所有课程。这样的话，你通不过明年的资格考试，至少还能拿着硕士学位离开，不至于一无所获。怎么样？"

"好。"我麻木地回答。

"还有一件事，你明年秋天会需要一份工作。以你的水平，需要一整年才能找到工作。所以委员会希望你现在就开始申请工作。这样的话，你通不过明年的考试，就有地方可去了。好吗？"

"好。"

离开瓦戈纳的办公室的时候，我感到很不服气。我通不过明年的考试？他妈的什么意思？阿特说得对。不能信任他们。我一直在努力学习，各门课程都取得了好成绩。我是一个正在进行突破性研究的团队的成员。我心想：我要做给他们看！但我内心有一块感到了被拒绝的刺痛。我试图加入他们的俱乐部，他们却告诉我，我不属于那里。

至少，阿特支持我。阿特相信我。我会做给他看，不会辜负他。

76

在接下来的冬季和春季两个学期里，我和阿特的关系不断演变。一开始，他是一位严厉的监工，要求我遵守办公室、斯坦福同步辐射实验室和课堂的考勤纪律。我在他面前小心翼翼，每次见面都会提前十五分钟抵达，就像在海军时一样。

我的第一项任务是完成 MSSTA 二期项目。准备、发射和回收我们的有效载荷及数据并不意味着实验的结束。所有 MSSTA 二期项目的光学器件的飞行后校准测量需要在斯坦福同步辐射实验室里完成，而那里的加速器光束线使用时间段必须通过竞争才能获得。阿特让我负责撰写提案并担任我们小组的发言人。我的提案被接受了，还获得了高优先级，我欣喜若狂。斯坦福同步辐射实验室给了我们二十一个八小时班次。这意味着我们有七天七夜的运行时间。当我把完成的报告提交给阿特时，他的反应是温和的"谢谢你"。

渐渐地，严厉监工阿特变成了充满智慧和温情的导师阿特。他让我参与到几乎所有的事务中：帮他起草给同事的信，担任他在美国国家航空航天局、斯坦福同步辐射实验室和洛克希德公司的代言人，协助他撰写经费申请提案。与此同时，我继续学习研究生课程并担任观测天文学课程助教。

长期共处给了我们很多交流机会。他关心我的课业情况，问候我的家人。阿特很喜欢用提问的方式来指导我。当我声称知晓某事时，他经常会问我"你懂那个吗？"或者"这只是你的信念吧？"他用这种方式教我，科学事实必须建立在充分证据的基础上。

有一天，阿特问我："你打算按照瓦戈纳的建议，今年拿到硕士学位吗？"斯坦福大学的研究生项目均以博士学位为目标。一些博士生为了声称拿到硕士学位而拿硕士学位。但大多数时候，硕士学位被视为发给未能获得博士学位的人的安慰奖。

"我会的。"我回答。

"很好，"他说，"你打算邀请家人参加毕业典礼吗？"

"不，"我说，"我不打算参加毕业典礼。"

阿特摘下眼镜，身体往后靠到椅背上。"你不参加毕业典礼？"

"不参加。"

"为什么不参加？"

"嗯，有点丢人。这是个安慰奖。"我说。

"你这是在开玩笑吗？"阿特说。

我耸耸肩。

"你家里有别人得过物理学硕士学位吗？"阿特问我。

"没有。"我回答。

"你家里有别人拿到过斯坦福这样的学校的学位吗？"他问。

"没有。"我再次回答。我没有告诉他，我是我们直系亲属里第一个高中毕业生。

"你他妈的有什么毛病？这是一个很大的成就。不要因为别人的看法就瞧不起硕士学位。请你家人来。见到他们我会很激动。"

在邀请家人这件事上面，阿特是对的。妈妈、布里奇特和布里奇特的两个女儿都来参加了斯坦福大学盛大的毕业周末庆祝活动。布里奇特和妈妈拍了很多照片，事后阿特大张旗鼓地与她们见面。他非常和蔼可亲，告诉她们我对他的研究团队非常重要、我做出了很大的贡献。我的脸都红了，但听到他在家人面前大声称赞我，感觉很好。

物理系告诉我，他们愿意出钱为我请人，辅导我准备博士资格考试。我指名要求请戴维德。

我们在天体物理学图书馆见面的第一个晚上，戴维德提出了一个策略。"听着，兄弟，我们需要专注，让我们在一起的时间收益最大化。我会巩固你的基础知识。而我打算通过量子物理学来实现这个目标。百分之二十五的考题是量子物理学方面的，而且单题分数高。"

"听你的，戴维德。我相信你。我们一起好好干。"我说。

"你要明白，该好好干的是你。每天你都必须读一两章教材。读完后的当天晚上，你必须按顺序向我解释那一章里的所有内容。然后，你要做书上的每一道章末习题。之后，我可能还会再给你出一些题。"

"好吧，别说了，开工吧！"我回答。

"我是认真的，伙计，"戴维德说，"我们每晚都要见面。每天晚上。我一天假都不会给你放的。"

"他妈的，戴维德。就从今晚开始吧！"

戴维德走到我面前，像陆军教官一样恶狠狠地咆哮："我要把你打成碎片，然后重新组装成人样，变成这个该死的地方最他妈聪明的人。"

戴维德真的一个晚上的假都不给我放。我觉得，如果我再和他一起在那个该死的天体物理学图书馆里学习一个晚上，我就会疯掉。但这一制度起了作用。戴维德是我见过的最好的老师。掌握了量子物理学，其他的一切都水到渠成。

"你准备好了，兄弟，"博士资格考试前一周，戴维德对我说，"这玩意你能考过。"

"但愿如此，"我说，"不过，伙计，我会学到最后一秒钟。"

77

第二周，我和项目里的其他研究生一起参加了为期两天的博士资格考试。每天我们考四个小时，午休一小时，然后再考四个小时。批改考卷需要两个星期。然后有一天早上，消息传来，成绩将于当天下午公布在物理学楼大堂里。

我到大堂的时候，那里已经聚集了一帮学生。等了几分钟，我看到戴维德站在人群外围向我招手。我俩在纪念物理系大楼冠名者瓦里安的铜雕大墙旁边碰头。

"嘿，伙计，"他说，"告诉你一个坏消息。你没及格。"

我难以置信。"你怎么知道？"我问。

"我从来没告诉过你，"戴维德说，"其实我就是资格委员会成员。我们刚刚开完会。"

"妈的！"那一定是真的了。我的大脑飞速运转：研究生院生涯完蛋了，我该怎么办？

"不过，兄弟，听好了：你没有不及格。"戴维德接着说。

"啥？"我回了一句，"你刚才说我没及格。"

"你没有不及格，伙计。他们不会赶你走。你能留下了。我以后再跟你解释。"

研究生项目协调人马西娅·基廷走进大堂，把考试结果贴到布告栏上。大家都默不作声地往前挤。纸上有两栏：一栏是学号，另一栏是考试成绩："通过""不及格"或"有条件通过"。果然，我被判为"不及格"。

就在我看完走开的时候，马西娅叫住我。"请到我的办公室来，詹姆斯。我要给你一个解释。"她说。

戴维德也在马西娅的办公室里。资格委员会成员都发过誓，对资格认定程序保密。他俩都可能因为私下与我见面而惹上麻烦。但正如戴维德所解释的："这事太浑了，我们必须和你谈谈。"

马西娅把手放在戴维德的胳膊上安抚他。他很生气，仿佛他自己也被判了"不及格"。"事情是这样的，"他解释说，"你需要通过考试八个部分里的五个。有四个部分，包括最难的三个部分：两个量子物理学部分和统计力学部分，你都高分通过。你的第五部分的得分本来也已经过关——但后来罗马尼重新画了成绩分布曲线，结果你就变成不及格了。"

这下我明白了。根据我对博士资格委员会主席罗马尼的了解，他似乎与系主任站在同一阵营，反对扩大物理系的人员构成多元化。

"可是，考卷都糊了名，"我说，"罗马尼怎么把我的卷子挑出来了？"

"兄弟，人人都认得出你的考卷。你的笔迹跟别人的不一样。更重要的是，你的逻辑方式独一无二。四年了，教授们都知道你的风格。"戴维德回答。

"那，罗马尼把我变成不及格之后，又怎么了？"我问。

"马西娅一锤定音，"戴维德说，"她指出，你不受现有规则的限制。如果你的导师希望你留下来，你就可以留下来。听了这话之后，罗马尼说：'那么，我们判他不及格，让他的导师决定他的命运。'"

"别人怎么说我不管，"马西娅告诉我，"这场考试你没有不及格。委员会决策的时候，我在场。他们违规判你不及格。但是戴维德为你辩护，他说你通过了最难的几个部分。然后我和罗马尼达成妥协。所以你不必担心。阿特会支持你。"

"他会怎么做？"我问。"他们说过，如果我第二次考试不及格，就把我踢出去。"

"可你没有不及格！他们就想在你的档案里留下一个不及格记录。你不用走。你只需要阿特为你写一封信。"

"他们为什么这么做？"我问。

"因为他们是狗屁精英！"戴维德大喊。

"这件事已经结束了，"马西娅安慰我，"不要再想他们了。他们再也不能对你做什么了。从现在开始，你只要和阿特一起工作，继续前进。记住我的话，你会成为你们这一届最成功的人之一。你有他们所没有的东西。每个物理学博士都学有所成。但你是一个丰满的人。你的个性、品格和想象力会把你带到他们无法到达的地方。"

"谢谢你，马西娅。"我说。离开她办公室的时候，我的心情舒畅多了。不过，我还得去见阿特。

我到了阿特的办公室，他微笑着迎接我。"进来吧！"我怕我带来的坏消息会破坏他的好心情，可他抢先开了口。"怎么着？听说你通过了资格考试，但没及格？"他咯咯笑。

我扬起一边眉毛。"你一点都不生气呀。"我说。

"他们知道你及格了。别担心。这没有什么实质性意义。我今天就给他们写备忘录，告诉他们我批准你继续学下去。这不只是走过场。这说明他们承认没法拿学业做借口赶你走。"

"话是这么说，但还是不公平。"我说。

"听好了。有人在的地方就有钟形曲线。"阿特引用了概率理论的一条基本原则，"大部分人都分布在曲线当中那一段。他们漠不关心，无动于衷。他们只想着自己。有一小部分人会向你伸出援手。他们会和你一起努力，跟你共享资源。再有一小部分人会对你有敌意。别让那一小撮怀疑者毁了你。"

我半信半疑。我的表情一定流露了这一点。

"我问你，"阿特说，"你觉得系里的人对我怎么样？你觉得他们看得上我的成就吗？"

"嗯，看得上啊，"我说，"你都是正教授了。"

"但还有很多人怀疑我的智力。他们不肯承认黑人能在智力上和他们平起平坐，也不肯承认你我能做出原创贡献。"

我默默地坐在那里，消化这句事实陈述。

"我热爱研究宇宙和发明新技术，"阿特说，"你呢？"

"你知道我也爱。"我说。

阿特继续往下说："我很高兴和我的同事们一起工作——至少，和那些不像这些人的同事合作。但是，我的职业乐趣来自我和我的研究生们的合作。我特别关注像你这样的年轻科学家。我明白你们的思路。我知道，你们只要有心，就会投入。你必须认识到的是，在每一个群体中，总会有一些人怀疑你、为难你。去他们的！"

我点点头。

"好了，我们来校准数据，研究一下太阳表面活动。"

78

就在我开始撰写博士论文的当口，阿特和我卷入了一场国际空间竞赛。

我们在白沙导弹试验场进行探空火箭实验一年后，一个由欧洲和美国太阳物理学家组成的联盟从卡纳维拉尔角发射了太阳和太阳圈探测器（SOHO）[1]。按计划，SOHO 将飞行两年，探测太阳的内部结构、其广阔的外层大气，以及太阳风——自内而外不断吹过太阳系的高度电离的气体流——的起源。

在现实世界里，科学进步是通过国际竞争实现的，科学家们竭力争取抢先发表同行评审过的研究成果。声誉就是这样建立起来的。阿特和我正在冲刺，力图发表我们在 MSSTA 二期项目的

---

[1] 研究太阳的太空船。

最重要的成果，并且要抢在 SOHO 太阳研究观测队的光芒盖过我们之前，因为他们的资金更雄厚、设备更精良。

卫星（如 SOHO 平台）和探空火箭（如 MSSTA 二期项目使用的火箭）之间的竞争堪比空间研究里的龟兔赛跑。探空火箭可以快速、廉价地部署新技术，还可以抓拍到为时数分钟的数据。搭载在火箭上发射的卫星则可以连续几年获得更高质量的数据。

发射八个月后，SOHO 卫星将进入计划好的相对太阳的位置，开始收集和传输数据。其后两年，SOHO 的国际科学家团队将分析和发表他们的探测成果。这意味着我们有不到三年的时间来发表自己的数据，把阿特在太阳物理学方面的开创性事业推向巅峰——也希望我自己的事业能从此起飞。

到了一九九六年，克雷格、查尔斯、马克斯和雷都已经获得博士学位并前往其他大学和研究中心从事博士后工作或担任研究员。我成了阿特组里的研究生大师兄，也是他的左膀右臂。SOHO 发射一周后，他让我坐下来制订一个论文发表计划。

"我们很幸运，"他说，"低悬的果实正好是我们料最多的数据。我们的数据集的优势在于高分辨率的图像和广泛的热覆盖。如果我们的测量绝对校准精度能够达到 30% 或更高，我们就能首次确定羽流是否为来自日冕洞的高速太阳风的来源。我已经写出了基本方程，但我需要你重新校准图像数据，并对它们进行空间和光谱测量。"

"是，先生！"

我很兴奋，因为这项研究对现实世界有深远意义。即使是非科学家也明白解码太阳风来源的重要性，因为它控制着我们太阳系里的空间天气。在一个卫星已经成为通信、气象和国防情报收集关键的时代，太阳风暴（solar storm）[1]——太阳表面的巨大爆炸——俨然是影响我们空间技术的最危险的自然发生事件。太阳风暴不但会让卫星失灵、通信瘫痪，还创造出巨大的磁场，导致电网故障和航空器飞行控制失效。

因此，破译太阳风暴的来源及特征的竞赛也是保护地球及其脆弱的电子基础设施的竞赛。一场现实生活中的超级英雄冒险！

在这一点上，阿特和我心意相通。我早就领悟了，阿特指示我"重新校准图像数据，并对它们进行空间和光谱测量"并不仅仅是分配给我一个编程任务。为了给我们的论文编制一个无可置疑的引用列表，我必须对专业文献了然于胸。这意味着我必须阅读所有关于太阳羽流的期刊文章。因此，我必须泡在物理学图书馆的期刊区，梳理《太阳物理学》（Solar Physics）、《天体物理学杂志》（The Astrophysical Journal）、《天文学与天体物理学》（Astronomy & Astrophysics）和《皇家天文学会月刊》（Monthly Notices of the Royal Astronomical Society）的当期和过期期刊。这些期刊都可以追溯到几十年前，有些甚至可以追溯到上个世纪。

---

[1] 太阳大气中的剧烈活动（日冕物质抛射和太阳耀斑）对日地空间环境可造成灾害性变化，从而触发一系列的空间天气过程。

我从图书馆借出大量期刊，拿到我们的办公室和实验楼去复印。我的抽屉里和桌子上都放满了期刊论文的复印件。我的办公室几乎变得和阿特的办公室一样凌乱。

不过，这些材料现在大部分都已经存入我的大脑。如果阿特提到太阳天体物理学、等离子物理学或量子力学中与我们论文有关的某个特定现象，我通常可以凭记忆引用最新的出版物。随着我的专业知识和我们之间关系的加深，阿特对待我更像一个同事而不是一个学生。起初我觉得不习惯，但随着时间的推移，我开始觉得这很正常。我已经成为阿特信任的第二大脑。

79

阿特不是那种与学生进行社交或邀请他们去家里做烧烤的教授。他注重隐私，矜持到几乎拘谨的地步。所以，阿特开始在工作之余带我外出喝啤酒对我来说意义重大。有一次，一位杰出同行到访斯坦福，阿特请他吃晚饭，把我也带上了。

阿特不但在科研上指导我，还把我带入斯坦福大学以外的人际网络。有时，我甚至觉得他不仅仅是在给我指点迷津——他还在向别人炫耀我。他开始邀请我参加西格玛-派-法兄弟会的聚会。这是美国历史最悠久的黑人职业人士兄弟会，只邀请艺术、法律、媒体和商业等领域的杰出人士入会，如著名网球运动员阿瑟·阿什（Arthur Ashe）、律师弗农·乔丹（Vernon Jordan）和国会议员约翰·刘易斯（John Lewis）。马丁·路德·金生前亦然。阿特是其中为数不多的科学家会员之一。参加这种晚宴前，我一定会把我那套万能的婚礼、葬礼和毕业典礼专用西服洗干净、熨烫平整。我甚至还按照人们在海军里教我的方法，用唾沫把我的皮鞋擦得锃亮。

有一天晚上，阿特带我和普林斯顿大学来的一位客座讲师外出吃饭。饭后，阿特开车送我回家。我观察他的侧面，发觉他往日胖乎乎的脸庞变瘦长了。他的西装外套变宽大了。我问他是不是在减肥，他嗤之以鼻："没有的事。我的胃出了点问题。我一定是老了，因为我的消化能力不如从前了。"

阿特刚刚六十岁出头，但我注意到他不像以前那样孜孜不倦了。过去，他常常夜以继日地扑在项目上。他的妻子维多利亚告诉我，早在他们乘坐游轮去百慕大度蜜月时，她就明白自己嫁给什么样的人了。蜜月游的第二天晚上，她夜里三点醒来，发现他在埋头研究一摞文件。蜜月里的每个晚上，他都在她入睡后工作。

我想向维多利亚打听阿特的健康状况。但是，他俩都很注重隐私，而且她和阿特总是形影不离。然后有一天，我在喜互惠超市碰到了维多利亚，决定和她谈谈这个话题。我告诉她，我注意到阿特不在状态。出了什么事？

她犹豫了一下，然后环顾四周，看到没有旁人才开口。"阿特经常告诉我，他把你当儿子看。所以我才会告诉你，你不能外传。他担心如果消息传出去，其他教授会开始抢夺他团队的办公室和实验室空间。而且你也知道他有多注重隐私。"她一定看到了我脸上的担忧，因为她拉住我的手说："上个月，阿特被诊断出患有第四期胰腺癌。"

我的第一个念头根本称不上念头——那是一种可怕的失去重要东西的感受，就像一个重要的器官突然消失，而我的胸部只剩下一个洞，里面涌出许多乱七八糟的感受。我将要失去阿特，成为没有导师的学术孤儿。阿特一直告诫我："你必须活出个样子来，让你女儿自豪。"但我想让阿特自豪，让他见证我作为一个科学家在这个世界上留下自己的印记。阿特学到的、发现的和传授给我的一切意义太重大了。他的思想力量和心灵怎么能转眼化为尘土？

现在，我要在两条赛道上跟时间赛跑：SOHO 的发表计划和阿特的癌症。我不清楚阿特的预后如何，但我知道我们的努力目标不只是提交他的最新一轮期刊论文。事关阿特·沃克为后人留下的遗产——以及黑人物理学家们为后人留下的遗产。

阿特曾经向我坦言，尽管他在太阳物理学方面颇有建树，但他一直在和质疑黑人智力的种族主义遗毒做斗争。阿特向我解释说，物理学界有些人仍然认为，虽然黑人科学家有可能制造出机巧的小玩意，但他们的智力或数学天赋不足以洞察自然界的运作——无论是在纯物理理论还是在数据分析和观察方面。

阿特在工程和理论物理学两个方面的职业发展均势如破竹。然而，尽管他开发的新技术——基于突破性的物理学——使得对太阳日冕进行常规全日面观测成为可能，但精英分子们指出，自从近二十年前阿特与萨莉·赖德合作后，他没有发表过任何天体物理学论文。在他的众多近期期刊论文中，只有一篇是纯"科学"论文，其余被怀疑者视为技术工程出版物。

阿特非常希望发表从 MSSTA 二期项目数据中得出的结论，

以解释太阳表面活动的物理学原理。他的目标是促进科学界对太阳风、太阳大气层的升温和生成，以及太阳大气层的能量传输机制的理解。

我的任务是在阿特还活着的时候完成他的遗产的这最后一个篇章。

80

我已经好几年没有见过爸爸了，也没有和他说过话。我一直不敢去看他，尽管我的同父异母弟弟菲奥说他有所好转。菲奥邀请我参加那年在新奥尔良的一场新年晚会，我觉得是时候去看看爸爸了。

爸爸一个人住在东新奥尔良海边。我走到他家门口，他没有邀请我入内，所以我们就坐在门前的台阶上。天色已暗，我看不清他的模样，但他似乎比我上次来的时候更老、话更少。我告诉他，我的学业很顺利，请他五月来参加我的博士毕业典礼。

"我愿意来，绝对的，"他说，"你当上了真正的教授，对吗？"

"差不多。"我说。

"你妈妈告诉我，你去戒过毒。是吗？"

"是的，没错。我必须摆脱街头生活。"

"做得好，儿子。我也去戒毒了。去了，戒了，不吸了。我变好了。该死的可卡因会毁掉人生。"

"你好起来了，我很高兴，爸爸。我为你骄傲。"

我们就这么东扯一句西扯一句。过了一会儿，我得去见菲奥了。爸爸起身和我说再见。他的嗓音压得低低的。

"我这个月手头有点紧。因为过圣诞节什么的。明天要交房租，还有……反正，我手头紧。你能借我一点吗？"

"当然，爸爸。"我口袋里有一百三十美元。我全都给了他。然后我去参加派对了。

那是在一个表兄家举行的一个老式家庭派对。大家打牌、跳舞、喝朗姆酒和可乐、抽大麻。有很多人我认识。他们中的大多数人都善意地嘲弄我，说我抛弃了他们，做了加利福尼亚人。

午夜过后，我看到爸爸靠在通往门廊的一扇房门的门口。他手里拿着一瓶啤酒，身体来回摇晃，嘴里喃喃自语，不知道在说什么。无疑，他又吸毒了，他那有节奏晃动的身体和磨牙的样子就是明证。他对我说戒了是撒谎。

我起身想走，但有人开始跟我谈起他的连襟，说此人已经搬到旧金山，不知道我们是否相识。就在这时，爸爸抬起头来，我们的视线对上了。我盯着他看，他脸上浮现出一种我从未见过的表情。他感到羞愧。

我赶紧走人。看到他那副样子，我受不了。

81

阿特教我真正长大成人：他教我做一个有职业精神的科学家，如约出现并如期完成任务；他教我做一位自制的绅士，得到同行和学生的尊重；他教我如何在跟人打交道的时候避开他人的部落心态和等级优越感；他教我嘴上要把门，该开口的时候开口，该闭嘴的时候闭嘴。

最重要的是，阿特让我明白，我相信的事实和科学事实之间有区别。这是衡量一个研究人员的终极标准：能够挑战自己的信念和偏见，以清澈的眼光和开放的心态看待事实，决不用自己的期望来填补事实空白，让证据来说话。

有一个真正的男子汉和科学家为我做榜样非常重要。但有了榜样并不等于我也能成为男子汉或科学家。要做到这一点，我必须杀死自童年以来一直纠缠我的恶魔。我必须消除我根深蒂固的生存条件反射，即每当我感到脆弱或一无是处时就会气势汹汹以图自保的做法。我意识到，除非停止和自己争吵，否则我无法得到任何宁静。除非我修复了心中那些仍然感到破碎、一无是处和脆弱的部分，否则我总会按下自我毁灭的按钮。除非我找回童真，否则我看到的周围世界依旧污秽不堪。

我在陶格鲁学院的时候已经读过非洲文化至上思想的经典作品。在斯坦福大学，我决心弄清楚为什么我和我的人民被压制到美国身份等级制度的底层。我想了解非洲和其他地方的黑人历史、宗教和文化。斯坦福大学的格林图书馆成了我的探索之地。

浏览地下室书库的感觉就像在一个满是宝藏的洞穴里探险。一排又一排的书架默默立在黑暗里，每一排书架的尽头都有一个带定时器的照明开关。要是找到了想读的书，我就会坐在光锥下面的地板上阅读，直到灯光熄灭。然后我会在另一个书架上找到另一本书，读上二十或三十分钟，直到灯光再次熄灭。到了图书馆关门时间，我还坐在一堆书旁边，沉浸于某个被湮没的非洲文化事实中。

我决定改名。这不是为了否定我从小信奉的宗教，也不是为了否定我的爸爸或者我的过去。我向来以自己是来自东新奥尔良和皮内伍兹的小詹姆斯·普卢默为豪。对我来说，改名是为了打桩立界，守护我的身份认同。我的祖先作为奴隶来到美国时被迫改名，就像昆塔·肯特那样。他们别无选择。我决定自主自决地改名。

临近博士论文答辩时，我已经准备好开始人生的一个新阶段。倒不是说我重生了，但我觉得自己已经从一个男孩成长为一个男人。三十年来，我一直靠自己的生存本能过活，就像有人在黑暗中开车，只有昏暗的车灯为他指引方向。我花了很长时间才走出童年阴影。我到了快三十岁的时候才学会看重自己，不再视他人为威胁，也不再对自己构成威胁。那个出生时名叫詹姆斯·爱德华·普卢默的男孩已经做好了成人的准备。从今往后，我的未来我做主。

如果有一天我能够对科学做出重大贡献，我希望人们一听到我的名字就知道我是一个黑人，是非洲人的后代。

我希望我的名能够表达我希望成为什么样的人：在从北非到印度以东的文化中，"哈基姆"的意思是"智慧的"。我希望我的中间名能够表达我觉得自己是什么样的人。"姆阿塔"（Muata）是斯瓦希里语，意思是"他寻求真理"。我希望我的姓源自我的非洲祖籍西非，并且有一个高贵的含义。"奥鲁塞伊"是约鲁巴语（Yoruba）[1]，意思是"上帝创造了这个"。我并没有向任何特定的神

---

[1] 属尼日尔－科尔多凡语系尼日尔－刚果语族库阿语支。非洲约鲁巴人的语言。通行于尼日利亚西南部以及贝宁、多哥等地。

灵俯首称臣。但我想，我已经自主或不自主地经历了这么多，是时候把我的生命当作神圣的东西了。

我一改名，人人都被触动了。

斯坦福大学的每个人都对我的新名字表示祝贺。他们认为这个名字很酷，比詹姆斯·普卢默更适合我。他们立即开始叫我哈基姆，而且他们中的大多数人都费尽心思地学习"奥鲁塞伊"的正确发音。

感恩节期间，我回密西西比州老家。那里有很多人说："在我看来，你还是詹姆斯·普卢默。"

阿特的反应极具阿特特色。"好吧，哈基姆·奥鲁塞伊……咱们继续干活吧！"

82

回顾已经过去的岁月，总有人告诫我：要想被白人平等地接受，黑人必须证明自己有两倍的能力。那太苛刻了——如果你问我的想法。

在我的博士论文接近完工的时候，我已经公开发表了十三篇论文，是其中八篇的第一或第二作者。我对博士论文中的每一个分析和发现的细节都很有自信，我还在论文里首次提出并描述了一个全新的太阳大气结构类别。我已经为博士答辩以及获得博士学位准备就绪。

我需要为我的论文答辩委员会请到五位教授：四位来自物理学和应用物理学专业，还有一位来自系外。我已经盘算好请谁了。首先是阿特，他作为我的导师将担任答辩委员会主席。接下来是菲尔·谢勒（Phil Scherrer），斯坦福大学的另一位实验太阳物理学家。他为 SOHO 卫星建造的迈克尔逊森多普勒成像仪颠覆了太阳磁场的测量。接下来，我想加上物理系里最严格的两位教授，包括没有一个正常的研究生会选择的鲍勃·劳克林（Bob Laughlin）教授。

劳克林是上一年的诺贝尔物理学奖得主、一位地位卓然的理论物理学家。他的研究方向覆盖宇宙学、等离子体、核物理以及核能泵浦 X 射线激光。我一点都不希望有人质疑我是否凭真本事获得博士学位。因此，我请劳克林加入委员会，评估我的博士论文。他同意了。

大多数人认为劳克林是知识分子界的恶霸。他身材高大结实，令人望而生畏。在一次座无虚席的物理学讨论会上，他站起来大声挑战一位著名的客座演讲者，从而臭名昭著。他还因在系里考试中不断出最难的量子物理问题而闻名。我第一次参加考试时，劳克林要求我们设计一个使用冻火鸡作为投射物的反导弹系统。

我有一种感觉，劳克林和我一样，是个局外人身份的书呆子。如果他不同意你的观点，他会当面提出来。但在我看来，与其说他是学术恶霸，不如说他在怀疑者和怀恨在心者面前奋起自卫。他一从研究生院毕业就成了明星和另类，招致学术界同人的怨恨。我选修过他的本科统计力学和研究生固态物理学课程，固态物理学课程得了 A。劳克林一直对我以礼相待，即便在批评我犯了错时亦然。所以我并不怕他来评判我的博士论文。

至于最后一位物理学指导教授，我找了那个在我第一次博士资格考试不及格后给了我三个羞辱性选择的教授：罗伯特·瓦戈纳博士。我强烈希望向他证明，他和系里其他教授对我的看法大错特错。

论文答辩那天，我带着七个装着透明胶片的马尼拉文件夹进入演讲厅——每一个文件夹对应论文里的一章。按照答辩程序，我先对我的论文研究和成果进行一小时的公开陈述，然后由委员会成员对我进行一小时的闭门提问。

在公开陈述环节，我首先概述了我对太阳"过渡区"的研究，并分别介绍了我已经发表的三篇科学论文。陈述中途，劳克林教授从演讲厅的前排站起来，大声质疑，因为我认为一张日冕叠加在磁场上的图像显示出空间相关性。几轮来回之后，我说："听着，鲍勃，你可以从这张图像里看到任何你想要的东西。但我的定量分析一致显示出强烈的相关性。"劳克林教授借此证实了我对自己的研究结果有信心，于是同意了我的观点，重新落座。

在我完成了公开陈述并回答了在场的物理系学生听众的问题后，研究生项目协调人指示除我的论文指导教师外的所有人离场。

现在，我要和答辩委员会成员正面交锋了。他们坐在离我几排远的地方，轻声交谈，偶尔发笑，但大多数时候都在压低嗓门相互调侃。我听不清楚他们在说什么。整整十五分钟的时间，他们都不理会站在原地不动的我。我得拿出所有的海军新兵营和兄弟会申请经验来保持内心的平静并专注于当下的任务——不动声色地站好，假装没有汗流浃背。

终于，他们开始发问——起初节奏缓慢，然后变成了连珠炮。我感觉他们既是在考察我的专业知识掌握程度，又是在测试我能否保持镇静、捍卫我的研究观点。我毫不退缩，以自信的态度回答了他们所有的问题，因为我意识到，就论文主题而言，我和房间里的所有人一样都是专家。我回想起当年参加州科学竞赛的情景，再次体会到回应评委的问题时的那种力量感，每一次回应都能给我更多力量。

一个小时的提问终于结束了。我既疲惫又兴奋。阿特说："去我的办公室等我。"然后他转身回到他的同事身边，他们又开始相互戏谑。

我在阿特的办公室来回踱步，紧张不已。我扫视他书架上的书和期刊，但无法集中我的目光，更无法集中我的思想。终于，门打开了，阿特走了进来。

他向我伸出手。"恭喜你，博士。"阿特的握手以及随后的拥抱是我需要的全部肯定。

几分钟后，一个意想不到的遭遇发生了。瓦戈纳教授在阿特办公室外面的走廊上堵住了我。

"一般而言，"瓦戈纳教授露出严厉的表情，"我发现博士论文的长度与它的质量成反比。"我感到不安，因为我的物理学博士论文是该系近期历史中最长的一篇。"然而，"他终于露出笑容，还伸出手来，"你的论文是一个明显的例外。干得好，奥鲁塞伊博士。"

83

我从斯坦福大学毕业一年后，阿特和我在斯坦福大学共同主持了全国黑人物理学家协会二〇〇一年年会。阿特瘦了很多，身上的西装显得很肥大，但他举止如常。和他一起组织会议，看着他自豪而有力地主持这个黑人同行会议，我感觉像是收到了他给我的临别礼物，也像他给我上了怎样做真正的男子汉的最后一课。对我来说，年会的亮点是阿特的专题发言，他介绍了我们合著的十三篇论文中的最末一篇。

二〇〇一年四月，即那次会议后一个月，阿特去世了。我是抬棺人之一，也是唯一受邀出席他的小型家庭葬礼的学生和非家庭成员。参加在斯坦福大学巨大的纪念教堂为阿特举行的追悼会的人员众多。我不应该对他身前和身后获得的荣誉和奖项感到惊讶，但它们让我记得，他在我们的领域已经成为一位卓越的大师。

在他生命的最后一年，阿特为我毕业后的职业生涯奠定了基础。他的妻子维多利亚鼓励我在硅谷的应用材料公司找到第一份工作，而阿特则引导我离开应用材料公司，前往劳伦斯伯克利国家实验室安营扎寨。在那里，我加入了超新星宇宙学计划，开发后来用于暗能量相机和薇拉·库珀·鲁宾天文台的探测器。

同年晚些时候，我爸爸重度中风。自从两年前的元旦夜我们最后一次见面后，他和我再也没有说过话。我去看望他，发现他已经是一个风烛残年的老人，穿着成人尿布，头上只剩一圈白头发。但他的个性和幽默感尚存。此外，这是他在很长一段时间以来第一次戒掉了所有瘾念。

他让我带他去劳雷尔城外 11 号公路上的一家他喜欢的小酒吧。我们在那里喝皇冠可乐,爸爸跟我谈起了乡下的事情。务农,耕作,还有很多事情他懂的比我见过的任何人懂的都多。我意识到,有许多密西西比州土生土长的知识会随着他几年后的辞世而消失。

然后,点唱机里传来了他喜欢的一首歌。爸爸用他那柔和的、老派的密西西比蓝调风格为我唱了起来。自从我十岁那年我们一起走过凯利山上的甘蔗地,我就再也没有听到过他的歌声。

我十岁那年第一次经历甘蔗收割。整个夏天,大人们不许我们这些孩子踏入甘蔗地一步。甘蔗是一种经济作物。然而,跟大多数生活不甜蜜的穷孩子一样,我一直幻想着能拿到点甘蔗来嚼嚼。收获期即将到来,我计划跟在爸爸和堂兄们后头。他们砍下甘蔗杆运往市场,地里总能剩下点什么。

收割的那天,我从奎特曼小学放学回家,看到所有剩下的甘蔗杆都堆在田头——他们正在往上面铲土!我目瞪口呆,直到他们掩埋完毕还没回过神。爸爸想让我开心点,于是解释说,几个月后,甘蔗节上会爆出新芽来。只有在收获季节把它们埋起来,才会有第二年的甘蔗。除非你把今年的一些收成埋进地里,否则你明年就没有甘蔗可种。

失去生命中的两个高大的男人让我感到孤独,但同时也奇特地让我获得了自由。他们以不同的方式教会我,自尊与自信关系不大,但与控制和接受自我关系很大。在他们的帮助下,我走上了这条路。我必须靠自己完成这段旅程。

我身上将永远铭刻这两个人的印记,尽管他们已经尘归尘、土归土。他们都还会对我说话，就像祖先们时常会做的那样。但他们的存在会逐渐淡化，就像一颗双子星逐渐远离它所孕育的星球那样。

是时候开拓我自己的未来之路了。

后 记

成为研究型物理学家意味着把街头生活抛在身后。但我并不想置生我养我的社区于不顾。我想帮助下一代的局外人科学家避免堕入我曾经陷入过的打不过就逃的自我毁灭循环。

我戒毒康复后不久就开始去附近的贝尔蒙特市卡尔蒙特高中辅导黑人和拉丁裔高中生。电影《危险游戏》(*Dangerous Minds*)曾经在这所学校取景,米歇尔·菲弗(Michelle Pfeiffer)扮演的前海军陆战队员去那里教书。我教那些学术上有追求的青少年数学,他们自愿参加课后辅导。这些孩子意识到他们接受的教育不足,而磨炼学术技能是他们通往更好生活的路径。

他们从来没有过像我这样的老师——也就是说,一个长得像他们、说话也像他们的人。我启发他们用不同视角看待数学问题,我也让他们认识到别的东西:掌握高难度学习材料需要严谨、自信和自尊。我还让他们看到了一条可信、可实现的通往梦想的道路。我在科学研究中壮大了个人力量,还找到了志同道合的同行——但这一切都发生在我拒绝文化中不断投射在我身上的负面刻板印象之后。我教我的卡尔蒙特学生,要认识到自己的长处,并将其发挥到极致。

　　有时候，一个人的长处并非显而易见。它们甚至可能让你被人贴上古怪的标签。从小到大，我强迫性地数我所处环境中的物体的数量——部分原因是为了舒缓焦虑，部分原因是为了通过列举它们来揭开事物内部的奥秘。我的数数儿习惯在童年时为我招致嘲弄和欺凌。我尽我所能地不理会那些讨厌我的人。每当我仰望没有月亮的夜空，我就想，我要做些什么才能数到星星。

　　从二○○二年获得博士学位后不久开始，我数次前往非洲，在斯威士兰、赞比亚、坦桑尼亚和肯尼亚帮助教育非洲大陆的下一代天文学家。二○○八年，当我成为位于佛罗里达州太空海岸的佛罗里达理工学院的天体物理学教授时，凯洛格基金会给了我一笔为期五年的资助，为南非的黑人天文学学生创建一个导师计划。

　　地处南半球的南非具有独特的观测条件，一直吸引着世界一流的天文学家。从历史上看，大多数前来观测的天文学家是英国人，可以追溯到十九世纪初约翰·赫歇尔爵士（Sir John Herschel）前往好望角观察哈雷彗星的回归并绘制南部天空的恒星和星云图。一九九四年种族隔离制度结束后，许多白人天文学家离开了这个国家，新政府迫切需要培养下一代黑人天文学家。他们从种族隔离制度下备受不公待遇的黑人学校——"历史上处于逆境的教育机构"——招募优秀学生进入开普敦大学的精英国家天体物理学和空间科学计划（NASSP）。然而，这些"历史上处于逆境的教育机构"里出来的学生几乎无人能够通过 NASSP 的荣誉生考试。

　　当时，我是美国唯一一个从传统黑人大学毕业并小有声誉的天体物理学家。因此，凯洛格基金会将我视为世界各地有抱负的黑人天文学家的榜样并非偶然。

　　起初，我的南非学生根本不认同我。对他们来说，我是一个富裕的美国天体物理学家和教授。他们是在贫穷的黑人城镇和村庄长大的。我必须向他们表明，我理解他们正在努力跨越的两个世界。在家乡，他们是英雄——去开普敦学习成为天文学家的聪明孩子。但到了大学里，他们觉得自己是受教育程度低的二流学生。我和他们分享了我自己的经历，告诉他们我是怎样克服这些自卑感受，赢得学术界同行的认可，符合高层次科学的严格要求的。

　　我知道，如果这些学生要与开普敦大学最好的学生竞争、未来与国际科学同行竞争，我必须设定一个高标准。因此，我决定不让他们一次次演练考试材料，而是提前教他们宇宙学和量子场理论——被视为物理学顶点的科目。一旦他们征服了顶点，他们就会知道他们可以学会任何东西——而且他们会相信自己未来能成为科学家。

　　如我所愿，我的学生不但都通过了荣誉生考试，而且成绩均名列前百分之二十。那一年，南非黑人天文学博士生的比例直线上升，此后持续攀升。

　　当我成为一名研究型宇宙学家时，我小时候数星星的梦想终于实现了。我开发的能够为我们宇宙中众多可见和不可见物体计数的探测器是我对所在领域做出的最大贡献之一。事实证明，宇宙比我们想象的要广阔得多，星星的数目也比我们想象的多得多。我们现在估计，在可观测的宇宙中有两万亿个星系，每个星系都有几千亿颗星星。但是，即使我们的宇宙有一千亿兆颗恒星，它也是有限的，而不是无限的。根据一些量子计算，甚至时间也是有限的。我所观察到的最接近无限的东西是希望。我在我的南非学生的脸上和想象中看到了希望的无限性。

在我们启动导师计划后不久，南非参加国际竞争获胜，世界上最强大的射电望远镜集群——平方公里阵列射电望远镜（SKA）——落户南非。如果你看一下南非 SKA 团队的照片，你会看到我的四个非洲学生在前排自豪地微笑。

我不在那张照片里，但相信我，我就昂首傲立在他们旁边。

作者简介

哈基姆·奥鲁塞伊博士是美国天体物理学家、宇宙学家、发明家、教育家、电视名人和公共演讲者。二〇〇七年至二〇一九年，他担任佛罗里达理工学院航空航天、物理和空间科学杰出教授。他曾在麻省理工学院、加州大学伯克利分校、华盛顿大学和开普敦大学担任教授职务。奥鲁塞伊博士还曾担任过美国国家航空航天局华盛顿总部科学任务委员会的空间科学教育经理、探索科学频道的首席科学官以及全国黑人物理学家协会的主席。他曾在网飞、探索科学频道、国家地理频道、美国公共广播公司、英国广播公司等的科学和工程节目中出镜。奥鲁塞伊博士入选美国国家发明家科学院、国家黑人大学校友名人堂和西格玛－派－西格玛物理学荣誉协会。

约书亚·霍维茨创作了多本非虚构类图书，其中《纽约时报》（*New York Times*）畅销书《鲸鱼的战争：一个真实的故事》（*War of the Whales：A True Story*）荣获美国"笔会/E.O. 威尔逊文学科学写作奖"。

© 中南博集天卷文化传媒有限公司。本书版权受法律保护。未经权利人许可，任何人不得以任何方式使用本书包括正文、插图、封面、版式等任何部分内容，违者将受到法律制裁。

著作权合同登记号：图字 18-2022-176

图书在版编目（CIP）数据

我的不可能之旅 /（美）哈基姆·奥鲁塞伊
（Hakeem Oluseyi），（美）约书亚·霍维茨
（Joshua Horwitz）著；吴晓真译 . -- 长沙：湖南文艺
出版社，2023.5
书名原文：A Quantum Life: My Unlikely Journey
from the Street to the Stars
ISBN 978-7-5726-0954-1

Ⅰ . ①我… Ⅱ . ①哈… ②约… ③吴… Ⅲ . ①回忆录
—美国—现代 Ⅳ . ① I712.55

中国国家版本馆 CIP 数据核字（2023）第 007594 号

上架建议：文学·畅销经典

WODE BUKENENG ZHI LÜ
我的不可能之旅

著　　者：［美］哈基姆·奥鲁塞伊　约书亚·霍维茨
译　　者：吴晓真
出 版 人：陈新文
责任编辑：匡杨乐
监　　制：吴文娟
策划编辑：姚珊珊　黄　琰
特约编辑：逯方艺　张　雷
版权支持：张雪珂　姚珊珊
营销编辑：傅　丽
封面绘图：Stano
封面设计：Stano
版式设计：李　洁
出　　版：湖南文艺出版社
　　　　　（长沙市雨花区东二环一段 508 号　邮编：410014）
网　　址：www.hnwy.net
印　　刷：三河市百盛印装有限公司
经　　销：新华书店
开　　本：875 mm×1230 mm　1/32
字　　数：232 千字
印　　张：10.5
版　　次：2023 年 5 月第 1 版
印　　次：2023 年 5 月第 1 次印刷
书　　号：ISBN 978-7-5726-0954-1
定　　价：59.00 元

若有质量问题，请致电质量监督电话：010-59096394
团购电话：010-59320018